Ostengland, Ende der 80er-Jahre: Die 18-jährige Hetty steht kurz vor dem Schulabschluss. Für die Zeit danach hat sie große Pläne: Sie will Literatur studieren, etwas aus ihrem Leben machen! In ihrem kleinbürgerlichen Elternhaus schlägt ihr wenig Verständnis entgegen – das gilt vor allem für ihren cholerischen Vater. Als sie erfährt, dass sie adoptiert worden ist, läuft Hetty davon. Ihr Weg führt sie nach Birmingham, wo sie ihre leiblichen Eltern finden will. Sie kommt in der Pension der exzentrischen Rose Gilpin-Jones unter. Die hilfsbereite Landlady unterstützt sie bei der Suche nach ihrer wahren Familie. Doch bald begreift Hetty: Es ist nicht wichtig, woher wir kommen, sondern wohin wir gehen wollen.

J.L. Carr wurde 1912 in der Grafschaft Yorkshire geboren und starb 1994. Nachdem er jahrelang als Lehrer gearbeitet hatte, gründete er 1966 einen eigenen Verlag Quince Tree Press und verfasste acht Romane. ›Ein Monat auf dem Land‹ (DuMont 2016) war 1980 für den Booker-Preis nominiert. Bei DuMont erschienen außerdem ›Wie die Steeple Sinderby Wanderers den Pokal holten‹ (2017), ›Ein Tag im Sommer‹ (2018) und ›Die Lehren des Schuldirektors George Harpole‹ (2019).

Monika Köpfer war viele Jahre als Lektorin tätig und übersetzt heute aus dem Englischen, Italienischen und Französischen. Zu den von ihr übersetzten Autoren zählen u. a. Mohsin Hamid, Richard Russo, Milena Agus und Agnès Poirier.

J. L. Carr

Leben und Werk der

Hetty Beauchamp

Roman

Aus dem Englischen
von Monika Köpfer

DUMONT

Von J.L. Carr sind bei DuMont außerdem erschienen:
Ein Monat auf dem Land
Wie die Steeple Sinderby Wanderers den Pokal holten
Ein Tag im Sommer
Die Lehren des Schuldirektors George Harpole

Dieses Buch wurde klimaneutral produziert.

ClimatePartner.com/17531-2110-1001

Mai 2023
DuMont Buchverlag, Köln
Alle Rechte vorbehalten
Copyright © by Bob Carr
Die englische Originalausgabe erschien 1988 unter dem Titel
›What Hetty Did‹ bei Quince Tree Press, Bury St Edmunds.
© 2022 für die deutsche Ausgabe: DuMont Buchverlag, Köln
Übersetzung: Monika Köpfer
Umschlaggestaltung: Lübbeke Naumann Thoben, Köln
Umschlagabbildung: Bleistiftreste © plainpicture/E.Coenders;
Frau: © Veronika Oliinyk/istockimages
Satz: mittelstadt 21, Vogtsburg-Burkheim
Gesetzt aus der Adobe Caslon
Druck und Verarbeitung: CPI books GmbH, Leck
Gedruckt auf säurefreiem und chlorfrei gebleichtem Papier
Printed in Germany
ISBN 978-3-8321-6682-3

www.dumont-buchverlag.de

»Furchtlos setzt' ich das Slughorn an und blies
›Knabe Roland ist zum dunklen Turm gekommen‹.«
ROBERT BROWNING und WILLIAM SHAKESPEARE

»… ob euch nicht die Lust angewandelt, zu tun,
was sich nicht umgehen lässt.«
MIGUEL DE CERVANTES, *Don Quijote de la Mancha*

»Bringen Sie sie in einen Raum hier in London mit sechs
beliebigen Personen, die alt genug sind, ihre Eltern zu sein,
dann könnten diese möglicherweise darunter sein. Sie könnten in jedem Haus sein, das sie betritt, auf jedem Friedhof, an
dem sie vorbeikommt, sie könnte ihnen irgendwo auf der
Straße begegnen, ohne es zu wissen. Sie weiß nichts über sie.
Hat nie etwas gewusst […] Wird nie etwas über sie wissen.«
CHARLES DICKENS, *Little Dorrit*

Für A., H., P., S., M. und N. und für viele verstorbene, aber unvergessene Zimmerwirtinnen mehr.

Und auch für Edmund Kirby, der in seinem neunzigsten Jahr unermüdlich Interesse für das Herstellen dieses Buchs zeigte, das dem Gedenken an John Baskerville aus Birmingham gewidmet ist, der die gleichnamige Schrifttype entworfen hat sowie Velinpapier erfand und fröhlich mit den ungewöhnlichen Büchern, die er veröffentlichte, Geld verlor.

Folgende Figuren treten auch in anderen Büchern auf:

George Harpole, Emma Foxberrow, Miss Tollemache, Mr Pintle, Croser, Billitt in *Die Lehren des Schuldirektors George Harpole;* zwei von ihnen finden sich auch in *A Season in Sinji* wieder. Der mittlere Teil ihrer Geschichte wird in *Harpole & Foxberrow General Publishers* erzählt.

Edward Peplow, Brightwell, Bellenger, Ruskin, Mullett und Dexter in *Ein Tag im Sommer.*

Mr Fangfoss, der arme Beattie und Gidner stammen aus *Wie die Steeple Sinderby Wanderers den Pokal holten* und Gidners Onkel aus *The Battle of Pollocks Crossing.* Miss Witherpen wird in *Ein Monat auf dem Land* erwähnt.

Ein Waffengang

Obwohl ich nicht wusste, dass es der Anfang vom Ende sein würde, erinnere ich mich natürlich haargenau an die Umstände. Es war ein Samstag, und wir vier saßen am Tisch beim Wohnzimmerfenster und nahmen mit gehacktem Lammnacken vorlieb. Ich entsinne mich sogar, wie sich Mum brüstete, niemand, wirklich niemand (»Nicht wahr, Dad?«) wäre in der Lage, ihre Plastiktischdecke von einer Leinendecke zu unterscheiden.

»Dieses blassrosa Gittermuster: Kein Mensch (Nicht wahr, Dad?) käme auf die Idee, dass es nicht eingewebt ist.«

Diese dringenden Bitten nach Bestätigung von oberster Stelle waren indes rein rhetorisch; denn auch nur ein Grunzen oder, wahrscheinlicher, ein Kläffen – vom Wesen her war Dad ein Foxterrier: angriffslustig, aufgestellte Nackenhaare, bissig – hätte sie vor Dankbarkeit in Ohnmacht fallen lassen. Aber diesmal verblüffte er uns alle mit der Heftigkeit seiner Reaktion. Er sprang auf und schrie: »Da! Seht ihr! Faulenzer! Allesamt! Leben alle von der Stütze! Langhaariges Schmarotzerpack!«

Wenn bei uns zu Hause der Eine und Einzige aufsprang, sprangen alle auf. Dabei trottete nur wieder ein Häufchen grimmig entschlossener Abrüstungsgegner mit ihren »Ban-the-Bomb«-Schildern vorbei in Richtung amerikanische Cruise-Missile-Startrampe. Schon seit ein paar Stunden zogen Grüppchen durchnässter Demonstranten durch Jordans Bank, aber noch immer hatte sich Dads schlechte Laune nicht erschöpft. (Wie auch, wo sie doch unerschöpflich war?) Und auch diesmal hätte die Fensterscheibe sein Gift geschluckt, wäre nicht in diesem Moment eine rauhaarige Promenadenmischung hinter meinem streunenden Kater her (dem ich insgeheim hie und da Unterschlupf bot und der, wie ich wusste, gut auf sich selbst aufpassen konnte) in den Garten hereingeschossen.

Dad stieß mit dem Fuß einen Stuhl zur Seite und stürmte wutschnaubend in den strömenden Regen hinaus. »Raus hier! Verschwinde, du verdammtes Mistviech!«, brüllte er und ließ seinen Spazierstock durch die Luft sausen, woraufhin die törichte Hundekreatur schlingernd und schlitternd Zuflucht ausgerechnet im Allerheiligsten suchte: dem Treibhaus. Dort scheuchte er sie in die Enge, um ihr das Fell zu gerben, wobei der erste Hieb nur ein paar gemästete Tomatenpflanzen fällte.

Doch etwas anderes, nicht minder Spektakuläres war derweil im Gange: Eine große hagere Frau in einem ehrwürdigen Trenchcoat rauschte durch das Gassentor herein und eilte zur Rettung des Tiers herbei.

»Wagen Sie es ja nicht, Sie abscheulicher Rüpel!«, rief sie mit gebieterischer Stimme. »Wagen Sie es ja nicht! Haben Sie gehört? Wehe, Sie krümmen meinem Hund« – wobei sie das Wort wie »Hond« aussprach – »auch nur ein Haar: Dann werde ich Sie auf die Anklagebank zerren – wenn es sein muss, vor sämtliche Instanzen in diesem Land. Hierher, Mustafa, du lieber kleiner *Hond*, komm schön her.«

Dad und sie starrten einander grimmig an. Schließlich marschierte sie an ihm vorbei, brach eine weitere Tomatenpflanze ab, während sie im Dickicht nach ihrem Hund stöberte, und drehte sich dann um. Und erblickte mich. Es war Miss Braceburn.

Ich sandte ein Stoßgebet gen Himmel (ohne die geringste Hoffnung, dass es erhört würde): »O Herr, lass es nie wieder Montag werden.« Denn ihre Augen hatten mich bereits registriert: »Ah, Hetty Birtwisle«, und ich wäre am liebsten unter der Türschwelle versunken. Doch mein nächster Gedanke war: Wenn es schon Montag werden musste, konnte ich wenigstens Mariana erzählen, dass Miss Braceburn einen kleinen »Hond« namens Mustafa hatte.

Verächtlich warf Miss Braceburn sich das eine Ende ihres College-Schals über die Schulter und schritt hoch erhobenen Hauptes hinaus, um sich wieder zu den Demonstranten zu gesellen. Durchnässt und elend marschierten diese tapfer weiter, wild entschlossen, den Vorposten des Feindes bald gegenüberzutreten.

»Nein, nein und nochmals nein, ich möchte nichts von deinem verdammten Sago-Pudding!«, brüllte Dad Mum an. »Und hör auf, blöd rumzustehen und zu glotzen. Fällt dir nichts Besseres ein, Frau? Los, lauf ihr nach und schreib ihren Namen und ihre Adresse auf, damit ich sie wegen Sachbeschädigung vorladen lassen kann.« Dann ging er türenknallend hinaus und lief ums Haus herum, um zwischen unseren bedröppelten Hennen seine Niederlage zu betrauern. Er wusste, dass er geschlagen war. Schlimmer noch, er wusste, dass ich es wusste.

Nur zu gern hätte ich eine Bemerkung darüber fallen lassen, wie sehr sich Dad über die geringste Kleinigkeit aufregen konnte, wusste aber nur zu gut, dass Sonny (mein zwölfjähriger Bruder) mich bei ihm verpetzen würde. Also bediente ich mich stillschweigend an dem verschmähten Pudding.

Schließlich kam Mum durchnässt und geknickt zur Tür hereingeschlichen. Doch dann richtete sie sich auf und bemerkte, dass sie, jedenfalls vorerst, aufhören konnte, wegen des Misslingens ihrer Mission um Gnade zu winseln.

»In diesem Sturzregen sehen alle gleich aus, Ethel«, klagte sie. »Man kann Männer nicht von Frauen unterscheiden. Und wie hätte ich sie wiedererkennen können, wo ich doch an nichts anderes als an diese Tomatenpflanzen denken konnte. Ich habe herumgefragt, aber niemand kannte jemand anderen, sie scheinen aus den unterschiedlichsten Ecken des Landes hergekommen zu sein. Und als ich herumfragte, haben ein paar von ihnen so merkwürdig geredet, dass ich unmöglich aus ihren Antworten schlau werden konnte.«

Ein mädchenhaftes Entzücken blitzte in ihren blassen Augen auf. »Da war eine große schwarze Frau. Du hättest ihre goldenen Ohrringe sehen sollen! Solche Trümmer! Und ihre Zähne, als sie gelacht hat! Sie hatte eine Art gelben Turban auf, und die Soße lief ihr übers ganze Gesicht. Das Färbemittel, meine ich. Aber wie sie gelacht hat, nein, so was!«

»Ich gehe nur kurz zu Polly rüber und bringe ihr den Lateintext für die Hausaufgaben«, meinte ich. »Wenn Dad fragt, wo ich bin, sag ihm, ich komme gleich wieder.«

»Sieh zu, dass du nicht nass wirst, Ethel!«, rief sie mir mechanisch nach. Hastig schlüpfte ich in den blauen Gabardine-Regenmantel, der mir seit achtzehn Monaten zu klein war, zwängte mir den vom Major aufgedrängten Angler-Ölhut auf den Kopf – und mischte mich unter die Demonstranten.

Frieden um jeden Preis

Einige trugen Spruchbänder:

ABERTILLERY WILL FRIEDEN
BERMONDSEY GEGEN ATOMBOMBEN
OLDHAM & ROCHDALE TIERRECHTSAKTIVISTEN

Aber keiner dieser Orte, mochten sie noch so entlegen sein, konnte es mit unserem Landstrich aufnehmen – Zwiebelfelder, Kartoffel- und Rübenäcker, meilenweite heckenlose flache Eintönigkeit, Deiche und Gräben mit Armsäulen an Kreuzungen, die Reisende, sofern sie nicht bereits ertrunken waren, auf Orte mit Namen wie Poulter's Guelph oder Forty Foot Drain hinwiesen.

Ich schob mich durch eine Schar sich auf dem Rückzug befindender »Pommes mit allem, was die Küche so hergibt«-Bierbäuche, deren eingeknicktes Transparent sie als Sons of the Jarrow Marchers auswies, und reihte mich neben einem behaarten Riesen ein.

»Elendes Marschland!«, maulte er. »Kein Wunder, dass die Bauern Gesichter wie Frösche haben. Zu welcher Gruppe gehörst du? Hoffentlich nicht zu diesem großmäuligen Trupp aus Scargill?«

»Philosophier-und-Debattierclub aus Putney«, log ich.

»Sentimentale Mittelschichtler, die immer nur Beschlüsse fassen und sonst verdammt noch mal nichts! Du solltest dich uns Aktivisten anschließen. Erst zuschlagen, dann reden. Wo verortest du dich so?«

»Bei den Republikanern«, erwiderte ich. »Wir sind die letzten Republikaner. Die Nachfahren der Civil War Putney Army Debates, du weißt schon.«

»Putney. Ne, noch nie gehört«, knurrte der widerwärtige Kerl.

»Dann wird es aber Zeit«, sagte ich im Brustton der Überzeugung, einem Ort Loyalität bezeugend, der seine Bekanntheit lediglich dem alljährlichen Ruderregatta-Tag verdankte (bei dieser Gelegenheit beschloss ich, mich mit der republikanischen Idee auseinanderzusetzen, hatte ich doch die Nase voll von den immer gleichen Bildern von Prinzessin Diana, die in stets neuen Outfits über den Bildschirm flimmerte).

»Hey, warum fährst du nicht mit mir in meinem Schlitten nach Darlington zurück, bevor die Staatspolizei dich auf den Schirm kriegt? Ich steh auf langbeinige Rothaarige. Ich hab dort 'ne Sozialbude. Wir könnten unsere Stütze zusammenlegen. Außerdem bin ich gut im Bett.«

Ich ließ mich zurückfallen und gesellte mich zu einem Pfarrer, dessen ihm treu folgender Frau und ihren drei kleinen Kindern. Keine Ahnung, was in den Köpfen der Kleinen vorging. Aber keines von ihnen heulte, vermutlich hatten sie erkannt, dass nicht der Hauch einer Chance bestand, mit einem Eis am Stiel bestochen zu werden. Oder aber sie waren zu dem Schluss gekommen, dass das hier auch nicht schlimmer war, als über einen Kirchenbasar geschleppt zu werden.

Der Pfarrer gab sich intellektuell. »Endlos, kahl, dehnen sich die einsamen Rübenfelder«, zitierte er falsch. »Und doch leben hier Leute!«

Natürlich leben hier Leute! Warum auch nicht!, dachte

ich, denn das Fenland steckte mir in den Knochen, und das würde es wohl bis ans Ende meiner Tage, wenn nicht gar bis ans Ende aller Zeiten tun. In einer fernen Zeit an einem anderen Ort sollte ein Ehemann einmal übellaunig ausrufen, er verstehe mich einfach nicht. Und der arme Kerl würde recht haben. Denn wie sollte er auch, wenn er nie faulige Wassergräben gerochen, nie gesehen hatte, wie sich unsere wässrigen Weiten in der Dunkelheit auflösten? (Bis zum heutigen Tag fühle ich mich an schönen Orten unwohl.)

Und so schlurften wir weiter durch Pfützen und Lachen auf dieser Avenue voll trostloser Sehenswürdigkeiten, und manch einer oder eine wunderte sich zweifelsohne angesichts dieser Kundgebung, wozu es Leute mit Hochschulreife so treiben kann, und sah sich in dem lang gehegten Glauben bestätigt, dass Lernen in der Tat das Gehirn aufweicht.

Ein kleines Flugzeug drehte unverdrossen seine Runden, eine Reihe großer Lettern im Schlepptau – GEHT NACH HAUSE, WIEDERHOLUNGSTÄTER. »Wie ermutigend!«, bemerkte der Pfarrer. »Wirklich, wie ermutigend. Es besteht noch Hoffnung für das gute alte England, wenn der Verband der Junglandwirte ein solch langes Wort richtig buchstabieren kann.« Aber diese feindselige Botschaft vom Himmel gab einer alten Dame weiter vorn offenbar den Rest, jedenfalls scherte sie aus, platschte durch einen halb vollen Wassergraben und warf sich gegen den Maschendrahtzaun. »Mörder!«, kreischte sie mit kultivierter Stimme. Nicht ohne Bewunderung sah ich ihr zu und rechnete fast damit, dass sie sich bis auf amerikanisches Terrain durchbeißen würde, aber sie knirschte nur mit den Zähnen, und schon sprang ihr ein junger Bursche, durch einen Reitmantel gegen die Elemente gewappnet, nach und führte sie auf die Straße zurück.

»Versprich, dass du es nicht deinem Vater erzählst, Tom«, sagte sie keuchend. »Nur gut, dass uns hier niemand kennt.«

Und das war im Grunde auch schon alles, was passierte. Die Amis waren zusammen mit ihren Raketen in Bunkern in Sicherheit gebracht worden. Eine Front unserer eigenen Landsleute entwaffnete uns, indem sie fröhlich jede oder jeden über vierzig mit »Gran« oder »Grandpa« ansprachen und leere Kunstdünger-Plastiksäcke austeilten, damit wir uns gegen die Elemente, unseren gemeinsamen Erzfeind, schützen konnten. Tatsächlich wurden die Ordnungskräfte und Kräfte der Unordnung immer nasser und ununterscheidbarer, sodass, als jemand in seine Trillerpfeife blies und wir den Rückzug antraten, der Inspektor zum Pfarrer meinte, er hätte sich keinen netteren Haufen von Demonstranten wünschen können, und ob er nicht auch gottfroh sei, in einem Großbritannien zu leben, wo man an verregneten Sonntagnachmittagen freundlich Meinungsverschiedenheiten austragen könne? Ich für meinen Teil hatte insgeheim gehofft, die Familienehre wiederherstellen zu können, indem ich Miss Braceburn zeigte, dass wenigstens ein Birtwisle-Herz am richtigen Fleck schlug. Aber daraus wurde nun nichts. Bestimmt hatten weder sie noch Mustafa feige vor dem Sturzregen die Waffen gestreckt, und daher war ich mir sicher, dass weiter vorn ein furchtloses Paar im Schlamm lag und das Tor zur Tyrannei versperrte.

Mariana in ihrem umhegten Gehöft

Um mir ein Alibi zu verschaffen, schaute ich bei Polly vorbei, oder eben bei »Mariana« in ihrem »Gehöft«, denn so wollte sie und sollte ihr Zuhause genannt werden, seit sie, viel zu früh, den Versen Tennysons ausgesetzt gewesen war. Ihre Mutter war bei ihrer Geburt gestorben, und nachdem ihr Vater gebrochenen Herzens nach Australien geflohen war (wo sein Schiff auf einen Felsen auflief), lebte sie bei ihrem greisen Großvater, Major Horbling.

Ich traf sie in seinem Armsessel lümmelnd an, Alfred Tennysons *Ausgewählte Gedichte* im Schoß, der Fernseher und das Radio laut aufgedreht. Und als ich sie daran erinnerte, dass Robert Browning der Dichter sei, der in der Abschlussprüfung abgefragt werde, meinte sie, sie wisse das auch. »Browning. Kein Herz, nur Verstand«, fuhr sie gereizt fort. »Allein schon sein Name! Klingt wie eine Instant-Bratensoße. Da finde ich sogar Polly ›Horbling‹ weniger abstoßend.«

Während sie das sagte, klappte sie betont beiläufig das Buch zu. Zu spät. Ich hatte bereits einen Blick auf die Seite erhascht und gesehen, dass sie ihre Zeit mit der Lektüre von *Sir Galahad* vertan hatte. »Du solltest Ronnie aus deinem Leben verbannen«, sagte ich. »Ich bin mir sicher, du hast selbst erkannt, was für ein hoffnungsloser Fall er ist.«

»Mag sein«, sagte sie seufzend, »aber ich bin trotzdem verrückt nach ihm – er ist einfach umwerfend. Wenn er seine großen blauen Augen auf mich richtet, wird mir hier ganz mulmig.« Sie berührte kurz ihren Unterbauch. »Er ist 'ne Wucht … Eine Zeit lang in seinen Armen liegen, das wär's.«

Ich fragte sie, ob nach dem Sportunterricht schon einmal ein Schwall seines Achselschweißes in ihre Richtung geweht sei, und äußerte meine Zweifel, dass sie es allzu lange in seinen Armen aushalten würde. Aber sie hatte offenbar gar nicht zugehört. »Was meinst du, Hetty«, fuhr sie fort, »wie es wohl ist, eine ganze Nacht lang in den Armen eines Mannes zu liegen? So behaglich und köstlich, ohne wegen des kleinsten Geräuschs von draußen hochzuschrecken. Ich habe das Gefühl, so etwas in der Art könnte meine *raison d'être* sein – falls du mir folgen kannst.«

Und sie setzte diesen schwärmerisch-abwesenden Blick auf und fuhr sich mit den pummeligen Fingern durch die unnatürlich blonden Locken. Ich lenkte ihre Aufmerksamkeit auf den Kavalleriesäbel ihres Großvaters, der bedrohlich über dem Kamin hing, und fügte hinzu: »Ich glaube nicht, dass Ronnie dieser Aufgabe gewachsen wäre. *Sir Galahad* und er – das passt wie die Faust aufs Auge.«

»Ach, du willst einfach kein gutes Haar an Ronnie lassen – und an Tennyson auch nicht!«, rief sie aus. »Seit wir die Braceburn in Englischer Literatur haben, hast du nur noch sie und Browning im Kopf.«

»Na ja, Alf Tennysons *Sir Galahad* kann nun einmal nicht mit Robert Brownings *Childe Roland* mithalten«, sagte ich kühl.

»Ach, Unsinn!«, widersprach sie heftig. »Was ist zum Beispiel damit:

›Hart und sicher ist sein Lanzenstoß.

Seine Stärke ist wie die Stärke von zehn,

Denn sein Herz ist rein und groß.‹

»Puh! Der alte dümmliche Speichellecker muss Queen Victoria versprochen haben, dass er sich ihren eigenen Galahad, Albert, zum Vorbild nimmt, wenn sie ihn im Gegenzug in den Adelsstand erhebt.«

Dabei hatte ich durchaus das Gefühl, dass mein Urteil ein wenig zu streng war. Ronnie sah in der Tat gut aus – wenngleich auf lasche Art. Damit meine ich, dass sich die einzelnen Teile an ihm – goldene, sanft gewellte Haare, porzellanblaue Augen, energisches Kinn, schmale Taille, lange Beine –, jedes für sich über jede Kritik erhaben, nicht zu einem atemberaubenden Ganzen zusammenfügten. Irgendetwas fehlte. Man musste ihn nur ansehen, um zu erkennen, dass er es nicht draufhatte, mit seinem Mädchen davonzulaufen (wie Shelley einst) oder Guinevere nachzujagen statt dem Heiligen Gral.

Inzwischen war Mariana so genervt und sauer auf mich, dass sie mich anfuhr: »Musst du eigentlich immer so geschraubt daherreden?«

»Ich fürchte, daran ist der Lateinunterricht schuld«, sagte ich kleinlaut. »Du weißt ja, dass ich es bis zum großen Latinum getrieben habe, für die Hochschulreife. Aber ich werde versuchen, mich zu bessern.«

Doch damit ließ sie sich nicht beschwichtigen.

»Nun, du kannst ja nichts dafür, dass du so hochgeschossen, dünn und farblos bist; schließlich ist es nicht deine Schuld, dass dir deine Mutter dieses mickrige Essen vorsetzt, jedenfalls war es mickrig, als ich vor einer Ewigkeit mal bei euch zum Abendbrot war. Und wie hat sie diese kümmerlichen

Rippchen angepriesen, an denen man sich die Zähne abgeschabt hat, und wie hat sie damit geprahlt, wie günstig sie sie beim Metzger ergattert hatte (›Nicht wahr, Dad?‹). Spricht sie eigentlich immer so? Allerdings würde ich nicht sagen, dass du ihr nachschlägst, geschweige denn ihm. Vielleicht einer deiner Großmütter? Von irgendwem musst du deine roten Haare und die flache Brust ja haben. Erblasst du nicht vor Neid beim Anblick der Brüste von Rubens Juno in Miss Witherpens Kunstraum? Oder von meinen …«

Ich sei sehr zufrieden, wie die Dinge seien, erwiderte ich spitz. Das sei allemal besser, als sich anhören zu müssen, man sähe aus, als würde man jeden Morgen mit der Fahrradpumpe aufgeblasen. Und schloss (um weiterer Missstimmung vorzubauen) mit der Feststellung, ich müsse mich sputen, rechtzeitig nach Hause zu kommen, wenn ich vor der Inquisition verschont werden wolle.

»Großvater ist auf einem Geländemarsch!«, rief sie mir hinterher. »Falls du ihm über den Weg läufst, halte ihn bitte nicht auf, es ist höchste Zeit, dass der Eintopf vom Herd kommt. Versuche ihm zu erklären, dass die Feuerbohnen längst in den Topf gewandert sind. Dann wird er ein bisschen schneller nach Hause tapsen.«

Während ich mich auf den Nachhauseweg machte, hatte ich das unbestimmte Gefühl, dass das Leben doch mehr in petto haben musste, als fünfzig treue Ehejahre lang Nacht für Nacht von Männerarmen eingeschnürt zu werden, dreimal am Tag eine Mahlzeit aufzutischen und am nächsten Tag denselben Trott von vorn zu beginnen. Oder, falls ich einer Heirat entging, wie eine bebänderte Puppe mit großen Brüsten herumgereicht zu werden. Was für eine entsetzliche Lebensperspektive!

Als ich beim Entwässerungskanal ankam, sah ich, wie sich der Major, die Tweedkappe stramm über die Ohren gezogen, gegen den garstigen Ostwind am gegenüberliegenden Ufer entlangkämpfte. Er stapfte auf die Brücke, und als wir auf derselben Höhe waren, duckten wir uns beide nach Lee.

»Was muss ich tun«, schrie ich gegen den Wind an, »um ein glückliches Leben zu führen? Aber kein allzu glückliches? Um mich zu verwirklichen?«

»Hä?«, schrie er.

»Rat, ich brauche Ihren Rat!«, schrie ich. »Wie es mir gelingt, ein ausgefülltes Leben zu führen.«

»Heirate einen tüchtigen Mann!«, schrie er zurück. »Einen gottgläubigen, guten Mann!«

»Also, zu heiraten habe ich eigentlich nicht vor, Major. Jedenfalls nicht in den nächsten Jahren. Zuerst möchte ich mein Potenzial ergründen. Meiner Berufung gerecht werden. Wenn Sie mir folgen können. Ach ja, und Polly meint, die Bohnen seien im Topf.«

»Heirate einen tüchtigen Mann, Hetty!«, rief er. »Einen gottesfürchtigen, der von frommen Mitgliedern der Church of England großgezogen wurde. Einen konfirmierten Mann! Einen dem Anglokatholizismus zugeneigten! Einen Mann, der eine Bibel auf dem Nachttisch liegen hat. Einen guten Mann!« Er winkte mit seinem Stock und stapfte, sich gegen die steife Brise stemmend, weiter.

Derweil hatten sich die Friedensmarschierer in gastlichere Klimazonen zurückgezogen, und Jordans Bank zeigte wieder sein gewohntes Antlitz – eine Ansammlung von Häusern, die aus bei Insolvenzverkäufen ergatterten Ziegeln zweiter Wahl hochgezogen worden waren, dazwischen hie und da ein verzagter Baum und ein halbes Dutzend Bauernhöfe, eingesunken im Torf. Ich konnte mich dennoch nicht dazu durchringen, eine Abneigung gegen das Dorf zu hegen. Ich kannte nichts anderes, denn auch wenn Dad einen ältlichen Morris Minor besaß, hielt er absolut nichts davon, weiter zu fahren als bis nach Peterborough in der einen Richtung und bis nach Wisbech in der anderen. Und so beschränkte sich mein Wissen über alles, was jenseits davon lag, auf das, was ich in Romanen gelesen und beim Major und Mariana im Fernsehen gesehen hatte. (Auch davon hielt Dad absolut nichts.)

Als ich am Pub vorbeikam, entdeckte ich ein kürzlich angebrachtes Postscriptum – KRIEGSTREIBER WILLKOMMEN – neben dem bekannten Wahlspruch des Inhabers: FRIEDENSCAMPER WERDEN NICHT BEDIENT, und ich blieb stehen, um die Postkarte in Augenschein zu nehmen, die ein auswärtiger Witzbold unter der Türklingel befestigt hatte:

HIER DRÜCKEN FÜR EINEN KOSTENLOSEN
ZEHNMINÜTIGEN VORTRAG VON
MRS THATCHER

Dann eilte ich weiter und war beim Anblick der Verwüstung im Treibhaus heilfroh, Mariana nicht erzählt zu haben, wie ich den Nachmittag verbracht hatte: Sie neigte zu schwatzhafter Indiskretion.

Miss Braceburn

Mariana und ich waren zwei Leuchten an der Waterland High, einer Bildungseinrichtung, die bislang selbstvergessen vor der gefürchteten Gesamtschulbewegung verschont geblieben war. Der Rektor, Mr F. Spendlow, B.Sc., hatte sein Leben in verschiedenen Erziehungsinstitutionen gefristet, seit seine Mutter ihn an einem lange zurückliegenden Morgen mit der Schubkarre in eine hineinbefördert hatte, wobei er zweifelsohne um sich getreten und geschrien haben musste, als er die lebenslängliche Strafe erahnte, die er würde absitzen müssen. Längst war er zur Harmlosigkeit institutionalisiert, und man konnte ihn getrost vergessen.

Der Lehrkörper war ohnehin im Großen und Ganzen ein farbloser Haufen. Die meisten Zugehörigen waren schon vor so langer Zeit in unserer Bildungseinrichtung zur Ruhe gebettet worden, dass sie sich wie Zombies bewegten und redeten, so öde Sätze vor sich hin murmelnd wie: »Nun notiert euch, was ich selbst vor dreißig Jahren notiert habe«, »Wo waren wir letztes Mal stehen geblieben?« oder »Mädchen, wir müssen uns für das drohende technologische Zeitalter wappnen«. Hin und wieder verschwand ein Lehrer oder wurde, nachdem er oder sie das fünfundsechzigste Lebensjahr erreicht hatte, mit einer gravierten Armbanduhr als Symbol für die unerbittlich voranschreitenden Jahre in den Ruhestand verabschiedet. Sie wurden durch unstete junge Frauen ersetzt, die auf der

Suche nach passenden Ehemännern waren und, nachdem sie lediglich betrunkene Rugby-Clubmitglieder vorfanden oder sich hingebungsvoll um ihre betagten Mütter kümmernde Bankangestellte, das vertraglich vereinbarte Jahr abarbeiteten und dann das Weite suchten.

Was Miss Braceburn dazu bewogen hatte, hier zu verweilen, entzog sich meiner Vorstellungskraft. Offenkundig hatte sie schon bessere Tage gesehen; tatsächlich enthüllte sie uns, sie habe Philip Larkin als »Phil« gekannt und bei einem literarischen Lunch einmal mit Stevie Smith gescherzt. Und was jene Geistesgrößen betraf, denen sie gar nicht begegnet sein konnte, weil sie zu ihrer Zeit bereits tot waren, so enthielten ihre erstaunlichen Behauptungen über sie dermaßen vertrauliche Details, dass wir ihr bereitwillig abnahmen, sie gekannt zu haben, womöglich in einem früheren Leben. Wenn sie aus tiefster Seele loslegte, sah man vor sich, wie sich die Altvorderen heftig im Grab herumwarfen, wenn nicht gar daraus hervorschossen. Selbst der dröge alte Matthew Arnold …

»Ach Liebste«, stöhnte sie etwa, »lass uns aufrichtig Zueinander sein …!«

In Momenten wie diesen schien sie tatsächlich in großer Bedrängnis zu sein, so wie sie die mageren Knöchel gegen die Rippen presste und hauchte:

»… denn die Welt, die wie ein
Land der Träume vor uns liegt,

…

Birgt weder Freude, Liebe noch Licht.«

Mariana und ich rätselten über dieses Phänomen. »Klöße!«, verkündete sie. »Wenn ich die Großvater abends aufgewärmt auftische, stöhnt er auch immer so. Aber bei *ihm* reicht eine Alka Seltzer, damit er sich wieder beruhigt.«

So absurd der Vergleich war, ich widersprach ihr nicht. Da Miss B. die Hoffnung hegte, ich würde eines der wenigen Oxbridge-Stipendien, die an die Waterland High gingen, ergattern, förderte sie mich besonders. Daher kannte ich sie gut genug, um zu wissen, dass sie eine unbestechliche Idealistin war. Als solche geboren, würde sie bis zum Lebensende eine bleiben. Für sie war englische Literatur kein Broterwerb, sondern Lebensinhalt. Eine private Sitzung bei ihr konnte sich zum Beispiel folgendermaßen abspielen:

»Was hältst du von Robert Browning, Hetty? Ein kritisches und wohlüberlegtes Urteil, wenn ich bitten darf. Robert Browning – der Mensch, nicht seine Reputation.«

»Oh«, sagte ich dann möglicherweise, »das lässt sich leicht beantworten, Miss Braceburn. Das letzte Jahr mit ihm war eine absolute Offenbarung. Seither vergleiche ich jeden anderen Mann mit ihm. In der Abschlussklasse gibt es jedenfalls keinen, der ihm auch nur annähernd das Wasser reichen könnte. Wobei das natürlich eine persönliche oder vielleicht sogar eine Minderheitsmeinung ist; jedenfalls wird sie nicht von jemandem geteilt, der benannt werden könnte.«

»Nein, bitte nicht«, könnte sie erwidern. »Aber Hetty, versprich mir, dass du künftig ein bisschen wählerischer im Gebrauch von Adjektiven bist. Frag dich immer, ob sie die Aussagekraft des Substantivs verstärken oder nicht. Hätte, zum Beispiel, ›Offenbarung‹ nicht genügt? Und das Wort ›absolut‹ – ich würde dich bitten, dass du nachschlägst, was das Shorter Oxford English Dictionary zu ›absolut‹ zu sagen hat. Es hat eine schwankende Bedeutung, ein Wort, das mit äußerster Vorsicht gehandhabt werden will.

In Bezug auf Robert Browning teile ich in jedem Falle deine Begeisterung: Er ist ein Freigeist. Seit meiner Zeit in Cambridge bedeutet er alles für mich. Mein Tutor, Professor Massinger, hatte (abgesehen von seinem Haar, das vom gleichen rötlichen Farbton war wie deines, Hetty) große Ähnlichkeit mit dem Dichter, so wie die frühen Porträts ihn zeigen. Ach, und wie er Brownings Verse vortrug! Man hatte das Gefühl, R. B. persönlich zu lauschen. Genau wie ich und genau wie du, Hetty, war Professor Massinger ein intellektueller, ein literarischer Mensch. (Nicht nur literarisch gebildet, wohlgemerkt, sondern tatsächlich literarisch.) Und nun wollen wir uns mit *Abt Vogler, ein Monolog*, Seite 167, beschäftigen.

›Alles Gute, das wir uns erwünscht, erhofft oder erträumt
　　haben, wird sein …‹

(Vergiss das niemals, liebe Hetty – auch nicht, vor allem nicht in Momenten der Verzweiflung.)

›Die Leidenschaft, die von der Erde in den Himmel steigt,
Ist Musik, die der Dichter und Liebende an Gott sandte.
Es reicht, dass Er sie einmal gehört hat: Wir werden sie
　　hören zu gegebener Zeit.‹

Und beachte den Doppelpunkt, das am meisten missbrauchte Satzzeichen. Hier sehen wir einen vorbildlichen Gebrauch – es kennzeichnet eine abrupte Folgerung aus einer vorausgegangenen Aussage.

Nun ja, für oberflächliche Gemüter ist Robert Browning

nichts.« (Konnte sie etwa zufällig meine Unterhaltung mit Mariana mitgehört haben?) »Browning ist nur etwas für starke, eigenwillige Menschen, für solche, die entschlossen sind, sich mit dem Leben auseinanderzusetzen. Und mit ihm! Ganz besonders (nun, da die Abschlussprüfung uns bevorsteht) mit ihm!

Und nun wieder zurück zu *Abt Vogler*. Es ist eines von Brownings ganz großen Werken. Wie Beethovens späte Quartette, wie die Gemälde von Goya in seinem sogenannten Alterswahnsinn. Wie William Shakespeares *König Lear*, mit dem er den Zenit seines Schaffens erreichte. Und jetzt zu Seite 168, Zeilen 19 und 20. Sieh dir diese letzte Kadenz an.

›Und das, horcht, habe ich gewagt und getan,
denn mein Ruheplatz ist gefunden.
Das C-Dur dieses Lebens: Und nun will ich
zu schlafen versuchen.‹

Hoffnung! Klammere dich an die Hoffnung, will uns R.B.s *Abt Vogler* sagen: *Wenn es keine Hoffnung mehr gibt, ist alles verloren.* Um kurz abzuschweifen – versprich mir, dass du dich (ganz allgemein gesprochen) stets an die Hoffnung klammern wirst, Hetty.«

»O ja, o ganz bestimmt, Miss Braceburn. Das mach ich. Und (wenn irgend möglich) in C-Dur.«

»›Mach ich‹ ist umgangssprachlich. Sag ›Das werde ich‹ – das ist eleganter. Vielleicht solltest du dich auch an Folgendes klammern: Bis zu den Abschlussprüfungen sind es nur noch wenige Tage.«

So oder so ähnlich war es, von Miss B. privat unterrichtet zu werden.

Aber jetzt zurück zu den aktuellen Geschehnissen …

»Hetty«, sagte sie, »vor zwei Tagen in Jordans Bank … Dieser Herr … war das dein Vater?«

Ich bejahte es.

»Ah!«, sagte sie. »Ah ja! Hilf mir doch bitte auf die Sprünge – was macht Mr Birtwisle beruflich noch einmal?«

Ich antwortete, er sei Finanzdirektor.

Auch wenn ihr Hauptaugenmerk den Dichtern galt, war sie gewieft genug, zu wissen, dass das nicht stimmte; die Kugelschreiber, die an seine Brusttasche geklemmt waren, hatten ihn als Steuereintreiber verraten.

»Hat sich ihr *Hond* vom Regenguss am Samstag wieder erholt?«, fragte ich. »Und wie ist er zu seinem ungewöhnlichen Namen gekommen?«

»Oh, es geht ihm ganz gut, danke, Hetty«, antwortete sie lächelnd. »Er ist kein empfindlicher *Hond*; er hat eine robuste Konstitution und ist nicht nachtragend. Ach ja … sein Name? Mustafa war ein türkischer Jagdhund in irgendeinem Krieg, der, als fast die ganze Einheit tot war oder im Sterben lag, sich eine brennende Fackel schnappte und (wie es heißt) die Lunte an der geladenen Kanone entzündete, um eine Schneise in die Linien der vorrückenden Franzosen (ein heruntergekommenes Volk) zu schlagen. Wenn ich heute Abend in meine Wohnung zurückkehre, werde ich ihm ausrichten, dass du dich nach ihm erkundigt hast.«

Dann sah sie mich lange und forschend an, nahm mein Kleid und meine Bücher in Augenschein und eilte davon. Und nach unserem Treffen war ich mir mindestens für zehn Minuten sicher, dass alles Gute, wovon wir träumten, existierte, dass am Ende das Erhabene obsiegen würde. Und dass meine Zeit kommen würde.

Im Schulbus sprach ich mit Mariana darüber, aber die hatte trotz der bevorstehenden Abschlussprüfungen nichts als Sex im Kopf. »Erkennst du denn nicht Brownings intellektuelle Überlegenheit gegenüber Tennyson, diesem beschränkten Geist, der allenfalls kleinliche, unbefriedigte sinnliche Neigungen hegte? Ich möchte ihm nichts unterstellen: Es ist nur so, dass seine Verlobung mit Emily Sellwood sechzehn Jahre gedauert hat, und er war ein Mann, der gut aß.«

»Es ging ihm nicht um Sex«, antwortete sie und spähte schmachtend zu Ronnies goldenem Haupt ein paar Sitze weiter vorn. »Sondern um Liebe!«

»Aufgrund diverser Bücher, die ich in meiner Freizeit gelesen habe – keine Schullektüre –, bin ich schon früh zum Schluss gekommen, dass das für Männer ein und dasselbe ist«, gab ich zurück. »Wenn sie über das Herz reden, haben sie Brüste und Hinterteile im Sinn.«

»Na und?«, sagte sie unumwunden. »Mir gefällt es, wenn sie von meinen Titten fantasieren. Weißt du noch, wie Miss Livesay dieses Bullenherz sezierte, das sie beim Metzger geschnorrt hat, und wie die beiden, die am nächsten beim Vorführtisch standen, in Ohnmacht fielen und Lucy Gill sich sogar übergeben hat? Im Übrigen würde ich darauf wetten, dass sich Lord Tennyson bestimmt nicht klammheimlich mit Liz Barrett davongestohlen hätte wie dein Browning mit seiner Geliebten. Er wäre mutig die Wimpole Street hinuntermarschiert, hätte die Tür ihres Elternhauses eingetreten und mit seinen Hosenträgern ihren grässlichen Vater ans Treppengeländer gefesselt.«

»Was haben das Bullenherz und Lucy Gill damit zu tun?«, fragte ich irritiert. Doch nachdem sich Ronnie umgedreht und unsere Existenz gnädig zur Kenntnis genommen hatte, war Mariana völlig durch den Wind. Also ließ ich ihre lächerliche Mutmaßung unwidersprochen. Traurigerweise war Englands literarisches Vermächtnis an sie verschwendet. Sie war ein famoser Kumpel, immer zur Stelle, wenn man in Not war, hatte aber diese derbe Ader, ganz im Gegensatz zu ihrem Großvater, der trotz seiner Besessenheit von früheren Kriegen ein empfindsamer Mensch war.

(Ich beschloss, ihr nicht zu erzählen, dass mich Ronnie auf dem Weg aus dem Speisesaal mit seiner großen heißen Hand angefasst und gemurmelt hatte: »Treffen wir uns am Samstag in der Disko in Dads Pfarrgemeinderaum?«)

»Gehst du in die Disko?«, frage Mariana.

»Du weißt doch, dass es zwecklos wäre, zu Hause überhaupt zu fragen. Dad würde nur wissen wollen, wo die fünfzig Pence herkommen sollen, und es als Gelegenheit nutzen, mir zu unterstellen, ich würde den Abend im Gebüsch verbringen wollen und mit einem Baby im Bauch zurückkommen.«

»Du lieber Himmel, ich hoffe wirklich, du kriegst dieses Unistipendium und kommst von hier weg. Das sind jetzt die besten Jahre deines Lebens, und schau dir an, wie du sie vertust. Wenn deine Noten nicht gut genug sind, was glaubst du, wird dann aus dir werden?«

»Keine Ahnung«, antwortete ich. »Wobei Dad garantiert klare Vorstellungen davon hat – wenn es nach ihm geht, werde ich vermutlich in einem öden Büro in der Bezirksverwaltung landen.«

»Glaubst du, Männer spielen irgendeine Rolle im Leben von Miss B.?«, fragte Mariana und lenkte unser Gespräch wie so oft wieder in eine ganz andere Richtung.

»Nun, sie muss jedenfalls einen Vater gehabt haben.«

»Du weißt genau, was ich meine«, sagte sie beharrlich.

»Irgendwann einmal muss auch sie bei einem Kerl einen Funken in der Brust entzündet haben. Erschütternd, welche Vorlieben manche Männer haben. Erstaunlicherweise scheint es für jeden Menschen jemanden zu geben. Im Übrigen, wie kann sie immerzu von der Liebe reden, wenn sie sie niemals erfahren hat?«

»Vielleicht ist ihr Liebster im Krieg gefallen?«, mutmaßte ich (hatte ich doch gehört, dass dies häufig als Grund für Ehelosigkeit vorgebracht wurde).

»In welchem Krieg denn?«, rief sie abfällig aus. »Es hat seit ewig und drei Tagen keinen richtigen Krieg mehr gegeben.«

Da ich das vage Gefühl hatte, Miss B. zu hintergehen, wenn ich hinter ihrem Rücken über sie sprach, lenkte ich Marianas Aufmerksamkeit auf eine einsame Gestalt, die auf einer grasbewachsenen Uferböschung hockte und in den Graben sah.

»Ach, das ist der dumme Dick«, sagte sie wegwerfend. »Er interessiert sich nicht für Mädchen: nur für Aale. Angeblich taucht er unter Wasser nach ihnen und fängt sie mit den Zähnen, um sie dann roh zu verschlingen.«

Der Bus hielt an der Postnebenstelle. Wir stiegen aus und trennten uns, und während ich in Richtung unseres Hauses mit dem kuscheligen Namen Osokosie trottete, fragte ich mich noch immer, was Miss Livesays seziertes Bullenherz mit Alfred Tennyson oder Robert Browning zu tun haben sollte, geschweige denn mit Miss Braceburns verlustig gegangenem Liebsten.

Das Problem mit John Donne

Kaum hatte ich die Wohnzimmertür aufgemacht, wurde mir mulmig zumute. Dunkle Wolken hatten sich hier zusammengeballt, und die Luft knisterte vor nicht entladener Gehässigkeit. Sonny, dessen vorstehende graue Augen glänzten und der die Fühler erwartungsvoll kreisen ließ, tat so, als klebte er einen Airfix-Bomber zusammen, dabei hatte er den Bausatz schon vor einer Woche fertiggestellt; Mum ließ eine linke Masche nach der anderen fallen, und ihre Gesichtsmuskeln zuckten wild. Ich vermied es, Dad anzusehen, und während ich auf die Treppe zusteuerte, hörte ich mich selbst mit einem Zittern in der Stimme sagen: »Hallo. Ich mach mich gleich mal ans Büffeln. Hab keinen Hunger, Mum. In der Schule gab es heute Klöße mit zwei verschiedenen Beilagen.«

»Komm zurück!«, befahl Dad.

Jetzt musste ich wohl oder übel in seine Richtung schauen. Er rieb sich seinen mickrigen struppigen Schnurrbart und klopfte mit der Hand aufs Knie (ein Zeichen, dass er jeden Moment explodieren konnte). Mum schlich sich verstohlen in die Küche, indem sie irgendetwas von es rieche verbrannt murmelte. Sonny hörte auf, geschäftig zu tun, und wirkte glücklich, als ihm befohlen wurde, er solle seine Mutter zurückholen. »Sag ihr, ich will, dass sie herkommt, egal, was sie da treibt«, wurde ihm befohlen. »Diese verdammte Angelegenheit muss offen ausgetragen werden. Und sag ihr: Auf der Stelle. Jetzt sofort.«

Dann drehte er sich zu mir hin.

»Was ist das, Fräulein, was ich unter deinem Kissen gefunden habe?«, verlangte er zu wissen und legte wütend nach: »Was ist das, hä, was ist das? Ja, mit dir rede ich, Fräulein Neunmalklug, mit niemand anderem als mit dir!«

Mit dramatischer Geste hielt er ein aufgeschlagenes Buch in meine Richtung. Es war mein John Donne.

»Über solch verdorbenem Zeug brütest du also dort oben!«, rief er. »Im Bett, nehme ich an. Im Bett. Daran ergötzt du dich in deinem Bett, hm? Du brauchst gar nicht erst deinen unschuldigen Blick aufsetzen. Du weißt genau, was ich meine, du schamloses Geschöpf, du.«

Er setzte die Brille auf.

»›Lass meine Hände schweifen, sag nicht nein …‹ Pah, ich werde meine Lippen nicht weiter mit diesem Schmutz beflecken.«

Ich stammelte eine kleinlaute Erklärung: »Das ist Schullektüre, Dad. Mr Spendlow, der Rektor, gibt sie aus. Ich muss diesen Text für die Abschlussprüfungen nächste Woche kennen. Ich habe das Buch nicht versteckt. Ich habe darin gelesen, bevor ich gestern Abend das Licht ausgeknipst habe; deswegen war es unter dem Kissen. Ich muss es lesen, um die Fragen zum Textverständnis beantworten zu können. Außerdem war der Mann, der es geschrieben hat, Dekan an der St. Paul's Cathedral, und ich glaube, dass er sogar dort beerdigt wurde.«

Das verunsicherte ihn komplett. Er war jetzt so wütend, dass er sich halb erhob, um mich zu schlagen, aber dann besann er sich anders und schleuderte das Buch auf mich. Doch es verfehlte mich und riss stattdessen den Keramiktopf in

Entenform vom Regal, der die Tapete entlangschabte und dann auf dem Boden zerschellte.

Mum zitterte jetzt wie Espenlaub und wimmerte.

»Los, ab mit dir auf dein Zimmer!«, brüllte er. »Kein Abendbrot für sie, Grace. Auf keinen Fall kriegt sie Abendbrot. Und zieh ihr diese Ente vom Essensgeld ab.«

Als ich halb die Treppe hoch war, feuerte er einen letzten Schuss ab. »Und komm bloß nicht auf die Idee, dein verdammtes Grammofon anzumachen.« (Sonny war bestimmt froh, so lange ausgeharrt zu haben – er weidete sich sichtlich an der Szene.)

Mein Grammofon, ein antikes aufziehbares Ding, das Mariana ausgemustert hatte, stand auf der lackierten Kommode neben den siebzehn Schallplatten, die ich besaß, die meisten davon 78er-Schellackplatten. Eine bunte Mischung, erstanden auf Flohmärkten, deren Spektrum von Fats Waller bis William Byrds *Mass for Five Voices* reichte. Nur mein Françoise-Hardy-Album (*Tous les garçons et les filles de mon âge*) hatte ich neu gekauft. Diese Platten waren mein Wiederbelebungsnotkoffer, wenn sich meine Stimmung eintrübte, wenn (wie der arme Tennyson schreibt)

»... mein Licht erlöschen will,
Das Blut mir schleicht und alle Nerven beben;
Wenn sich des Herzens Schläge matter heben
Und meines Lebens Uhrwerk stehet still.«

Nun, da die Musik mir verwehrt wurde, suchte ich Trost bei meinem Lieblingsbild, einer Seite aus einem Magazin, das Matthew Arnolds Scholar Gypsy zeigt, wie er sich über das Geländer einer Dorfbrücke beugt, die haargenau wie unsere

Kanalbrücke aussieht – bei Schneegestöber. Bis zu diesem Abend war mir noch nie in den Sinn gekommen, dass der Mann auf dem Bild vielleicht überlegte, ob er hinabspringen und es hinter sich bringen sollte. Was mir einen Anflug grüblerischer Schwermut bescherte. Seit Langem war mir klar, dass Dad mich nicht liebte, aber mit einem Mal war ich mir ziemlich sicher, dass er mich ablehnte und schon immer abgelehnt hatte. Nicht dass mich diese Erkenntnis übermäßig niedergeschmettert hätte: Schließlich hatte ich die letzten achtzehn Jahre überlebt, und die Erlösung nahte, wenn ich die Abschlussprüfungen nicht vermasselte.

Ich zog einen Stuhl an meinen wackligen Tisch heran und ließ den Blick über die Gasse in Richtung Pfarrhaus schweifen, das in der Ferne in seiner wässrigen Ödnis ankerte. Ronnie musste das Abendessen hinuntergeschlungen haben, denn wie aufs Stichwort tauchte er heftig in die Pedale tretend aus dem Dunst auf; an diesem Abend war Chorprobe, und er spielte Orgel. »Ach, Mariana«, wehklagte ich,

»Auf Meilen weit zierte kaum
Ein andrer Baum das öde Land …«,

und nun radelte auch noch ihr Galahad davon. Aber wohin? Nicht zum Gehöft. Das lag in entgegengesetzter Richtung. O weh, o weh!

»Sie sagte nur: ›Ich bin traurig, traurig;
Er kommet nicht, sagte sie …‹«

Und ich dachte selbstgefällig, leider verfügt sie nicht über das geistige Potenzial, aus dem ich schöpfen kann. Arme Mariana! Und arme Polly! Was mich auf die Idee brachte, in meinem Schulranzen zu wühlen, um ein letztes Mal zu versuchen, die trüberen Tiefen von Brownings Denken zu ergründen, wie es sich mir in *Abt Vogler* enthüllt hatte, denn der Text würde garantiert in der Englischprüfung drankommen, ermöglichte er es doch den Prüfenden (wie Miss Braceburn erklärt hatte), gleichermaßen Tiefen und Untiefen auszuloten. Doch erneut entzog sich mir seine Botschaft, und so fiel ich dummerweise in meine alte Gewohnheit zurück, einige brauchbare Zeilen auswendig zu lernen, um meine Unwissenheit im Zweifelsfall zu kaschieren.

Wie dem auch sei, jedenfalls hatte ich, nachdem ich ein paar Stunden lang dieser geistigen Übung gefrönt hatte, wieder das Gefühl, ich selbst zu sein. Ich unterdrückte einen Anflug von Selbstvorwürfen, weil ich es versäumt hatte, einen Vorrat an Keksen anzulegen, um mir damit genau in einem solchen Notfall über die Runden zu helfen. Aber mir war klar, dass es nicht damit getan war, in der Tyrannei zu überleben; es ging darum, sich zu befreien. Also griff ich zu dem rosa Briefpapier und den passenden Kuverts, die Mum mir zu Weihnachten geschenkt hatte, und begann zu schreiben,

An den Herausgeber des *Waterland Weekly Messenger*,

Sir,

dürfte ich mich erdreisten, mich im Rahmen dieser gastfreundlichen Leserbriefspalten über die Feindseligkeit zu beschweren, die die Behörden und die Öffentlichkeit von Jordans Bank den Anti-Atomkraft-Demonstranten entgegenbrachten? Erinnert dieses Benehmen nicht daran,

wie die Bürger Bethlehems in einer trostlosen Winternacht
vor langer Zeit das Jesuskind empfingen? ...

Ich lehnte mich zurück und betrachtete versonnen den Gebäudestabilisator, der quer durch mein Zimmer verlief. (Gebäudestabilisatoren sind diese Stahlstangen, die an die Wände geklemmt werden, um die Häuser im Fenland vor dem Einstürzen zu bewahren.) Ich hörte ein Kratzen an der Fensterscheibe und bemerkte Percy, meinen schwarzen Kater, der von seiner Familie beim Umzug auf schändlichste Weise auf die Straße gesetzt worden war. In rauen Nächten und in seltenen Momenten depressiver Stimmung kletterte er über das Schrägdach der Spülküche zu meinem Zimmer hinauf und suchte Zuflucht unter meinem Bett. Ein ungemein verständiges Tier, es wusste genau, dass das geringste Begrüßungsmiauen mich verraten konnte. Also schob ich schweigend den unteren Fensterflügel hoch, und er schlüpfte klammheimlich herein.

Inzwischen hatte ich mich beruhigt, und ich fiel im Gefühl, dass der Abend nach einem unheilvollen Start doch noch einen glimpflichen Verlauf genommen hatte, in einen wohltuenden Schlaf.

Eine letzte Prüfung

Für Fenlander Verhältnisse nahm sich der Morgen meiner letzten Abschlussprüfung strahlend und verheißungsvoll aus. Daher ignorierte ich Ronnie, der mich, als er im Bus den Mittelgang entlangstolperte, aufdringlich anrempelte, und lauschte widerstrebend Mariana, die meinte, dass sie an einem solchen Morgen (wenngleich ihr ein Abend, vorzugsweise ein Herbstabend, noch lieber wäre) nichts dagegen hätte zu sterben, so wie »diese Evelyn Hope von *deinem* Browning«. Sie plapperte munter weiter: »Es wäre natürlich super, zu wissen, dass Ronnie an meinem Sterbebett sitzen, mir zum Abschied eine Blume in die Hand drücken und es bitter bereuen würde, meine Reize verschmäht zu haben. Die Evelyn von *deinem* Browning war auch erst sechzehn. Die ungesunde Blässe, die ich vermutlich auf dem Sterbebett hätte, würde mich bestimmt klasse aussehen lassen, meinst du nicht, Hetty?«

»Im Gedicht weist allerdings nichts darauf hin, dass sie tatsächlich sterben wollte«, warf ich ein. »Ich kann mir gut vorstellen, dass die Schwindsucht sie dahingerafft hat, weil sie für ihren Tee und Milchreis keine pasteurisierte Milch nahm. Trotzdem verstehe ich, was du meinst. Im Übrigen kannst du dich, sollte es so weit kommen, auf mich verlassen.«

»Meinst du, dass du dann auch sterben wirst?«, fragte sie mich naiv. »Das ist aber lieb von dir, Hett.«

»Ich will damit sagen, dass ich um der guten alten Zeiten willen an deinem Sterbebett sitzen werde«, sagte ich. »Ich habe noch nie eine Leiche gesehen, könnte mir aber vorstellen, dass der Anblick deiner mir nicht allzu viel ausmachen würde.«

(In der Ferne schaufelte ein gelber Schwimmbagger Gras und Schlamm aus einem Entwässerungskanal.)

Mariana fuhr ungerührt fort: »Ja, und dann wird sich Ronnie, wenn er mich so daliegen sieht, mit einem Mal bewusst, dass er ganz tief in seinem Herzen schon immer wusste, dass er mich liebt ...« Und sie skandierte mit trauervoller Stimme:

»Die schöne Evelyn Hope ist tot!
Setzt euch ein Weilchen, habt die Güte,
Seht dort ihr Regal, hier ihr Bett.
Sie selbst pflückte noch diese Geranienblüte.«

»Nicht, dass du diese Anwandlung noch bereust«, warf ich ein. »Denn wenn du mal tot bist, kannst du es dir nicht mehr anders überlegen, weißt du? Ich kann mir nicht vorstellen, dass es die Sache wert ist, es durchzuziehen und hinterher deinem Großvater die Kosten für dein Begräbnis zuzumuten, nur damit Ronnie auf dem Weg zu einer Tennispartie mit Lucy Gill kurz an deinem Sterbebett vorbeischaut. Außerdem: Hast du keine Angst, dass die Inaugenscheinnahme deines Bücherregals ihm den Eindruck einer gewissen Oberflächlichkeit vermitteln könnte?«

Die Erwähnung Lucys, die sie nicht ausstehen konnte, brachte Mariana auf den Boden der Tatsachen zurück.

»Gut möglich«, sagte sie und stimmte damit beiden Mutmaßungen zu, während sie grimmig Galahads Hinterkopf anstarrte. »Wie auch immer, ich nehme an, wenn sie (und damit meine ich nicht diese abscheuliche Gill) es ausgehalten hätte, bis sie siebzehn oder achtzehn und wie wir beide jetzt in der Abschlussklasse gewesen wäre, hätte sie vermutlich ihre Schwärmerei überwunden.«

»Im Gedicht ist nicht davon die Rede, dass sie verliebt war«, wandte ich sinnigerweise ein. »Ich vermute mal, sie war einfach nur ein Sexsymbol für ihn, und er hat sich kurz an ihr ergötzt, bevor er sich einer anderen zuwandte.«

»Ach komm, lassen wir es gut sein«, sagte Mariana in ärgerlichem Ton. »Hast du gestern Abend *Dallas* geguckt?«

»Du weißt doch, dass wir keinen Fernseher haben. Nein, ich habe einen Blick in Robert Brownings Gedichte geworfen.«

»Oh, zum Teufel mit diesem Browning!«, rief sie aus. »Dieser alte Langweiler! Mit seinem unerträglichen Trauergefasel: Ich wette, die Braceburn nimmt ihn mit ins Bett. Gottlob gibt es *Gidner's Textual Interpretations*. Da können sich Browning und sie von mir aus die Münder fusselig reden.«

(In Anbetracht der zweistündigen Englischprüfung, die mir bevorstand, ersetzte ich im Geiste »die Münder« durch »den Mund«.)

»Wenn es jemandem gelingt, mich hier durchzubringen, dann dem guten alten Gidner. Kein Prüfer der Welt kann sich Fragen ausdenken, auf die Gidner nicht auch schon gekommen ist – samt passenden Antworten. Du hättest auf mich hören und dir sein Buch von mir leihen sollen.«

»Pf! Mir von einem verstaubten alten Schreibtischhengst das Denken abnehmen lassen, also wirklich!«, entgegnete ich. »Selbst wenn er es könnte (was nicht der Fall ist), wäre es unter meiner Würde. Ich hoffe, dass der Prüfer erkennt, wenn er einen selbstständig denkenden Menschen vor sich hat, und dessen Ansichten zu würdigen weiß.«

Inzwischen waren wir bei der Waterland High angekommen und ausgestiegen, um uns den Herausforderungen des Tages zu stellen.

Als ich meinen Platz in der Turnhalle einnahm und den Prüfungsbogen aufschlug, sah ich mich tatsächlich in der Lage, die Fragen einigermaßen besonnen durchzugehen, und beschloss, mit der Nr. 2 anzufangen, um mir den nötigen Rückenwind zu verschaffen.

»Welches bedeutende Gedicht Brownings behandelt Ihrer Meinung nach das übergeordnete Sujet, dass das Leben nichts weiter als ein Vorspiel zur Ewigkeit ist? Erläutern Sie bitte Ihre Wahl.«

Erst nachdem ich ein paar Minuten lang darüber gebrütet hatte (Miss B. hatte uns oft genug gewarnt, in ein panisches Gekritzel zu verfallen), zitierte ich entschlossen:

»Alles Gute, das wir uns erwünscht, erhofft oder
   erträumt haben, wird sein.
Die Leidenschaft, die von der Erde in den Himmel
   aufsteigt,
Ist Musik, die der Liebende und …«

(an dieser Stelle ließ ich die Gedanken einen Moment lang bewusst zu Mariana abschweifen)

»… der Dichter an Gott sandte.«

Dann schickte ich mich an, mein Thema sorgfältig zu entwickeln und zu variieren –

»Als es in der Kirche allmählich dunkel wurde, begann der alte Kapellmeister Abt Vogler …«

Nach diesem geglückten Stapellauf fuhr ich mit einer Handbreit Wasser unter dem Kiel fort, meine überzeugenden Argumente zu Papier zu bringen. Na ja, jedenfalls war ich überzeugt.

Von draußen hörte ich den üblichen Vier-Uhr-Nachmittags-Radau, demnach verließ die lärmende Meute das Schulgebäude. Dann gehörte die trostlose Stille eines fast leeren Schulgebäudes den Putzfrauen. Und als schließlich ein Klingeln ertönte, stand ich auf und begab mich mit steifen Gliedern in den Flur hinaus, im Wissen, dass ich mein Bestes für die Waterland High, für Miss Braceburn und Robert Browning gegeben hatte. Daher hatte ich eine antiklimaktisch ungute Vorahnung, als ich sah, dass Ronnie, dieser Ritter ohne Makel, am Fuß der Treppe auf mich wartete. An Alf Tennyson erinnert zu werden, während R.B. noch durch meine Gedanken wogte, war niederschmetternd. Denn auch wenn ich Ronnie noch nie hatte Orgel spielen hören, war ich mir ziemlich sicher, dass er es nicht mit Abt Vogler aufnehmen konnte (vor allem nicht in C-Dur).

»Wenn wir uns beeilen, erwischen wir noch den zweiten Bus«, murmelte er. »Hast du meine Nachricht nicht gekriegt? Hier sind ein paar Nelken, ich hab sie in unserem Garten gepflückt. Ah, und die alte Bracebone hat mich gebeten, dir das hier zu geben.«

Meine liebe Hetty,
ich habe Deinen Leserbrief im Weekly Messenger gelesen und
war, auch wenn ich Deine noble Haltung begrüße, gelinde
gesagt doch entsetzt über den Stil, in dem Du ihr Ausdruck
verliehen hast …

Du lieber Himmel, diesen Brief hatte ich komplett vergessen! In Anbetracht der unheilvollen Vorahnung, die in meinen Prüfungskater hineinplatzte, wäre Ronnie besser beraten gewesen, den Bus um 16.30 zu nehmen und sein Glück bei Mariana zu versuchen.

»Es ist mir ernst, Hetty«, murmelte er, während wir am Sickert's Corner ausstiegen.

»Womit?«, fragte ich scharf, noch immer gedankenversunken.

Er blickte über meine Schulter hinweg. »Mit dem, was ich in meiner Nachricht geschrieben habe. Dass ich mich ganz arg in dich verliebt habe. Dad will, dass ich Theologie studiere, aber ich würde viel lieber mit dir weggehen. Weißt du?«

»Was weiß ich?«

»Du weißt schon.«

»Nein, tue ich nicht«, erwiderte ich barsch. »Hör um Himmels willen mit diesem Rumgeeiere auf und sag klipp und klar, was du meinst.«

»Na ja, wir könnten ein Liebespaar werden«, sagte er und wurde feuerrot, »und zusammen weggehen … nach Australien zum Beispiel. Oder nach Neuseeland, wobei das mehr kosten würde.«

»Danke, Ronnie«, sagte ich geistesabwesend. »Vielleicht ein andermal …«

Eine Lanze für die Freiheit brechen

Kaum hatte ich das Haus betreten, wusste ich, dass mich ein weiteres Drama aus dem wilden Fenland erwartete, nur dass es diesmal zur Sache gehen würde. Das gleiche Szenarium wie beim letzten Mal, doch diesmal war statt John Donne der *Weekly Messenger* der Auslöser. Dasselbe Bühnenbild, dieselbe Besetzung – Mum, die verzweifelt vor sich hin strickte, Sonny, der sich an einem Puzzle zu schaffen machte und vor Freudenschauer vibrierte.

In der Bühnenmitte der Hauptdarsteller, der wutschäumend darauf wartete, dass ich näher kam.

»Hast du das hier geschrieben?«, verlangte er mit donnernder Stimme zu wissen und schlug sich die zusammengerollte Zeitung gegen den Oberschenkel. »Warst du das? Und lüg bloß nicht. Du hast es geschrieben. Ich kann es an deinem unverschämten Gesicht sehen.«

»Und an dem Namen, der unter dem Brief steht, wohl auch, nehme ich an«, brachte ich zitternd hervor.

»Du hast mich durch den Schmutz gezogen«, rief er. »Und nicht nur mich! Uns alle! Und nicht nur vor den Nachbarn! Auch an meinem Arbeitsplatz wissen sie Bescheid! Die Arbeiter. Die Verwaltungsangestellten. Wer glaubst du, wer du bist, dass du dir das Recht herausnimmst, zu hinterfragen, was richtig und falsch ist? Du siehst auf uns herab, stimmt's? Leugne es bloß nicht. Wage es nicht, es zu leugnen, wage es ja nicht! Und spar dir deine vornehme Ausdrucksweise, die du bei diesen Horblings gelernt hast, und rede gefälligst normal, du unverschämtes Stück Dreck. Du hast es viel zu gut gehabt, das hast du; deine Mutter und ich haben uns, als wir so alt waren wie du, schon vier Jahre lang unseren Lebensunterhalt verdient, und es ist höchste Zeit, dass du lernst, was es heißt, richtig zu arbeiten, du hochnäsiger Fratz.« Wie ein Sturzbach brach es aus ihm hervor.

Er hatte sich schon oft enttäuscht gezeigt, verärgert, und jedes Mal hatte sich das Gewitter, wenn ich hartnäckig schwieg, irgendwann wieder verzogen. Dieses Mal schien es anders sein: Er war wild entschlossen, sich in blinden Zorn hineinzusteigern.

»Du fauler, frecher Nichtsnutz du!«, schrie er.

Mum machte Anstalten, in die Küche zu gehen, um irgendetwas am weiteren Anbrennen zu hindern.

»Komm zurück!«, brüllte er. »Ich habe dich gewarnt, dass es so weit kommen würde. Aber du wolltest nichts davon hören. Du musstest unbedingt deinen Kopf durchsetzen. Und jetzt hock dich gefälligst wieder hin.«

Sie setzte sich.

»Und, was hast du zu sagen, du durchtriebenes Luder? Da kannst du noch so unschuldig dreinschauen!«

»Ich gehe jetzt auf mein Zimmer, Dad«, stammelte ich. »Und tut mir leid, dass der Brief dich beleidigt hat. Das wollte ich nicht.«

»Wage es nicht, mir Widerworte zu geben!«, schrie er und schlug mehrmals mit der zusammengerollten Zeitung hart auf die Tischplatte. »Wage … es … ja … nicht!«

Inzwischen war mir klar, dass es diesmal anders war als jemals zuvor. Seine Wut schwelte seit der Sache mit John

Donne. Vielleicht auch schon länger – seit Miss Braceburn ihm im Garten eine Niederlage beigebracht hatte. Und jetzt brach es aus ihm hervor.

Er sprang auf. Und kam auf mich zu.

Ich rannte los, rannte zwei Stufen auf einmal nehmend die Treppe hinauf und schlug die Tür meines Zimmers hinter mir zu. Vergeblich.

»So, jetzt kannst du was erleben, du kleines Miststück!«, schrie er. »Jetzt erteile ich dir eine Lektion, die du dein Leben lang nicht vergessen wirst. Nicht heute, nicht morgen, niemals!« Er schlug mir heftig ins Gesicht. Als er zum nächsten Schlag ausholte, duckte ich mich kurz und wehrte ihn mit meinen Armen ab, die länger waren als seine, dann grub ich ihm die Finger in den Hals, bis mich ein abgesprungener Knopf von seinem Hemdkragen im Gesicht traf und ich so erschrak, dass ich seinen Hals losließ und stattdessen in heller Panik mit beiden Händen an seiner Krawatte zerrte und ihn beinahe erdrosselte. Mein Widerstand führte dazu, dass er vollends außer sich geriet, und als ich (wenngleich nicht wirklich absichtlich) mehrmals gegen seine Schienbeine trat, stieß er zwischen Schmerzensschreien und heftigem Luftschnappen eine solche Bandbreite wüster Vokabeln aus, dass ich ihm in glücklicheren Zeiten Anerkennung dafür gezollt und womöglich meine Meinung über ihn als übellaunigen, scheinheiligen Rüpel modifiziert hätte.

Mittlerweile wankten wir hin und her, krachten an meine Kommode und dann gegen die gegenüberliegende Wand. Mein Weidentisch fiel um, und ein Bein ging zu Bruch – wir verloren ebenfalls das Gleichgewicht. (So merkwürdig es sich anhört, aber mir schoss in dieser bizarren Extremsituation tatsächlich der Gedanke durch den Kopf: Wenn es etwas gibt, das ich nicht ausstehen kann, dann auf einem wackeligen Tisch zu schreiben.) Dann wurde mein Schallplattenstapel hinuntergefegt, während wir zu Boden gingen. Im nächsten Moment sprangen wir wieder wie Kautschuk-Freistilringer auf die Füße, die Haare fielen mir wild ins Gesicht, und ihm lief der Sabber übers Kinn. Er stürzte nach vorn, packte mich um die Taille, bugsierte mich im Foxtrott zu meinem Bett und – schließlich gab dann doch das Gewicht den Ausschlag – wirbelte mich herum, bis ich schließlich mit hängendem Kopf und strampelnden Beinen auf seinen Knien landete.

Der kurze, aber wilde Kampf war vorüber. Er schob meinen Trägerrock nach oben und begann mich zu verhauen, wobei er jeden einzelnen Schlag mit der flachen Hand mit einem Wort flankierte – »Du ... nimmst ... dich ... zu ... wichtig ... Fräulein ... Bei ... Weitem ... zu ... wichtig.«

Während ich – Unterrock um den Hals gewickelt, mit nur noch einem Schuh – vor hilfloser Wut schluchzte, fuhr er fort, mich atemlos skandierend zu verprügeln.

Schließlich ließ er mich auf den Linoleumboden gleiten, und kurz darauf hörte ich, wie der Schlüssel im Schloss umgedreht wurde.

Nach einer Weile rappelte ich mich hoch und legte mich zitternd aufs Bett. Scham. Wut. Kein Schmerz. Und so blieb ich liegen, bis ich zuerst Sonny aufgeregt die Treppe herauf zu seinem Zimmer poltern hörte und dann Mum, die vor meiner Tür innehielt und weiterging, als er sich unten wieder regte. Irgendwann musste ich wohl eingeschlafen sein, jedenfalls wachte ich einige Stunden später wieder auf, als er mit dem Wagen wegfuhr.

Ich versuchte die Tür zu öffnen. Sie war noch immer abgeschlossen.

Eine erstaunliche Enthüllung

So sieht also das Leben aus, wenn es ans Eingemachte geht, dachte ich. Völlig anders als Miss Braceburns literarische Rhapsodien. Nun, je früher man es begreift, desto besser. Leb wohl, Robert Browning.

»So«, sagte ich ziemlich laut, »mit diesem sentimentalen Schmalz ist es vorbei. Jetzt kann getrost der Himmel einstürzen …«

Nachdem ich einen erneuten Schwall Tränen der Wut hinuntergeschluckt hatte, glitt ich zurück in den Schlaf.

Als ich wieder zu mir kam, hörte ich Mum auf dem Flur draußen erbärmlich flehen. »So sag doch etwas, Ethel. Nur ein Wort. Sag einfach nur, dass alles in Ordnung ist mit dir. Hat er dir sehr wehgetan? Du darfst nicht gegen mich grollen. Ich habe immer für dich getan, was ich konnte: Er hätte dich schon vor zwei Jahren aus der Schule genommen, wenn ich nicht gewesen wäre. Nun sag doch endlich etwas.«

Nach einer Pause und zweifelsohne mit einem Ohr an die Tür gepresst: »Ich könnte dir so manches erzählen. Aber dafür bist du noch zu jung. Über deinen Dad und mich. Um ehrlich zu sein, habe ich selbst auch ein bisschen Angst vor ihm.«

(Ein bisschen!, dachte ich. Das ist ein Witz.)

»Er kann wirklich sehr grob sein«, fuhr sie fort. »Wenn du älter wärst, könnte ich dir gewisse Dinge erzählen. Jedenfalls, als er mir den Hof machte, konnte er kein Wässerchen trüben.

Damals war ich ganz anders als jetzt. Ich war nur ein Jahr älter, als du es heute bist. Bist du da drin, Ethel? Ich glaube, es hat angefangen, als der Doktor ihm sagte, wir könnten keine Kinder bekommen. Nur dass er nicht weiß, dass ich es weiß. Deine Tante Phyllis sagte zu mir, ich solle durchblicken lassen, ich wüsste, an wem es liegt, und zwar nicht an mir, aber dann hätte er nur seine Wut an mir ausgelassen.«

(Es dauerte ein Weilchen, bis diese erstaunliche Information in mein Bewusstsein drang, und gern hätte ich sie nochmals vernommen.)

»Kannst du mich hören, Ethel?«, rief sie ängstlich.

»Ja klar kann ich dich hören«, erwiderte ich genervt. »Ich liege nicht in einer Blutlache und hänge auch nicht von der Stabilisatorstange.«

Sie schloss die Tür auf.

»Er weiß nicht, dass ich diesen Schlüssel habe«, sagte sie selbstzufrieden. »Und das ist nicht das Einzige, was er nicht weiß. Was hat er dir angetan, Liebes?«

Ich erzählte es ihr.

»Oh!«, rief sie aus. »Also das hat er gemacht, hm? Er hat dich übers Knie gelegt, was? Oh!« Sie nickte wie eine Aufziehpuppe, doch der Ausdruck in ihrem aufgedunsenen Gesicht war alles andere als puppenhaft.

»Und ist das alles, oder hat er noch was anderes gemacht?«, fragte sie ängstlich. »Etwas, worüber du nicht reden möchtest? Du bist dir sicher, er hat nur das gemacht, was du mir erzählt hast?«

Sie machte sich daran, die Scherben der zu Bruch gegangenen Schallplatten aufzusammeln. Dann sagte sie mehr zu sich selbst: »Jetzt verstehe ich etwas, was mir beim Wäschesortieren aufgefallen ist, nachdem er zur Arbeit fuhr. Nun, wer hätte das gedacht! Hm!« Sie ging zum Fenster und nickte unerklärlicherweise.

Dann drehte sie sich zu mir um und sagte: »Du kannst nicht mehr hierbleiben, Liebes. Du musst weg. Sofort, und du kannst nicht wiederkommen. Aber versprich mir, dass du niemandem erzählst, dass ich dir das gesagt habe. Niemals! Dies ist kein geeigneter Ort mehr für dich. Solange du mich nicht verrätst, behaupte ich, du bist aus dem Fenster geklettert und über das Außenküchendach hinuntergerutscht. Wie dein Kater immer.«

»Mein Kater?«

»Ja. So kommt er doch immer rein und raus, nicht wahr?«

»So so, dann weißt du also auch über meinen Kater Bescheid?«

»Ich habe eine gute Nase«, sagte sie. »Und ich kann meinen Mund halten, wenn du von hier weg bist.«

»Weg?«, rief ich aus. »Aber wohin? Wo soll ich denn hingehen? Schließlich ist das hier mein Zuhause.«

Sie ignorierte meinen verzweifelten Aufschrei. Ich bezweifle sogar, dass sie ihn überhaupt vernommen hatte. Sie ging hinaus und kam mit einer Handvoll Bargeld zurück. »Hier sind sechzehn Pfund. Die habe ich nach und nach vom Haushaltsgeld abgezwackt«, säuselte sie (sie heischte nach Anerkennung für ihre List). »Er hat nie was gemerkt. Du kannst das Geld haben, für den Anfang. Damit kannst du dir irgendwo ein Zimmer suchen. Und mit deiner ganzen Schulbildung wirst du überall eine Stelle finden.«

»Ich! Eine Stelle!«

»Nun, du hättest so oder so eine annehmen müssen, ob es dir gepasst hätte oder nicht. Und zwar in der Bezirksverwaltung, die Sache war so gut wie abgemacht: Schon nächste

Woche hättest du angefangen. Sie wollten dich in die Telefonzentrale stecken.«

»In die Telefonzentrale!«

»Hier, nimm deinen Seesack, und was du nicht hineinkriegst, kommt in diese große Einkaufstüte hier.«

Sie hatte bereits angefangen, die Schubladen auszuleeren und meine Sachen planlos in den alten Army-Seesack zu stopfen, den ich bei Millets' Surplus ergattert hatte. Es war alles ziemlich beunruhigend, aber wenigstens lenkte es mich ab.

»Deine Platten sind fast alle zerbrochen«, sagte sie traurig. »Und die, die nicht zerbrochen sind, scheinen verbogen zu sein. Am besten hat mir diese ausländische gefallen. Wenn niemand da war, habe ich sie mir hin und wieder angehört. Natürlich habe ich die Worte nicht verstanden. Von dieser ausländischen Platte, meine ich. Trotzdem hat sie mich an die Zeit vor meiner Heirat erinnert, als ich ein junges Mädchen war, so wie du. An die Zeit, als ich morgens oft im Bett lag und ich mich fragte, was wohl aus mir werden wird.«

Eine Weile brütete sie über dieser Erinnerung.

»Um ehrlich zu sein, konnte ich mir beim besten Willen keinen Mann vorstellen, der so war wie dein Vater.«

Sie quasselte und quasselte. »Komm, hilf mir«, sagte sie plötzlich aufgeregt. »Gleich kommt Sonny zum Mittagessen zurück.« (Ihr schien gar nicht bewusst zu sein, wie sehr das, was sie mir zuvor durch die Tür hindurch erzählt hatte, in mir arbeitete.)

»Jetzt hör mal zu, Mum!«, sagte ich entschieden. »Und hör um Himmels willen auf, den Seesack vollzustopfen, der platzt doch schon aus allen Nähten. Nicht das da: Da passe ich nicht mehr rein. Nein, ich meine nicht den Seesack, ich meine das

Kleid. Dieses Kleid da! Warte doch mal. Bin ich … Hast du gesagt, dass ich nicht seine Tochter bin? Dass er nicht mein Vater ist?«

»Natürlich ist er das nicht!« Sie feixte. »Wie könntest du seine Tochter sein? Habe ich dir nicht eben erzählt, was der Doktor gesagt hatte? Er kann niemandes Vater sein.«

»Hat es dann einen anderen Mann gegeben?«

»Was für einen anderen Mann?«

»Hast du mich mit einem anderen Mann gezeugt?«

»O Ethel! Wenn ich das getan hätte – und das habe ich nicht –, hätte er mich umgebracht.«

»Und was ist mit Sonny? Ist er nicht mein Bruder?«

»Natürlich nicht, du Dummerchen. Wie könnte er auch? Wir haben ihn aus einem Kinderheim in Balham. Und du kommst aus einer vornehmen Entbindungsklinik in Birmingham. Die Leiterin meinte, er wäre vor einem Polizeirevier abgelegt worden. Er hatte nur die paar wenigen Fetzen am Leib, in denen wer immer die Frau war ihn zurückgelassen hatte. Du hingegen warst von Kopf bis Fuß ausstaffiert. Ganz anders als das arme Kerlchen.«

Das war alles absolut unglaublich.

»Und du bist dir wirklich sicher, er hat dir sonst nichts getan?«

»Wer?«

»Dein Dad. Er hat dir einfach nur den Hintern versohlt? Sonst nichts?«

Ich schüttelte den Kopf.

»Du musst dich mit Händen und Füßen gewehrt haben«, sagte sie bewundernd. »Dieser rote Fleck an seinem Hals war noch da, als er heute Morgen zur Arbeit aufgebrochen ist, auch wenn er versucht hat, ihn unter seinem Schal zu verbergen. Und er hat furchtbar gestöhnt letzte Nacht. Hast du ihn getreten, Liebes?«

Ein, zwei Momente lang focht diese entmutigte Frau einen inneren Kampf aus. In der Tat musste er ziemlich heftig gewesen sein, denn als sie wieder das Wort ergriff, schlug sie einen überaus feierlichen Ton an. »Das hier gehört dir, Ethel.« Sie schob mir ein straff mit Seidenpapier umwickeltes kleines Päckchen hin. Es war eine Silberbrosche in Form eines Blumenkranzes, in den ein wunderschöner Aquamarin eingefasst war. »Die Leiterin sagte mir im Vertrauen, dass *sie* dich damit übergeben hat. Ich meine, damit hat sie das Tuch zusammengefasst, in das sie dich gewickelt hatte. Er hat sie nie zu Gesicht bekommen. Er weiß nicht, dass ich sie seit Jahren aufbewahre, was ein Wunder ist, wo er doch ständig in meinen Sachen herumwühlt, wenn ich nicht da bin. (Und das weiß er auch nicht – dass ich es weiß.) Sonny hatte nichts bei sich, als *er* abgegeben wurde, also bis auf die paar Fetzen.«

Dieses schmeichelnde und romantische Fragment aus meiner Vergangenheit zu vernehmen, munterte mich ungemein auf. Genau wie Miss Braceburn schien ich bessere Tage gesehen zu haben.

»Und du bist dir sicher, du weißt nicht, wer ich bin?« Ich sah sie forschend an.

»Natürlich weiß ich es. Du bist, wer du schon immer warst – unsere Ethel.«

»Wer ich wirklich bin, meine ich! Und hör bitte auf, mich ›Ethel‹ zu nennen: Ich hasse das.«

Es war ihr anscheinend noch nie in den Sinn gekommen, dass ich als jemand ganz anderes ins Leben gestartet war.

»O nein«, erwiderte sie. »So etwas halten sie streng geheim. Sie setzen ihre Anstellung aufs Spiel, wenn sie es verraten.

Selbst als *er* fragte, haben sie es ihm nicht gesagt. Aber immerhin hat er aus ihnen herausgebracht, dass du aus einem vornehmen Haus stammst, und deinen Sachen nach zu schließen war es auch ein sauberes. Und ich mag den Namen Ethel im Übrigen auch nicht. Aber er hat darauf bestanden, weil seine Tante so hieß. Ich hätte dich gern Marilyn genannt.«

Als ich mich eines Kommentars auf ihre Ausführungen enthielt, wirkte sie enttäuscht; offenbar war diese lang zurückliegende Geschichte das einzig wirklich Aufregende, was sie je erlebt hatte. »Und nun, da ich es dir erzählt habe, musst du wohl denken, dass das alles ein Abstieg für dich war. Aber du musst zugeben, dass wir unser Bestes getan haben. Als du noch klein warst, war selbst er in dich vernarrt.«

Sie deutete zu dem kleinen Bücherregal, das über dem Frisiertisch an einer Schnur festgemacht war. »Diese Laubsägearbeit hat er selbst gemacht. Er hat einen ganzen Winter lang daran gesessen. Und er hat sich zweimal in die Hand geschnitten.«

Sie sah mich hoffnungsleer an. »Beim zweiten Mal war alles voller Blut. Das hättest du sehen sollen. Auf einem seiner Taschentücher ist immer noch ein Fleck.«

Darauf schien es beim besten Willen keine geeignete Antwort zu geben, und ich bemühte mich nicht einmal, meine edlere Seite hervorzukehren, als sie hinzufügte: »Er ist nicht besonders geschickt mit seinen Händen. Nein, wenn du all das Blut gesehen hättest!«

Erneut trat eine unbehagliche Stille ein.

»Er hat sich verändert, nachdem du die Aufnahmeprüfung für die höhere Schule geschafft hattest«, sagte sie nachdenklich. »Ich nehme an, er dachte, er wäre dir bald nicht mehr gewachsen, als du eines Tages heimkamst und plötzlich

Französisch geredet hast. Und ungefähr zu dieser Zeit hast du diese Horblings vom Gutshof drüben kennengelernt und angefangen, etepetete daherzureden, wie er es nennt. In dieser Hinsicht ist er eigen, weißt du; es hat ihm auch von Anfang nicht gefallen, dass ich größer bin als er. Er hat mir verboten, hohe Absätze zu tragen. Aber du musst schon zugeben, dass du wie eine Erwachsene redest, so geschraubt.«

»Ihr habt mich aus einer Klinik in Birmingham geholt, sagtest du?«

»Ja, und da hat es mir ganz und gar nicht gefallen. So ein Lärm und Dreck.«

Mhm, dachte ich, dort muss ich also zu suchen beginnen – in Birmingham. Birmingham? (Nach einem verheißungsvollen Start ins Leben klang das nicht gerade.)

»Gut!«, sagte ich. »Ich sehe ein, dass ich hier nicht bleiben kann, wenn du von deinem Gatten glaubst, was ich annehme, dass du glaubst. Also werde ich mein Glück woanders suchen. Sachbearbeiterin! Du sagtest, er hat eine Büroanstellung für mich besorgt? Nein, warte, nicht einmal eine Büroanstellung, nein, in eine Telefonzentrale wollte er mich stecken! Eine Frechheit! Aber danke für das Geld. Natürlich werde ich es dir zurückzahlen, sobald ich eine Arbeit gefunden habe. Und sei unbesorgt: Er soll es nicht erfahren. Ich werde es dir über Polly zukommen lassen.

Und was die Brosche betrifft – danke, dass du sie so lange für mich aufbewahrt hast; sie wird mich immer daran erinnern, dass ich einmal jemand anderes war.«

»Wo willst du denn hin, Ethel?«

»Wo Dick Whittington hinging, nehme ich an«, erwiderte ich ziemlich hochnäsig und in Anspielung an die alte Legende. »Nach London! In den Büchern landen Ausgestoßene immer dort. Ich habe jedenfalls noch nie von jemandem gelesen, der sein Glück in Stoke-on-Trent gefunden hat.«

»Ach, Liebes«, jammerte sie. »Es gefällt mir gar nicht, dass du so Hals über Kopf von hier wegmusst. Du bist noch so jung. Und ich hatte mich so darauf gefreut! Auf deinen Hochzeitstag, meine ich. Da hätte ich ein neues Kleid, einen neuen Hut und neue Schuhe gekriegt. Und vielleicht sogar eine dieser Handtaschen, die man nicht von denen aus echtem Leder unterscheiden kann. Die sechzehn Pfund hätten eigentlich ein Grundstock dafür sein sollen.«

Ich öffnete das Fenster, etwas, das als zweifelhafter Beweis meiner Flucht herhalten sollte. Dann kurbelte ich mein Grammofon an und legte Françoise Hardy auf, auch wenn die Platte heillos verkratzt und verbeult war. Ich trat auf den Flur. Ehe Mum die Tür verschloss, warf ich einen letzten Blick auf mein kleines Refugium und konnte mich, bereits auf dem Treppenabsatz, noch immer nicht davon losreißen.

»Nun geh schon«, sagte sie ungeduldig. »Was stehst du noch herum? Worauf lauschst du? Ich höre nichts. Nur dieses Grammofon. Es ist niemand mehr dort drin.«

»Ich bin nicht mehr dort«, sagte ich.

»Natürlich nicht. Wie denn auch? Wo du doch hier auf dem Flur stehst.«

Ach herrje, es war so traurig. Hinter der Tür stand die Kommode, ein wackliger Tisch, gab es das Buchregal, einen Stapel kaputter Schallplatten. Aber mich nicht mehr.

Wir gingen hinunter und ins Freie hinaus. Als ich mich umdrehte und den Schotterweg entlanggehen wollte, rief sie mir mit bebender Stimme nach: »Es ist schon komisch, Ethel: Gerade eben war das erste Mal, dass du und ich uns wie zwei Erwachsene unterhalten haben. Das ist noch so etwas, was er mir genommen hat. Jetzt wird es nie dazu kommen: Ich meine, dass ich sonntags zu dir zum Tee gehe, wenn du verheiratet bist. Und dass wir uns berichten, was die Woche so geschehen ist. Und dass ich Großmutter werde … Aber es war schon komisch, nicht wahr, als er dich verfehlt und stattdessen diese alberne Ente getroffen hat?«

Ist es nicht merkwürdig, dachte ich, dass ich bereits aufgehört habe, dieses arme Geschöpf als meine Mutter zu betrachten? Dabei hat sie mich als Säugling gefüttert, mich gebadet und mit dem Kinderwagen herumgekarrt und mit mir angegeben. Und sich gesorgt, wenn ich krank war … Also drehte ich mich nochmals um. Dicke Tränen rollten ihr über die aufgedunsenen Wangen, dann rannte sie auf mich zu, und wir küssten uns zum Abschied.

Während ich in Richtung Bahnhof eilte, hörte ich im Geiste noch immer, wie die ruinierte Schallplatte wieder und wieder in meinem verwaisten Zimmer quäkte:

»*Tous les garçons et les filles amoureux,*
tous les garçons et les filles de mon âge …«

»Nun«, sagte ich laut (um mir Selbstvertrauen einzuflößen). Dick Whittington und seine Katze haben es vorgemacht. *En avant!*«

Ich blickte mich um: von Percy keine Spur.

Aus hellem heiterem Himmel zu erfahren, dass ich keinem Menschen angehörte, jedenfalls keinem, den ich kannte, war, gelinde ausgedrückt, mal etwas Neues. Aber dergleichen passiert. Ich hatte gelesen, dass so etwas passiert. Aber nicht häufig. Und mir war es noch nie passiert. Ich war es gewohnt, nicht nur jeden Tag zu planen, sondern auch die nächste Woche und den nächsten Monat, ja sogar jedes neue Jahr. Ich wusste in der Regel, wo ich wann sein würde, wer noch da sein würde, wo ich mich abends schlafen legen würde (wobei das zugegeben immer derselbe Ort gewesen war. Tja, und jetzt …).

Also musste ich mir eingestehen, dass meine Aussichten recht trübe waren und ein sicherer Hafen in diesen rauen Gewässern durchaus nottäte. In diesem Moment kam Ronnie auf seinem Rad angefahren und schwang sich recht fesch neben mir aus dem Sattel. »Warum bist du nicht in der Schule?«, fragte ich.

»Das Gleiche könnte ich dich auch fragen«, entgegnete er. »Kann ich mit dir kommen? Wohin gehst du?«

»Weg«, antwortete ich kurz und knapp. »Mittellos, ohne einen Freund an meiner Seite ziehe ich in die weite Welt hinaus, um mein Glück zu versuchen.« Ich hielt die prall gefüllte Einkaufstüte hoch und tätschelte den Seesack.

»Du machst wohl Witze, Hetty«, sagte er und bückte sich, um die Hosenbeinspangen abzuklemmen.

»Ronnie«, fuhr ich fort und betrachtete ihn interessiert, »ich möchte ja nicht allzu forsch sein, aber vielleicht erinnerst du dich daran, wie du mir vorgeschlagen hast, mit mir wegzulaufen. Ich habe über dein Angebot nachgedacht und nehme unter den gegebenen Umständen an. Wie sieht es mit unseren Barbeständen aus? Ich kann sechzehn Pfund beisteuern.«

»Weglaufen! Meinst du von zu Hause? Für immer?« Seine Stimme wurde immer schriller. »Irgendwohin?«

»Ich dachte an London. Wohin es Weggelaufene normalerweise verschlägt, und wie es der Zufall will, geht in ungefähr einer Stunde ein Zug nach Wisbech – gerade noch genug

Zeit für dich, um ins Pfarrhaus zu radeln und das Nötigste für ein Leben auf der Flucht zusammenzupacken.«

Er lachte unsicher und zog mich, nachdem er mich hinter einen Holunderbusch geschoben hatte, in die Arme.

»Hör zu«, sagte ich, nachdem ich mich aus seiner Umarmung befreit und tief durchgeatmet hatte, »ich mache keine Witze, Ronnie. Wie viel hast du in deinem Sparschwein? Wir brauchen Geld für die Fahrkarten, und später müssen wir noch was zu Abend essen, dann noch irgendwo schlafen. Du hast gesagt, du willst mich. Nun, hier bin ich. Ganz dein! Wobei ich klarstellen möchte: Du musst mich nicht heiraten … na ja, jedenfalls vorerst nicht.«

(Ich brachte das keineswegs so souverän hervor, wie es sich anhören mag.) Er sagte nicht sofort »Nein«, das nicht. Stattdessen begann er umgehend, seine Verteidigungslinien aufzubauen.

»Oh!«, sagte er reumütig, »ich sehe, du meinst es wirklich ernst. Aber leider fahren wir am Montag in den Urlaub.« (Die Lüge trieb ihm die Röte ins Gesicht.) »Ansonsten wäre ich wirklich gern mitgekommen. Aber Mama hat seit Wochen alles geplant, und sie wäre ziemlich angefressen, wenn ich in letzter Minute einen Rückzieher machen würde. Sie hat schon alles gebucht und so weiter, du weißt schon … Ansonsten, wie gesagt …« Seine lahme Absage versickerte in seinen Schuhen.

»Ist schon in Ordnung, Ronnie«, erwiderte ich und versuchte, meine Stimme so klingen zu lassen, als hätte er eine Verabredung in der Disko abgesagt. »Ich sehe ein, dass es schwierig ist, aber nun gut, dann muss ich eben ohne dich weggehen.«

»Vielleicht ein andermal«, sagte er und konnte es kaum

erwarten, durch den ihm aufgezeigten Notausgang zu entwischen. »Wenn ich aus Frinton zurück bin, könnten wir noch mal darüber reden.« Und er versuchte, mich abermals an sich zu ziehen. »Du hast mir übrigens gar nicht erzählt, warum du wegwillst (das heißt, falls du wirklich weggehst). Bestimmt bieten sie dir einen Platz in einem Lehrerkolleg an, sobald die Prüfungsergebnisse da sind. Aber falls du jetzt wirklich weggehst, versprich mir, dass du mir schreibst.«

»Schreiben? Nein, ich glaube nicht.«

»Oh, und warum nicht? Ich schreibe auch bestimmt zurück.«

Armer Ronnie! Er gab eine ziemlich klägliche Figur ab.

»Ronnie«, sagte ich, »erinnerst du dich an diesen Mann, der bei Nacht erschien?«

»Ne. Welcher Mann?«

»Na, den wir in Religion durchgenommen haben. Lukas-Evangelium, glaube ich.«

»Oh, der! Aber er ist wieder weggegangen, oder?«

»Ja«, sagte ich, »er ist wieder gegangen. Und ich meine mich zu erinnern, dass die Worte dort lauteten: ›Denn er war überaus reich.‹«

»Und was hat das jetzt mit uns zu tun?«

Ich hob die Augen gen Himmel. Und ging davon. Ich wusste, es war nicht fair, aber es musste noch jemand verletzt werden. Also blickte ich mich um; er stand noch immer neben dem Busch und wirkte ziemlich verwirrt. »Leb wohl, Galahad!«, rief ich unerbittlich. »Deine Lanze – sieh zu, dass sie scharf und glänzend bleibt. Man weiß nie, wann die nächste Dame in Not des Weges kommt.«

»Wer?«, rief er verunsichert. »Wer? ›Galahad‹? Hast du ›Galahad‹ gesagt? Wer ist Galahad? Und meine – was?«

Nach der Schlacht

Inzwischen hatte es zu regnen begonnen. Das schwächte meine Entschlossenheit, mir den Staub von Jordans Bank von den Füßen zu schütteln, und ich bog in die ungepflegte Auffahrt von The Grange ein. Da der Major taub war, war es zwecklos anzuklopfen, also ging ich kurzerhand hinein. Er hatte mehrere Sammelbände der *Illustrated London News* vor sich und war in einen bebilderten Bericht über die Schlacht am Majuba Hill vertieft. Zeile für Zeile fuhr er ihn beim Lesen mit dem Zeigefinger nach. Ich berührte ihn an der Schulter.

»Kein Vergleich zu meinem Krieg, Hetty. Zu dem, was wir vollbracht haben. O nein, überhaupt nicht. Du lieber Himmel, nein!«, rief er aus und tippte auf die Abbildung eines Stahlstichs, der zeigte, wie sich die Rotröcke von Felsbrocken zu Felsbrocken hüpfend zurückzogen. »Ein Kerl aus dem Dorf – George Booms. Straßenkehrer ... erinnerst du dich an ihn? Heutzutage stellen sie keine mehr ein. Straßenkehrer. Inzwischen gibt es für jede ehrliche Arbeit irgendein Gerät. Wen wundert's da, wenn die Burschen keine Stelle mehr finden? Der arme Booms – liegt schon lange unter der Erde, nehme ich an. Ist mit der freiwilligen Kavallerietruppe der Grafschaft nach Natal gezogen, der Kommandeur war der alte Oberst Bosanquet von The Hall weiter oben im Norden. Hat ein Bataillon auf die Beine gestellt. Gibt es auch nicht mehr. The Hall. Und das Bataillon auch nicht. Oder die Bosanquets. Nur einer von ihnen ist noch übrig. Lebt irgendwo in Northamptonshire, hab ich gehört. Die Männer haben den Kopf eingezogen. Wurden von akkuratem Gewehrfeuer niedergehalten, so schaut es aus, Hetty. Booms sagt, der alte Oberst wurde immer verdrießlicher. Hat das Soldatenhandwerk in Indien gelernt, weißt du. Bosanquet, nicht Booms. Marathen-Kriege! Alle Linien vorrücken! Präsentiert das Gewehr! Schultert das Gewehr! Feuer frei! Das ist unser Problem, Hetty – dass wir noch den letzten Krieg führen, während wir schon einen neuen begonnen haben.«

(Man musste sich konzentrieren, wenn der Major zu einem weitschweifigen Bericht über die verlorenen und gewonnenen Schlachten vergangener Zeiten ansetzte.)

»Booms sagt, Bosanquet zog sein Schwert, sprang hoch, brüllte: ›Vorwärts, Männer!‹ Und sie brüllten zurück: ›Runter mit Ihnen, Sie törichter alter Schwachkopf!‹ Und das tat er, o ja, es ging abwärts mit ihm. Booms schwört Stein und Bein, er wird es bis zum Ende seiner Tage nicht vergessen, sein ›Vorwärts, Männer!‹ ging in Gegurgel unter. Die Buren haben ihm in den Hals geschossen, Hetty. Daraufhin wurde er stocktaub.«

»Ich hätte eigentlich Schlimmeres erwartet!«, schrie ich.

»Booms!«, schrie er zurück. »George Booms, der Straßenkehrer, der wurde taub. Booms! Hat in einem Reihenhaus in der Sozialsiedlung gewohnt. Erinnerst du dich an ihn? Wurde als Invalide nach Hause geschickt. Kaum ist er in Liverpool von seinem Kavalleriepferd abgesessen, war sein Gehör wieder zurück. Die Ärzte behaupteten, es sei ein Wunder. Hatten so was noch nie erlebt. Das Gleiche ist mir in Neuve-Chapelle passiert. Aber das ist eine andere Geschichte.«

»Oh, dann sind Sie dort taub geworden? Wo ist übrigens Polly, Herr Major?«

»Bin in den Schützengräben um eine Ecke gebogen und geradewegs in eine Patrouille der Boches gerannt. Deren Burschen sind weggelaufen, und unsere auch. Haben mich glatt hängenlassen. Als hätte ich mir Lepra eingefangen. Und ein Jerry hat im Wegrennen 'ne Granate über die Schulter geschleudert. Hat mir 'nen Stiefel weggepustet.«

»Wo finde ich Polly?«, brüllte ich. »Und warum hat die Granate nur Ihren Stiefel und nicht auch Ihren Fuß weggepustet?«

Er war verstummt, brütete offensichtlich über diese lang zurückliegende Begebenheit auf Flanderns Feldern nach.

»Dachten, ich wäre tot, und haben mich einfach liegen lassen«, schrie er entrüstet. »Sind weggelaufen. Und das wollen Engländer sein! Ich habe mich hochgerappelt, so gut es ging, und zugeschaut, wie sich mein anderer Stiefel mit Blut füllte. Mich dabei gefragt, wer es wohl meiner armen Mutter beibringen wird. Hab sie so klar vor Augen gesehen wie dich jetzt, Hetty, wie sie in ihrer Küche saß. Und die Uhr zwischen den beiden Staffordshire-Hunden auf dem Kaminsims, die vor sich hin tickte. (Meine Schwester Georgina hat sie mitgenommen, als sie heiratete – ich hätte sie selbst auch gern gehabt.) Es war stets still wie in einer Kirche in ihrer Küche. Meine Mutter ist nicht die von Georgina. Sie war eine stille Frau. Es geht nichts über stille Frauen …«

(Ob er mich vergessen hatte? War es in Ordnung, wenn ich davonschlich und mich auf die Suche nach Polly machte?)

»Das Nächste, woran ich mich erinnere, ist, wie George Emmott, mein Adjutant, plötzlich da ist und auf die fliehende Patrouille schießt und dabei flucht, was das Zeug hält. Einem wohlerzogenen Mädchen gegenüber kann ich die Worte, die er gebraucht hat, nicht wiederholen, Hetty. Er hat dem Gefreiten in den Allerwertesten getreten. Das ist das Letzte, woran ich mich erinnere. Das! Dann wurde ich in ein Feldlazarett gebracht. Der arme alte George! Kam am Abend darauf nicht von seiner Schicht zurück. Ist im Stacheldraht hängen geblieben, sagten sie mir. Stammte aus irgendeinem Nest in Rutland. Schon mal in der Grafschaft gewesen, Hetty?«

Du lieber Himmel, dachte ich. Armer Kerl, dieser George! Was, wenn er hier herumgeisterte und hörte, dass wir von ihm sprachen? Aber vielleicht würde es ihm sogar gefallen.

»Aber noch schlimmer war das in Neuve-Chapelle!«, schrie der Major und schüttelte die altersgrauen Locken, während er erneut aufgeregt mit dem Finger auf den Majuba Hill deutete. ›Das hier ist 'n Spaziergang dagegen‹, sagte ich zu Booms. ›Ein Spaziergang!‹«

An dieser Weggabelung in der Geschichte britischer Schlachten kam Mariana vom Flur herein, und ich erzählte ihr rasch, was mir zugestoßen war.

»Oh, dieser abscheuliche Rohling!«, rief sie. »Komm mit nach oben und zeig es mir, für den Fall, dass ich als Zeugin auftreten muss. Runter mit deinem Schlüpfer.«

»Wie sieht dein Hintern normalerweise aus?«, fragte sie. »Feuerrote Striemen, wie es immer in der Zeitung heißt, sind jedenfalls keine zu sehen. Nicht dass ich nicht beschwören würde, dass da welche waren, wenn die Sache vor Gericht kommt. Wie sehen feuerrote Striemen aus, für den Fall, dass man mich ins Kreuzverhör nimmt? Oh, und natürlich bleibst du hier. Grandpa wird begeistert sein; ihr beide kommt so gut miteinander aus, und ich muss zugeben, dass ich manchmal froh über einen Ersatztrupp wäre, wenn er mich wieder einmal auf Flanderns Felder mitschleppt. ›Sie dachten, ich wäre tot, und haben mich einfach dort liegen lassen!‹«, rief sie mit tiefer Stimme. »›Sind getürmt! Meine eigenen Kameraden! Und das wollen Engländer sein!‹« Woraufhin wir in ein unwürdiges Gekicher ausbrachen.

Und sie hatte recht: Der Major schien es kein bisschen seltsam zu finden, dass ich bei ihnen einzog. Alte Menschen scheinen sich im Gegensatz zu uns jüngeren nicht mit Kleinigkeiten aufzuhalten. Ihnen reicht es zu wissen, dass sie am Leben sind, nehme ich an.

Mr Birtwisle spielt seine letzte Karte aus

Natürlich glaubte ich nicht eine Sekunde lang, dass Birtwisle aufgeben würde. Er wusste genau, dass wenn im Fenland irgendjemand etwas Ungewöhnliches tat, die Leute sich die schaurigsten Gründe dafür ausdachten, und wollte daher mit allen Mitteln verhindern, dass sich das Gerücht verbreitete, seine Ethel habe Reißaus genommen. Wäre ich einfach nur artig vor Zeugen mit dem Zug verschwunden, hätte er in Umlauf bringen können, ich würde auf unbestimmte Zeit bei einer entfernten Tante wohnen, um mich von einer Hirnhautentzündung zu erholen, die ich mir angeblich bei der Abschlussprüfung zugezogen hatte.

An dem Abend, als er auftauchte, waren wir in Marianas Zimmer. »Es ist nicht fair«, sagte sie. »Ich mit meinen Sommersprossen über dem ganzen Gesicht, gebaut wie ein Rugby-Spieler, und du langbeinig und schlank, grünäugig und, als reichte das alles noch nicht, mit dieser fantastischen roten Haarmähne.«

»Rotbraun«, sagte ich bescheiden.

»Flammend rot«, beharrte sie. »*Und* wie mühelos du eben mal über die Operation Enigma reden kannst. Oder über die Mona Lisa! Oh, und was gäbe ich darum, deine Augen zu haben. Mit blauen Augen kann man unmöglich so feurig blicken.«

Sie drehte sich zum Kleiderschrankspiegel hin und ließ,

nachdem ihre Versuche, ihm feurige Blicke zuzuwerfen, danebengegangen waren, ersatzweise die Hüften kreisen.

»Nur gut, dass wir Menschen nicht unseren eigenen Hintern sehen können«, fuhr sie fort. »Ich zum Beispiel. Wer würde mir, von hinten betrachtet, nicht ein gebärfreudiges Becken bescheinigen? Doch wenn ich mich umdrehe, was kriegt man zu sehen? Dieses Gesicht, da kann ich niemandem etwas vorgaukeln!«

»Das machst du doch locker mit deinen Brüsten wett«, versuchte ich sie zu trösten. »Du hast ja selbst gesagt, sie sind umwerfend. Sollte dir Galahad je eine Mitfahrgelegenheit auf seiner Fahrradstange anbieten, dann dreh dich besser nicht abrupt um, sonst wirfst du ihn noch aus dem Sattel.«

»Na ja, solange dabei nicht seine Lanze stumpf wird!«, rief sie lachend aus. Und schon war sie wieder guter Laune. Und noch während wir prusteten und kicherten, hörten wir jemand gegen die Haustür hämmern. Ich rannte zum Fenster und sah, dass der Morris Minor in der Auffahrt stand.

»Du gibst jetzt nicht klein bei!«, rief Mariana aus. »Bei mir bist du ziemlich sicher. Er wird es nicht wagen, dich vor Zeugen anzugreifen. Aber falls doch, reiß du ihm die Beine weg, und ich umklammere seine Arme. Dann setzen wir uns auf ihn.« Sie rauschte den Flur hinunter und erschien kurz darauf wieder mit Birtwisle im Schlepptau.

»Keinen Zentimeter weiter, ich warne Sie!«, drohte sie grimmig. »Keinen einzigen Zentimeter! Bleiben Sie stehen, wo Sie sind. Weswegen sind Sie gekommen? Also, was wollen Sie?«

Wie merkwürdig, dachte ich. Bis zu diesem Zeitpunkt war mir noch gar nicht aufgefallen, wie riesig Polly war. Mir schien, als wäre sie plötzlich gewachsen und auseinandergegangen.

»Was ich will?«, donnerte er. »Was ich will? Was, denkst du, will ich? Ich will sie. Unsere Ethel. Das will ich.«

Bisher hatte der Major nicht mitbekommen, was beinahe direkt vor seiner Nase vorging, wurde seine Aufmerksamkeit doch von einer anderen, einer ferneren Schlacht in der Nähe von Ladysmith gefangen genommen. Und er gab die Belagerung erst auf und schickte sich an, zu unserer Frontlinie zu eilen, als seine Enkelin zu ihm kam, ihn unsanft schüttelte und theatralisch auf unseren Besucher deutete.

»Er sagt, er will Hetty mitnehmen!«, schrie sie ihm ins Ohr.

»Ethel!«, knurrte mein Ex-Vater und machte eine Kopfbewegung in meine Richtung.

»Er sagt, er will Hetty zurück, damit er sie wieder verprügeln kann!«, rief sie.

»Hä?« Der Major spähte in Richtung unseres Gastes und bemühte sich, Augen und Hirn zu fokussieren. Was ihm offensichtlich nicht gelang, denn er musste sich aus seinem Sessel hieven und näher heranstapfen, um zu ergründen, was da los war.

Dann drehte er sich zu Mariana um. »Wer ist das, Polly, Liebes?«, rief er. »Was will dieser Kerl? Wenn er Geld sammelt, wofür auch immer, gib ihm was und sag ihm, er soll nicht wiederkommen. Aber denk daran, wenn er einer von diesen Buddhisten ist, kriegt er nichts.«

Nun zeigte Mariana beeindruckende Geistesgegenwart. »Weißt du noch, Neuve-Chapelle?«, schrie sie. »Er ist einer von denen. Der, der ausgebüxt ist, als die Boches dir deinen Stiefel weggeschossen haben. Er ist der Gefreite, der, dem George Emmott einen Fußtritt in den Hintern verpasst hat.«

»Oh, der ist es!«, rief der Major. »Warum haben Sie dich nicht erschossen, du Feigling?« Er humpelte zurück, stützte sich am Kaminsims ab und versuchte, den Kavalleriesäbel von der Wand herunterzunehmen.

»Sie alter Irrer!«, schrie Birtwisle, den das Gefasel über lange zurückliegende Schlachten zutiefst verwirrt hatte, und wich vorsichtig in Richtung Tür zurück. »Man müsste Sie wegsperren. Ich werde Sie dem Gemeinderat melden. Und der Polizei. Mir zu drohen, während Sie selbst ein davongelaufenes Mädchen bei sich verstecken.«

»Häh?«, rief der Major frustriert, weil es ihm nicht gelang, die Waffe zu erreichen und zugleich den Feind im Auge zu behalten.

»Er meint, er würde es jederzeit wieder tun!«, rief Mariana. »Er sagt, er wünschte, du wärst so lange liegen geblieben, bis das restliche Blut aus deinem Körper in deinen anderen Stiefel gelaufen wäre, deinen linken, du weißt schon.«

Ihr Großvater schien sie verstanden zu haben, denn er verstärkte seine Anstrengungen, die furchterregende Waffe aus ihrer Halterung zu lösen, wobei er eine Keramik-Teedose herunterbeförderte und eine Lawine aus Kleingeld auslöste, das für den Milchmann und den Zeitungsausträger gedacht gewesen war. Aber Birtwisle hatte inzwischen die Flucht ergriffen. Unten, ein Bein vorsichtshalber im Morris, drohte er uns oder den rachsüchtigen Göttern (wer weiß?) im (wie gewöhnlich düsteren) Himmel mit der Faust.

»Du hast es geschafft, Mariana!«, sagte ich aufgeregt. »Ich fürchte nur, du hast es ein bisschen übertrieben.«

»Er ist doch weg, oder nicht?«, sagte Mariana mit selbstgefälligem Grinsen.

»Ja, aber er kommt garantiert wieder. Und zwar nicht allein. Das nächste Mal wird er mit der Polizei oder jemandem vom Kinderschutzbund oder einem Anwaltsgehilfen im

Schlepptau hier aufkreuzen. Du kennst ihn nicht: Er beruhigt sich nicht. Im Gegenteil, seine Wut schaukelt sich immer mehr hoch. Deshalb werde ich mich morgen früh aus dem Staub machen. Es war wirklich großartig von euch, mir Zuflucht zu gewähren, aber ich möchte …« Ich ließ den Satz unbeendet.

»Du möchtest was?«, fragte Mariana.

»Nun – ich möchte dies und das machen«, erwiderte ich zaghaft. »Wenn ich es getan habe, sage ich es dir. Mach dich auf einen sehr langen Brief gefasst, Mariana.«

Der Major unterbrach uns: Er fuhr mit der Daumenkuppe die Säbelklinge entlang.

»Er hat sich aus dem Staub gemacht, Großvater!«, brüllte Mariana. »Genau wie in Neuve-Chapelle.«

»Ah«, murmelte der Major düster. »Und dieses Mal gibt es keinen George Emmott, der ihm in den Hintern tritt. Der arme alte George. Ich bin treues Kirchenmitglied, aber manchmal habe ich doch meine Zweifel. Warum ausgerechnet Kerle wie Old George dran glauben müssen. Aber hin und wieder bilde ich mir ein, dass er doch noch da ist und nach seinen alten Kameraden Ausschau hält.«

»Ach je!« Mariana seufzte. »Ich kann den Gedanken, irgendwann einmal alt zu werden, nicht ertragen, Hetty: Manchmal sagt er Dinge, da könnte ich flennen.«

Leb wohl, Jordans Bank!

Als wir uns am nächsten Morgen auf den langen Fußweg quer durch die sumpfige Landschaft zum Bahnhof von Sinderby le Marsh machten, lag der Rauch von abgebrannten Stoppelfeldern in der spätsommerlichen Luft.

»Grüß mir bitte Miss Braceburn!«, rief ich Mariana nochmals in Erinnerung. »Und male um Himmels willen kein zu hysterisches oder düsteres Bild meiner Notlage: Du musst wirklich aufpassen, denn manchmal geht die Fantasie mit dir durch, Mariana. Sag ihr einfach, ich gehe weg wie dieser Kerl, den wir in der Zehnten durchgenommen haben. Erinnerst du dich? Du weißt schon, aus Joseph Conrads *Der geheime Teilhaber*. Der Mann, der in einer Tropennacht zu dieser Insel hinübergeschwommen ist. »... ein freier Mann, ein stolzer Schwimmer, der einem neuen Leben entgegenstrebte.«« Ich glaube, das war der Wortlaut. Conrad drückt ja immer alles doppelt aus. Erinnerst du dich an den *Geheimen Teilhaber*? Wie auch immer. Miss B. weiß, was gemeint ist.«

»Sie wird fix und fertig sein. Vielleicht gibt sie sich selbst sogar die Schuld. Ihr *Hond* ...«

Einen Moment dachte ich darüber nach.

»Das sollte sie nicht tun. Auch wenn Mustafa vielleicht ein Katalysator war ... ja, das ist durchaus möglich. Und sag ihr, meine letzten Worte seien gewesen, ich würde auf die Doppelpunkte achten. Sie wird schon schlau daraus werden.«

Wir marschierten stramm zwischen den Rübenfeldern weiter.

»Und dass du gesagt hast, du wärst fertig mit der englischen Literatur, soll ich ihr das nicht auch erzählen? Und dass das Leben sich doch nicht so entwickelt wie Robert Browning meinte? Du brauchst das jetzt gar nicht abzustreiten. Das hast du gesagt.«

»Das habe ich gesagt, im Ernst?«, rief ich ungläubig aus. »Nein, das darfst du ihr nicht sagen. Mein Ringkampf mit Birtwisle muss mich mental aus der Bahn geworfen haben.«

»Ja, das hast du wirklich gesagt. Ich weiß noch genau, was du gesagt hast – ›Die schöne Evelyn Hope ist tot – na und?‹«

Ich sann darüber nach und sagte dann: »Ich werde R.B. vielleicht noch eine Chance geben.«

Ein voll beladener Laster fuhr an uns vorbei; der EWG-Getreideberg würde dieses Jahr so riesig werden wie nie.

»In der Zwölften werden sie Augen machen, wenn ich es ihnen verkünde. Kannst du dir Ronnies Gesicht vorstellen?«

»Du musst ihn eben trösten«, sagte ich. »Ein paar Tage dauert das Schuljahr ja noch. Sieh zu, dass er sich im Bus auf den Platz neben dir setzt, der dann frei ist. Ich habe gelesen, dass Berührungen mehr sagen als Worte. Außerdem kannst du auch deine Brüste einsetzen; es ist durchaus schicklich, wenn wir die Vorzüge nutzen, die Gott uns geschenkt hat. Setz dich auf den Fensterplatz, dann drehst du dich betont langsam zu ihm hin und plauderst mit ihm über die vorbeiziehende Landschaft.«

Wir brachen in lautes Gelächter aus, und als in der Ferne der Zug von Wisbech am Horizont auftauchte, hakten wir uns unter und begannen zu singen – Mariana mit ihrem nasalen Alt und ich mit dazu kontrastierender dünner Stimme –

»Tous les jeunes filles et garçons amoureux,
les yeux dans les yeux et la main dans la main …«

Plötzlich brach sie ab: »Schau mal, da hinten. Ich bin mir sicher, das ist Ronnie, der wie ein Verrückter hinter uns her strampelt. Wie hat er es bloß herausgefunden? Ich habe es ihm jedenfalls nicht auf die Nase gebunden.«

»Na, jetzt hast du eine Mitfahrgelegenheit für den Rückweg. Auf seiner Fahrradstange. Stell dir nur vor! Seine Knie, die links und rechts neben dir strampeln, und sein heißer Atem im Nacken.«

»*N'est-il pas mignon?*«, sagte sie seufzend. ›Trotzdem, ich würde so gern mit dir kommen, Hett. Und wenn Großvater nicht wäre, täte ich es auch. Oh, ich bin mir sicher, es warten so viele aufregende Dinge auf dich. Hier, nimm das; mehr konnte ich nicht auftreiben.« Sie stopfte ein paar Münzen in meine Tasche. »Hey, wo willst du hin? Das hier ist der Bahnsteig für London.«

»Ich habe es mir anders überlegt«, rief ich. »Mein neues Ziel ist Birmingham.« Ich drehte mich zu ihr um, umarmte sie stürmisch und stieg in den Zug.

»Aber du hast doch vor, nach Jordans Bank zurückzukommen, oder?«, beschwor sie mich.

»Nicht in diesem Leben«, erwiderte ich (allein der Name sorgte dafür, dass mir die Galle hochkam).

Nach dieser entschlossenen Beteuerung wirkte Mariana so niedergeschlagen, dass ich ihr schnell versprach, sobald die Zeit reif sei, ihr meine Adresse zu schicken und dafür zu sorgen, dass der Major und sie mich besuchen könnten, wo immer ich zur Ruhe gekommen sei. Das heiterte sie ungemein auf, und als ich ihr auch noch versicherte, ich hätte, während sie zu mir hinaufblickte, ganz klar gesehen, wie es aus einem ihrer Augen zweimal feurig geblitzt habe, war ihre gewohnte Heiterkeit wiederhergestellt.

Der Zug hatte sich bereits in Bewegung gesetzt, als Ronnie ankam, blitzschnell sein Rad zu Boden schleuderte und auf den Bahnsteig sprang. »Hetty!«, schrie er. »Wo fährst du hin, Hetty?« Ich schenkte ihm lediglich einen verächtlichen Blick, doch er wirkte, obwohl Polly ihn so bewundernd ansah, dermaßen niedergeschlagen, dass ich mich zu einem flüchtigen beiläufigen Winken herabließ. Dann zog ich das Schiebefenster hinauf, suchte mir einen Sitzplatz und schaute zum letzten Mal auf die Felder, Gräben und Dämme und Jordans Bank.

O je, dachte ich. Hier gleitet meine Kindheit dahin. Und während mich die Schwermut zu übermannen drohte, fragte ich mich, wie lange die Menschen sich wohl meiner erinnern würden. Wie lange würde Ronnie an mich denken? Und Miss Braceburn? Nun, Ronnie würde von diversen Chormädchen in frisch gestärkten und gebügelten Blusen getröstet werden, die ihm »dicht wie Herbstlaub hingestreut« zu Füßen liegen würden, während die Orgel klagte und die Sonnenstrahlen durch die Buntglasfenster fielen und in seinem Haar funkelten. Und an der Waterland High würde es immer wieder vielversprechende Schüler geben, die Miss Braceburn vergöttern würden. Gewiss musste doch, abgesehen von Polly und Percy, meiner Katze, noch jemand anderes meinen Abgang betrauern? Aber wer nur? Ach!

Dann erreichte der Zug Peterborough.

Eine Rast auf dem Lebensweg

Die anderthalb Stunden Aufenthalt in Peterborough nutzte ich für einen Besuch der Kathedrale, die immer eine beruhigende Wirkung auf mich hat: Warum, kann ich nicht genau sagen. Vielleicht einfach nur, weil sie da ist, und das schon seit einem Jahrtausend – ein behauener, auf den Kopf gestellter Steinbruch. Einst unter der Erde, jetzt darüber. Ich setzte mich allein in die Nähe des Westportals und tauchte in die Unermesslichkeit der Kathedrale ein, ließ mich darin treiben. Und in der Stille. Und Leere. Und so fühlte ich mich, als ich am Bahnhof emportauchte, um auf den aus Norwich kommenden Zug zu warten, heiter und beschwingt und fast wieder ganz wie die Alte, bereit, o ja, bereit dem Schicksal gefasst zu begegnen, was immer es für mich parat hatte.

Eine außergewöhnliche Begegnung

Und tatsächlich nahmen die Dinge sogleich eine abrupte Wendung zum Besseren. Nur wenige Meilen westlich der Bahnstrecke erblickte ich ein Taxi, das die Straße parallel zu den Gleisen entlangbrauste in Richtung Bahnhof Mowbray. Die Wahrscheinlichkeit, dass der Fahrgast noch den Zug erwischen würde, ging gegen null. Das Taxi verschwand hinter Malzdarren ... hinter Eisenbahn-Reparaturhallen ... Bahnsteig-Lattenzäunen ... dem Fahrkartenschalter. Der Zug hielt (vorschriftsmäßig), blieb kurz stehen; niemand stieg aus, niemand stieg zu. Und es sangen keine Vögel.

Und dann flitzte ein kleiner rotgesichtiger Mann mit einem wahrhaft prächtigen Schnurrbart wie ein Verrückter unter dem bogenförmigen Eingang hindurch, stieß einen verdutzten Gepäckträger beiseite, sprintete neben dem bereits wieder rollenden Zug her, riss die Tür meines Waggons auf, warf seinen eleganten Hut hinein, dann einen Koffer, dann einen Regenschirm, dann sich selbst. »Gut gemacht, Sir!«, rief ich. »Toller Sprint! Echt spitze!« (In den vergeudeten Prä-Braceburn-Jahren hatte ich das ein oder andere auf Hinterhofflohmärkten erstandene Buch von Angela Brazil verschlungen.)

Der Mann hatte sich heftig schnaufend ins Polster zurückgelehnt, quittierte aber meine Glückwünsche mit einer leichten Verbeugung.

»Sie haben ihn erwischt«, sagte ich. »Vorausgesetzt natürlich, dass dies der Zug ist, den Sie erwischen wollten. Wir sind unterwegs nach Birmingham. Haben Sie eine weite Reise vor sich?«

»Ja«, erwiderte er keuchend. »Nach Australien!«

Australien! Nach Australien! Wie aufregend das Leben ist, dachte ich, als mir Ayers Rock, Alice Springs, Bradman, der Batsman, und Kängurus in den Sinn kamen.

Plötzlich erschrak der Mann und wurde blass. Du lieber Himmel, was ist denn jetzt los, dachte ich und fürchtete, dass ich mit meinen Pfadfinder-Erste-Hilfe-Kenntnissen bei einem Herzinfarkt möglicherweise überfordert sein würde. Er riss ein prächtiges blaues Seidentaschentuch aus der Brusttasche, drapierte es behutsam um seinen runden Hinterkopf und ließ sich erneut ins Polster zurücksinken, noch immer blass, aber augenscheinlich wieder beruhigt. Ich sah ihm absolut fasziniert zu, bis ich an Miss B.s Sprachkritik denken musste. Dann sah ich ihm nur noch fasziniert zu.

»Ich hatte einmal einen Freund, junge Frau«, sagte er in feierlichem Ton und mit gepflegter Aussprache. »Einen sehr lieben Freund, Gerald Merryweather (der mit mir am Dartmouth College war). Dieser zog sich eine höchst widerwärtige ansteckende Krankheit zu, indem er zwischen Crewe und Stoke-on-Trent den Kopf an das Sitzpolster eines Erste-Klasse-Waggons lehnte. Der Ausschlag zog sich zunächst über seinen Schädel und dann das ganze Gesicht. Fortan wickelte er sich in den wenigen Jahren, die von seinem kurzen, zerstörten Leben noch übrig blieben, vor Betreten eines Restaurants ein Handtuch um den Kopf und behielt es auch während des Essens auf.«

Noch nie zuvor hatte sich jemand bemüßigt gefühlt, mich

auf diese Gefahr aufmerksam zu machen, und da ich das Gefühl hatte, es ihm gleichtun zu müssen, folgte ich mit einem sehr viel bescheideneren und beschämend unsauberen Taschentuch seinem Beispiel.

Nachdem er dieser Tat mit einem Nicken Anerkennung gezollt hatte, fuhr er fort, mich ins Vertrauen zu ziehen. Ein anderer Freund, erzählte er, der mehr Glück gehabt habe als der erste, habe im Outback von Queensland eine Goldmine entdeckt und ihm angeboten, ihm bei der Ausbeutung selbiger zu helfen. Während er die Mühen der Arbeit beschrieb, die wilde und doch so schöne Natur und die liebenswürdigen Qualitäten seines Freundes, der bereits ein recht beträchtliches Vermögen angehäuft hatte, war ich beinahe versucht, ihn zu fragen, ob sie nicht vielleicht eine Gehilfin und Gefährtin zum Kochen, Waschen und Knöpfe-Annähen brauchen könnten. Ich sann noch immer darüber nach – wobei mich Zweifel wegen der nicht zu bewältigenden Kosten beschlichen, die auf mich zukämen, sollten meine Abschlussergebnisse eine Rückkehr aus dem Exil nach England ermöglichen –, als der Zug auch schon in den düsteren Bahnhof New Street Birmingham einfuhr und mir die Entscheidung abnahm.

»Ah!«, sagte er, »da sind wir. Hier nehme ich den Zug nach Avonmouth. Um dort das Schiff zu besteigen, wissen Sie. Es geht mich natürlich nichts an, aber ich nehme an, dass auch Sie allein auf sich gestellt sind. Eine kleine Krise? Nein, nein, nein, leugnen Sie es nicht; jeder, der Augen im Kopf hat, kann das sehen. Auch dass Sie entschlossen sind, Ihren eigenen Weg zu gehen: Stimmt's? Habe ich recht?«

Also gab ich es zu.

»Nun«, fuhr er fort, »wir brauchen alle ein wenig Hilfe auf unserem langen, mühevollen Lebensweg. Auch ich brauchte sie vor langer Zeit. Warten Sie, ein bisschen was kann ich beisteuern, viel ist es nicht. Ich habe ja noch eine lange Reise vor mir, wissen Sie.« Er brachte eine Brieftasche zum Vorschein und drückte mir ein paar Fünf-Pfund-Noten in die Hand.

»Und nehmen Sie auch dieses Seidentaschentuch, damit sie hin und wieder an mich denken; ich mag es, wenn man sich an mich erinnert. Bedauerlicherweise, eine Charakterschwäche. Und ein solches Taschentuch wäre im Busch ohnehin fehl am Platz.«

Er lüpfte den Hut, und weg war er.

Während ich verwirrt inmitten des Gedrängels in einer Einkaufszeile stand, die sich entlang der Gleise angesiedelt hatte, tauchte er plötzlich nochmals neben mir auf.

»Ich vermute, Sie hatten noch nicht das Pech, diesen bemerkenswerten Ort schon einmal zu besuchen?«, fragte er. »Wissen Sie schon, wo Sie sich heute Nacht zur Ruhe begeben werden? Sie sind ja noch so jung.«

Ich sagte, ich wisse es noch nicht.

»Ah!«, sagte er kopfschüttelnd, »das dachte ich mir. Das geht natürlich nicht.«

Dann zückte er ein gebrauchtes Kuvert und einen Stift, dessen Spitze er auf altmodische Weise ableckte, und schrieb sorgfältig eine Adresse auf. »Rose hat ein großes Herz«, sagte er, »und hat selbst schwere Zeiten durchgemacht. Sie brauchen nur zu sagen, dass ich Sie geschickt habe, dann findet sie bestimmt einen Schlafplatz für Sie, solange bis Sie Fuß gefasst haben. Könnten Sie vielleicht so freundlich sein, sie meiner fortwährenden Zuneigung zu versichern? Würden Sie das? Wie freundlich von Ihnen. Nun, wer weiß – vielleicht werden sich unsere Weg ja erneut kreuzen.«

Dann war er endgültig weg.

Rose Gilpin-Jones

Unter der Adresse, die mir der freundliche Herr gegeben hatte, befand sich eines von mehreren riesigen viktorianischen Reihenhäusern, deren bröckelnder Stuck und abblätternder Putz besseren Zeiten nachtrauerten. An einem Ende der Straße verstellte eine rauchgeschwärzte Kirche im Barockstil den Blick, am anderen eine aufgegebene Kupfergießerei.

Die Art und Weise, wie einem Besucher die Tür geöffnet wird, verrät einem so einiges darüber, wie das häusliche Regiment geführt wird. Im Haus Nr. 27 ging das Öffnen nicht mit dem Zurückschieben von Riegeln und Rasseln von Ketten einher. Nein, die Tür wurde mit einem solchen Schwung aufgezogen, dass gewiss so mancher Vertreter, der die Hausherrin zu Doppelverglasung und Mauerisolierung überreden wollte, in sprachlose Verwirrung versetzt wurde. Eine große korpulente Frau, die an eine einst bezaubernde, aber allmählich verblühende Begonie erinnerte, blickte auf mich herab.

»Ja, ich bin Rose Gilpin-Jones«, sagte sie laut, aber nicht herrisch. »Und wer sind Sie? Etwas lauter, bitte. Das ist laut genug, danke. Sie haben einen prächtigen Haarschopf. Es ist allerhöchste Eisenbahn, dass ich mich mit meinem eigenen zum Friseur begebe. Was hatte ich einmal für üppige Locken! Oh, dann hat Douglas Sie geschickt? Wie interessant! Erst heute Morgen, als ich die Betten machte, habe ich an ihn gedacht. Nun stehen Sie nicht länger so kläglich da unten herum. Das hier ist keine Agentur für Mädchenhandel, Sie können also ruhig reinkommen. Hat er Ihnen einen Heiratsantrag gemacht?«

»Er hat mir noch nicht einmal seinen Nachnamen verraten«, antwortete ich. »Und nein, er hat mir keinen Heiratsantrag gemacht. Stattdessen meinte er, dass Sie vielleicht ein Zimmer für mich hätten – nur für ein, zwei Tage natürlich.«

Während ich diese verzweifelte Bitte vortrug, war ich unfähig, ihr in die Augen zu blicken – auch wenn ihre nächsten Worte nahelegten, dass sie sie womöglich gar nicht vernommen hatte, sondern damit beschäftigt gewesen war, (höchst aufmerksam) die ausgestrichene Adresse auf dem gebrauchten Kuvert zu lesen. »Du meine Güte!«, murmelte sie. »Das ist die Handschrift seiner Mutter. Dann lebt das alte Mädchen also immer noch!«

Nach einem kurzen Moment der Irritation fuhr sie fort: »Soso, Sie kennen also meinen Verflossenen. Er ist der Gilpin. Mr Jones ist nach ihm gekommen. Ist Douglas ein alter Bekannter von Ihnen? Darf ich das Kuvert behalten? Hat er Ihnen vielleicht auch den Brief gegeben, der sich darin befand – oder mache ich mir da zu viel Hoffnung?«

»O nein, unsere Bekanntschaft ist weniger als eine Stunde her. Wir sind uns vorhin im Zug begegnet; er ist unterwegs nach Australien. Und nein, ein Brief war nicht darin. Aber hier ist das Taschentuch, das er mir gegeben hat. Vielleicht möchten Sie es haben?«

»Ja, sehr gern, danke«, sagte sie und schnupperte daran. »Du liebe Güte, was für köstliche Erinnerungen der Duft eines Mannes hervorrufen kann! Was für schöne Zeiten wir zusammen erlebten! Soso, dann ist er diesmal also nach Australien aufgebrochen? Goldschürfen, nehme ich an?« Sie roch abermals genüsslich an dem Taschentuch.

Ja, antwortete ich, er habe eine kleine Goldmine erwähnt und hoffe offenbar, dort ein Vermögen zu machen. Woraufhin sie unerklärlicherweise in schallendes Gelächter ausbrach, ihr mächtiger Körper wurde durchgeschüttelt, und sie japste nach Luft. Um mir mein Erstaunen nicht anmerken zu lassen, wandte ich mich ab und nahm eine eindrucksvolle Standuhr ihn Augenschein, die in einer dunklen Ecke des geräumigen Flurs friedlich vor sich hin tickte. Auf ihrem Messingzifferblatt war eingraviert:

Ach, und wie der Zeiger der Sonnenuhr
stiehlt sich die Schönheit fort, bleibt scheinbar nur.
Edmund Kirby
Daventry
1890

Natürlich hätte es statt »Ach, und« »Doch« heißen müssen – »*Doch wie der Zeiger ...*«, und ich fragte mich, wer Edmund Kirby gewesen war, dass er meinte, sich herausnehmen zu können, William Shakespeare zu redigieren und, wenngleich womöglich unabsichtlich, den Eindruck zu erwecken, er hätte diese Zeilen geschrieben. Ich wandte mich wieder zu Mrs Gilpin-Jones um, die sich einigermaßen von ihrem Lachanfall erholt hatte.

Sie war eine üppige Kreatur, deren Körper sich verschwenderisch über das Knochengerüst ergoss; sie hatte einen großen Mund mit zwei gesunden, starken Zahnreihen, die aussahen, als würde sie gern zubeißen. Es bestand nicht der geringste Zweifel, dass sie es jederzeit mit einem durchschnittlich gebauten Unterdrücker (wie Mr Birtwisle) aufnehmen könnte, sowohl in der Liebe als im Kampf, und dass man mit ihr an der Seite gefeit war vor jeder Gefahr.

Den Rest des Gesprächs bestritten wir am Fuß einer weitläufigen Treppe neben einem mit grünem Tuch versehenen Schwarzen Brett, über das sich kreuz und quer mehrere Gummibänder spannten; darunter steckten allerlei kuriose Briefe mit ausländischen Briefmarken mit kryptischen Botschaften darauf – *baldige Ankunft*, *Bitte nach einem Monat an den Absender zurückschicken.*

»Wenn das dein gesamtes Gepäck ist, Hetty, – ich darf dich doch Hetty nennen? –«, sagte sie, »musst du in großer Eile von zu Hause aufgebrochen sein.«

Ich nickte und bestätigte ihre Vermutung.

»Du hast eine gewählte Aussprache. Ist dein Vater vielleicht Landpfarrer?«

Nein, sagte ich, ich hätte mir, um meinen weinerlichen Fenland-Akzent loszuwerden, einen gewissen Major Horbling zum Vorbild genommen sowie Miss Braceburn, eine Lehrerin, die ich sehr bewunderte. Und weil ich das Gefühl hatte, Mrs Gilpin-Jones sei ein Mensch, dem ich vertrauen konnte (trotz ihrer überbordenden Heiterkeit), fügte ich hinzu: »Um Ihnen die Wahrheit zu sagen: Ich bin von zu Hause weggelaufen.«

Sie nahm diese Neuigkeit gefasst auf.

»Ach«, sagte sie fröhlich, »ich bin in meinem Leben auch einige Male weggelaufen. Mit dreizehn von einem Internat und mit siebzehn von einem anderen, und ich habe keine dieser Fluchten bereut. Beide Male hatte ich die Absicht, mich zu den Goldfeldern Colorados aufzumachen – (ich war damals ein Fan von Bret Harte, diesem amerikanischen Schriftsteller). Aber beim ersten Mal lief ich am Bahnhof Malvern

Link meiner Hausmutter in die Arme und beim zweiten Mal Douglas. Der Zufall führte uns an der Paddington Station zusammen. Und bevor ich wusste, wie mir geschah, war ich auch schon seine blutjunge Braut.«

Diese Beichte bescherte ihr einen weiteren Lachanfall. Dann sagte sie, sie habe ein Mansardenzimmer frei und ich könne es haben, bis ich etwas Besseres gefunden hätte.

»Eine Arbeit hast du vermutlich nicht?«

Ich erwiderte, ich sei aber zuversichtlich, bald eine zu finden, da ich in Bälde die Hochschulreife besäße und bereit sei, fast jede Arbeit anzunehmen. Bis dahin könne ich allerdings nicht viel Miete bezahlen, ich hoffte aber, sie würde mir vertrauen. »Leider habe ich nur neunzehn Pfund in der Tasche plus die zehn, die Mr Gilpin mir gegeben hat – er bestand darauf, dass ich sie annehme.«

»Soso, er hat also einen Zehner herausgerückt«, sagte sie mit feucht schimmernden Augen. »Nun, er hatte schon immer ein weiches Herz, der arme Kerl. Du musst ihm gefallen haben, Hetty. Er hatte schon immer eine Schwäche für groß gewachsene rothaarige Frauen. Einmal habe ich mir die Haare sogar färben lassen, um ihn ein bisschen zu reizen. Und du bist dir sicher, er wollte dich nicht zu seiner Braut machen?«

Abermals prustete sie los, wobei sie diesmal einen Lachanfall unterdrückte. »Ich nehme an, du hast ihn an mich erinnert – mutterseelenallein auf der Flucht in einem Bahnhof gestrandet. Und jetzt lass bitte den Unfug mit der Miete. Eine große Esserin scheinst du sowieso nicht zu sein, außerdem kannst du mir für Kost und Logis bei der Hausarbeit helfen – putzen, abwaschen, Toast machen, Bettlaken straff ziehen und denen, die zu schwach sind, ihr Zimmer zu verlassen, das Essen auf einem Tablett bringen. Und wenn ich dich erst einmal ein bisschen besser kenne, überlegen wir uns, wie ich dir helfen kann, eine geeignete Arbeit zu finden: Was nicht einfach werden dürfte, denn du bist eine Intellektuelle, das habe ich schon gemerkt.«

Da könnte etwas dran sein, gab ich zu und löste erneut schallendes Gelächter bei ihr aus. »Ich war in den letzten Tagen ein bisschen niedergeschlagen, musst du wissen«, sagte sie nach Luft ringend. »Der liebe Gott muss kurz auf die Erde hinabgestiegen sein, und zwar, so unwahrscheinlich das auch ist, in Gestalt von Douglas, der dich dann zu mir geschickt hat. Übrigens redest du wie gedruckt: Ich kann es nicht erwarten, deine Leidensgeschichte zu hören. Aber du willst dich jetzt bestimmt erst einmal frisch machen, dich ausruhen und hast später dann vielleicht Appetit auf einen Teller weiße Bohnen in Tomatensoße?«

Während wir in den zweiten Stock hinaufstiegen, teilte sie mir mit, sie werde mich neben einem gewissen Mr Peplow einquartieren. »Er hat keinen Menschen mehr auf der Welt (ich scheine solche Gäste anzuziehen); seinen Erzählungen nach ist er ein pensionierter Bankangestellter. Eine Ehefrau hat er nie erwähnt. Scheint ein eingefleischter alter Junggeselle zu sein, der arme Kerl.

Nachts liegt er wach im Bett, weil seine Beine ihm keine Ruhe lassen. Ein Granatsplitter aus dem Krieg, der ihn nicht schlafen lässt, sagt er. Oh, und er ist ziemlich reinlich, außerdem ist er zu wacklig auf den Beinen, um dich zu belästigen. So, und nun weißt du genauso viel über ihn wie ich, Hetty. Und wie heißt du noch mal mit Nachnamen?«

Hausnummer 27

Auch wenn ich das Fenland mitsamt Jordans Bank erst vor wenigen Stunden verlassen hatte, schien es mir Welten entfernt. Da die Birtwisles und Osokosie nunmehr in der Rumpelkammer der Vergangenheit verräumt waren, befand ich, während ich auf meinem Bett lag und zufrieden zur Dachluke hinaufblickte, dass der Tag bislang gut für mich gelaufen war. Und ich beglückwünschte mich dazu, diesen vielversprechenden Neuanfang mit meiner Namensänderung gekrönt zu haben – von einem Moment auf den anderen war ich plötzlich Miss Beauchamp.

Und wie aufregend es war, hier zu sein, in einer Großstadt! Ich beschloss, dass dies keine Tageszeit war, um im Bett zu liegen.

Also kletterte ich auf einen Stuhl und schob das Fenster nach oben. Das, was in der Ferne, Richtung Süden, zu sehen war, war das Observatorium, wie ich später herausfinden sollte, und, etwas näher, die Kuppel der Oratorianerkirche und, noch näher, die »HP Sauce«-Fabrik im Stadtteil Aston Villa. Ja, so erblickte ich an jenem Juli-Nachmittag Birmingham. Und sehr viel mehr sollte ich auch nicht sehen: Von da an spielte sich der Großteil meiner Zeit in Haus Nr. 27 ab, denn wenn ich nach dem abendlichen Abwasch endlich hinauskam, war es bereits Nacht und ich hätte überall sein können.

Im zweiten Stock der Pension waren wir zu viert – Matthew, ein sehr kleiner, sehr schwarzer Mann aus Sierra Leone, der Pfarrer an der St.-Barnabas-Kirche war, eine Frau, die ich nur einmal zu Gesicht bekam, und zwar erst an dem Tag, an dem wir beide das Haus verließen, und von der Mrs Gilpin-Jones lediglich wusste, dass sie aus irgendeinem Grund als Schuljunge verkleidet durch Turkestan geradelt war, und Mr Peplow, der pensionierte Bankangestellte mit den Granatsplittern in den Beinen, wohnhaft jenseits unserer gemeinsamen Wand. In den ersten Tagen hörte ich ihn nur, aber das genügte, um zu wissen, dass wir, wenn wir uns begegnen sollten, gut miteinander auskämen.

Wenn ich mich schlafen legte, fühlte ich mich ein bisschen an die Zeit an der Waterland High erinnert, als ich mich noch für englische Literatur begeisterte – denn dann hörte ich ihn Verse murmeln (damit lenkte er sich von den Schmerzen in den Beinen ab), Verse, die er in der Schule auswendig gelernt hatte. Gewöhnlich begann er mit jenen düsteren, kriegerischen Versen aus *Das Begräbnis von Sir John Moore in Coruña*, um dann mit dem weniger bekannten *Thyrsis* fortzufahren (das wir in der neunten Klasse durchgenommen hatten):

»Nicht so schnell, warum denn schon verzagen?
Bald zeigt sich die ganze Mittsommerpracht,
Bald birst der Moschusduft der Nelken …«

Und während ich ihm schläfrig auf der anderen Seite der Wand lauschte, war ich überzeugt, dass der alte Herr, während er so in der Dunkelheit lag (und ausnahmsweise einmal seine Beine vergaß), auf eine Jugend auf dem Land zurückblickte und tatsächlich die Gerüche und Geräusche von früher wahrnahm. Und in der Tat bestätigte er mir, als ich ihn näher kennenlernte, dass dem so war – und dass er im Übrigen kein Junggeselle war (wie Mrs G.-J. vermutet hatte).

»Matthew Arnold ist ein häufig unterschätzter Dichter, Miss Beauchamp!«, sagte er zu mir. »Hilda, meine verstorbene Frau, hielt sehr viel von ihm. O ja, das tat sie. ›Er ist ein Sommer-Dichter‹, pflegte sie zu sagen. ›Er hat auch über den Winter in den Bergen geschrieben, aber mit dem Herzen war er nie dabei. Der Sommer war seine Jahreszeit, der Sommer an der jungen Themse.‹ Bestimmt erinnern Sie sich auch an einige Zeilen, Miss Beauchamp? Wenn ich so im Dunkeln im Bett liege, fühle ich mich in jenen Sommer zurückversetzt, in dem Hilda und ich jung und frisch verliebt waren. Daher bringt *Thyrsis* sie zu mir zurück … falls Sie mir folgen können?« O ja, das könne ich, erwiderte ich.

Es gelang mir nie, dem *Thyrsis* zu Ende zu lauschen, denn es ist eine ziemlich lange Angelegenheit, die gegen Ende ins Moralisieren abgleitet. Aber es hat auch schöne Momente:

»Rosen am Straßenrand, die leuchten fern …
Und der Vollmond und der weiße Abendstern.«

Der arme Arnold hatte, obwohl er sich seinen Lebensunterhalt als Schulinspektor verdiente, ein poetisches Gespür für ländliche Melancholie, und diese wunderbaren Zeilen waren in der Regel das Letzte, was ich hörte, bevor ich Mr P. allein weiterwandern ließ, am dunklen Flussufer entlang, zum Stelldichein mit seiner Hilda.

Miss Emma Foxberrow (1)

Die Tage waren hier länger, als sie in Jordans Bank für mich gewesen waren. Mrs Gilpin-Jones schonte mich nicht. Feierabend bekam ich erst, wenn wir nach dem Abendessen alles aufgeräumt hatten – die Tische der vier Bewohner, die im Speisezimmer aßen, Miss Foxberrows Tablett, die ihre Mahlzeiten auf dem Zimmer einnahm, und schließlich unser eigenes Geschirr. (Mr Peplow versorgte sich mit einem Gaskocher selbst. Wie dem Nachtwanderer das gelang, blieb mir bis zum Schluss ein Rätsel.)

Aber ich beklagte mein Schicksal nicht. Schließlich war ich um ein Haar einem viel schlimmeren entronnen: in einer Telefonzentrale zu versauern. Außerdem bestand nach wie vor die Hoffnung auf eine weniger unrühmliche Zukunft, wenn bei den Abschlussprüfungen alles glattgelaufen war. Bis dahin war Birmingham gut genug für mich, und mir wurde schnell klar, dass der Umgang mit Mrs G.-J. den Prozess meines Erwachsenwerdens enorm beschleunigte.

An zwei oder drei Abenden in der Woche schaffte ich es mit ein bisschen Glück gerade noch rechtzeitig ins Birmingham Repertory Theatre oder in die Town Hall, um dem zweiten Teil eines Stücks oder eines Orchesterkonzerts beizuwohnen (glücklicherweise war der Kartenschalter dann bereits geschlossen). An diesen Tagen kam ich in der Regel erst weit nach zehn in mein neues Zuhause zurück. In der Eingangshalle tickte die altehrwürdige Uhr gemütlich vor sich hin, und hinter ihrer Zimmertür brabbelte die gleichermaßen altehrwürdige Miss Foxberrow vor sich hin. Wie Prosperos Insel war Hausnummer 27 voller merkwürdiger »Geräusche und süßer Lüfte, die Freude bereiteten und nicht schadeten«.

»Oh, du brauchst dir keine Sorgen um sie zu machen«, beschwichtigte mich Mrs G.-J. »Die alte Emma Foxberrow ist nicht mehr ganz richtig im Oberstübchen, und ich müsste sie eigentlich auffordern, sich eine andere Unterkunft zu suchen. Aber Douglas hat mich gebeten, sie aufzunehmen. (Sie war mit seiner Mutter auf dem Girton College oder so was in der Art, meinte er. Nicht dass ich ihm das abgenommen hätte.)« Sie drückte kurz die Nase in Douglas' Taschentuch und fuhr dann fort: »Und daher hätte ich, wenn ich sie jetzt bitten würde, sich anderswo einzuquartieren, Douglas gegenüber ein schlechtes Gewissen. (Aber glaubst du das wirklich – in Cambridge?! Sie?!) Außerdem hat die arme alte Schachtel mir gesagt, dass sie keine Angehörigen hat, jedenfalls nicht in dieser Welt. Douglas' Mutter (das heißt Lady Gilpin) war eine Intellektuelle, genau wie du, Hetty.« Nachdem sie kurz verbittert innegehalten hatte, fügte sie hinzu: »Ich habe sie nie sonderlich gemocht. Sie mich im Übrigen auch nicht. Findest du mich oberflächlich, Hetty?«

Niemand, nicht einmal Mariana, hatte eine solche Gabe für nebensächliche Grübeleien wie Mrs Gilpin-Jones.

»Sie schwätzt die halbe Nacht lang – nein, nicht Lady Gilpin – Miss Foxberrow. (Übrigens ist sie keineswegs eine ›Miss‹. Sie ist eine ›Mrs‹.) Du solltest mal an ihrer Tür lauschen. Oh, das geht schon in Ordnung, sie merkt es nicht: Sie ist schwerhörig, außerdem würde sie dich ohnehin niemals erwischen – auf dem Weg zur Tür würde sie über irgendetwas stolpern. Sie durchlebt ihr Leben immer wieder aufs Neue. In einem fort. Oder besser gesagt lebt sie es rückwärts. All die Namen, die sie erwähnt … nun, lassen wir das. Es gab einmal eine Zeit, da habe ich versucht, alle Puzzleteile zusammenzufügen. Aber nichts ergab einen Sinn, und vor allem stimmte nichts mit dem überein, was Douglas mir erzählt hatte, als er sie bei mir ablud. (Nicht dass auf das, was er erzählt, Verlass wäre: Aber das macht ja einen Teil seines Reizes aus.) Wie auch immer, das arme alte Ding muss früher recht hübsch gewesen sein. Auch wenn sie geschrumpft ist, sieht man, dass sie einen guten Körperbau hat. Du bist auch gut gebaut, Hetty.«

Ich fand es fabelhaft, dass Douglas – wenn er nicht gerade Glück und Reichtum bis zu den Antipoden hinterherjagte – offenbar unermüdlich Gutes bewirkte. Ungeachtet seiner Schwächen in häuslicher Hinsicht schien er immer Ausschau nach Reisenden in Bedrängnis zu halten und sie an Mrs Gilpin-Jones weiterzureichen.

Beim nächsten Mal, als ich nach Hause kam, blieb ich vor Miss Foxberrows Tür stehen und stellte meine Lauscher auf, wie Mariana es ausgedrückt hätte.

»Oh, George«, sagte sie, »ich hätte Ja sagen sollen, als du mich fragtest. Oh, wirf es mir bitte nicht immer wieder vor. Ich bitte dich! Warum war ich nur so eigensinnig? Daran ist Cambridge schuld. Nur noch Verstand, kein Herz!« Sie begann bitterlich zu schluchzen.

»Miss Foxberrow beharrt darauf, dass sie in Cambridge studiert hat«, sagte ich am nächsten Tag zu Mrs G.-J., während ich die Frühstückspfannen schrubbte und sie Feuerbohnen fädelte.

»Pf, Cambridge!«, rief sie abfällig aus. »Vielleicht hat sie mal ein paar Ruderer aus Cambridge bei der großen Regatta gesehen – das heißt, wenn ihr Kerl sie je aus diesem Haus am Fluss in Putney herausgelassen hat. An was für eine Sorte Mann ist sie da bloß geraten. Dieser George Harpole muss ein schrecklicher Grobian gewesen sein! Douglas hat gesagt, er hat es auf den ersten Blick erkannt. (Als er mit Lady Gilpin auf der Hochzeit der beiden war.) Harpole hat Miss Foxberrow an der Nase herumgeführt. Hat sich jede Menge andere Frauen gehalten, und zwar mit dem Geld, das ihr Vater ihr vermachte. (Er war im Schuhhandel tätig.) Und als er das ganze Geld verprasst hatte, hat er angefangen sie zu schlagen. (Pass ja gut auf, wen du heiratest, Hetty: In Großbritannien laufen jede Menge Schläger herum.) Aber sie hat es klaglos erduldet. (Das lernt man im Internat.)«

»Und dann? Was ist dann passiert?«, fragte ich.

»Oh, er hat immer weitergemacht. Kannte kein Mitleid. Es war kein Funken Mitleid in ihm. Oh, dieser Teufel! Doch ihre Schreie wurden im Himmel gehört.«

»Aber Sie sagten doch, sie habe alles klaglos erduldet!«, gelang mir einzuwerfen.

»Ihre stummen Schreie natürlich! Der liebe Gott ist nie in der Nähe, wenn man ihn braucht, aber dieses eine Mal ließ er sich blicken und verpasste Harpole die wohlverdiente Strafe. Nein, dieses eine Mal hat er einen Schuft nicht ungestraft davonkommen lassen. In einem Anfall von Wut brachte Harpole eine seiner Geliebten um, und zwar die, die er sich in West Bromwich hielt. Er hat ihr die Kehle aufgeschlitzt.«

»Womit?«, fragte ich.

»Einer Rasierklinge. Mein Vater hatte auch solche; einen Sicherheitshobel hat er nie benutzt. (Das heißt, das stimmt nicht ganz; auf seinem Sterbebett, da hat er einen benutzt. Als er nicht mehr aufstehen konnte, weißt du. Dieses Abziehgeräusch war der Klang meiner Kindheit.) Douglas hat mir erzählt, es war ein schauderhafter Anblick. Die ganze Wohnung war voller Blut, dabei hatte die Frau erst eine Woche zuvor neue Polsterüberzüge gekauft. Sie haben ihn nur erwischt, weil das Blut durch die Decke der Wohnung darunter tröpfelte, während die Nachbarn ein spätes Sonntagsfrühstück einnahmen.«

»Wie bei *Tess von den d'Urbervilles*«, sagte ich.

»Wer? Ach so, die, ja! Kann mich nicht daran erinnern, dass das im Film vorkommt«, sagte sie säuerlich.

»Dann müssen sie diese Stelle zensiert haben«, erklärte ich. »Miss Braceburn meinte einmal, Kinobesucher hätten nicht so starke Nerven wie Romanleser.«

»Die Frau hat ihn jeden Sonntagnachmittag in seiner Todeszelle besucht«, fuhr Mrs G.-J. fort. »Und selbst dort mussten sie ihn daran hindern, es erneut zu versuchen. An dem Tag, an dem er gehängt wurde, wollte sie ihm Vergebung schenken, aber natürlich ließen sie sie nicht mehr herein, und es war der nasseste Tag seit Jahren. Die Straßen waren überflutet. Um Punkt zwölf haben sie ihn hingerichtet.«

»›Hände und Füße in Fesseln, den Strick ums Genick, / stand er da und verfluchte sein Geschick. / Und während sein letztes Stündchen nahte, / holte die Kirchturmuhr aus zum Schlage ...‹«, murmelte ich geistesabwesend (und wurde meinem Entschluss, mit den Dichtern und ihren weltfremden Texten nichts mehr zu tun haben zu wollen, untreu).

»Du lieber Himmel, wir müssen uns diesen Berg Bohnen noch vornehmen, das habe ich ganz vergessen«, sagte Mrs G.-J. »Was hast du gesagt, Schätzchen? Wer hat wen geschlagen?«

Miss Foxberrow (2)

Es war reichlich verwirrend – diese sich widersprechenden Versionen von Miss Foxberrows Biografie. Konnte es vielleicht sein, dass sowohl Mrs G.-J. als auch sie durcheinander gekommen waren, was die Identität des Mannes oder der Männer in Miss Foxberrows Leben anbelangte? Man sollte doch erwarten können, dass sich die arme alte Dame daran erinnerte, ob sie eine Mrs oder Miss war! Und welche Frau würde vergessen, dass ihr Gatte gehängt worden war? Aber als ich ein weiteres Mal an ihrer Tür innehielt, steckte sie immer noch in den gleichen verstörenden Erinnerungen fest. »O George …!« (etc.), rief sie gequält aus.

Was sie wohl in Cambridge studiert hatte?, fragte ich mich. Jedenfalls nicht Philosophie, denn dann hätte sie bestimmt keinen gewalttätigen Kerl geheiratet. Also musste es Englische Literatur gewesen sein, und die musste ihr zu Kopf gestiegen sein. (Etwas, das, wie ich inzwischen wusste, den Arglosen durchaus widerfahren konnte.)

Ich sprach mit Mrs Gilpin-Jones über meine Vermutung, aber diese wollte, wie ich mir hätte denken können, nichts davon wissen. »Ach, Unsinn! Was für ein hanebüchener Unsinn! Harpole war schlicht und einfach ein brutaler Kerl. Nicht mehr, nicht weniger«, rief sie leidenschaftlich aus. »Douglas hat mir erzählt, Harpole hätte das arme törichte Geschöpf einmal am Hals gepackt und so lange gewürgt, bis ihre Augen hervortraten. Und dass ihr dabei der Gedanke kam, ob sie ganz herausspringen könnten oder sie vielleicht mit Knorpel in den Höhlen befestigt wären.«

(Was für ein außergewöhnlicher Anblick das gewesen wäre, dachte ich. Wie ihm – diesem Rohling – ohne Vorwarnung ein oder zwei Augäpfel ins Gesicht sprangen.)

»Warum sie ihm nicht in die Weichteile getreten hat wie jede vernünftige Frau es getan hätte, ist mir ein Rätsel. (Denk daran, dass du das tust, Hetty, wenn ein Mann dich einmal begrapschen sollte. Sie sind in dieser Körperregion empfindlicher als wir, und es dämpft den sexuellen Appetit dramatisch.) Genau das hat Douglas sie auch gefragt: Und was hat dieses törichte Geschöpf geantwortet? ›Ich habe ihn einfach geliebt. Außerdem hat er irgendwann von mir abgelassen, trotzdem hatte ich natürlich tagelang noch blaue Flecken am Hals und musste einen Schal tragen.‹

Nun, da du die Wahrheit über Miss Foxberrow kennst, will ich bitteschön keine weiteren deiner komischen Einfälle mehr hören. Das wirkliche Leben ist ganz anders, als ihr Intellektuellen es euch immer vorstellt.«

Dann erzählte sie mir, sie habe beim Schulamt eine Freundin, die mir eine Stelle als Aushilfslehrerin für das nächste Schuljahr besorgen könnte. »Aber wenn du möchtest, kannst du dich abends hier trotzdem weiter abplacken«, fügte sie hinzu. »Statt Miete zu zahlen natürlich. Mit deinem Gehalt wirst du in der Lage sein, dich bei Marks & Sparks neu auszustaffieren: Du kannst nicht länger in diesem Schuluniform-Trägerkleid herumlaufen, sonst werden die Leute anfangen, sich das Maul zu zerreißen. Warum, das braucht dich jetzt nicht zu interessieren; eines Tages wirst du es schon verstehen, und wenn nicht, dann lies *The News of the World*.«

Miss Foxberrow (3)

Was auch immer Mrs Gilpin-Jones für die Wahrheit hielt, mich befriedigte sie in keiner Weise, und so blieb Miss Emma Foxberrow nach wie vor ein faszinierendes Rätsel für mich. Ein paar Abende später startete ich einen neuen Lauschversuch. Diesmal war er recht lohnenswert, denn die Handlung hatte sich von Putney in glücklichere Zeiten und angenehmere Klimazonen verlagert.

»Weißt du noch, damals in Sinji, George?«, flötete sie. »Die Lagune und die Palmen und die Passatwinde? Und wie hieß dieses Lied, das du bei euren Bruderschaftskonzertabenden immer gesungen hast, als wir noch beide an der St. Nicholas in Tampling waren? Das Lied, das diese grässlichen schmerbäuchigen alten Buffaloes immer hören wollten? Ging es dabei nicht um irgendwelche Winde? O George, was war ich nur für eine dumme Gans. Nur Verstand, kein Herz!

Ich war so glücklich in Afrika, aber damals war mir nicht klar, dass das nur an dir lag, daran, dass du bei mir warst. Nein, wie dumm ich damals war! Und als es mir klarwurde, war es zu spät. O ja, leider zu spät. Aber du sagtest, du würdest mich niemals vergessen. ›Niemals‹, sagtest du. ›Niemals.‹ Und versprachst, jederzeit zu mir zu kommen, sollte ich dich brauchen. O George, komm bitte und nimm mich mit …«

Hätte ich nicht gewusst, was für ein brutaler Kerl dieser Harpole gewesen war, hätte ich Mitleid mit ihr empfunden.

Und auch mit ihm. Denn wie sollte er jetzt zurückkommen, wo er doch erhängt und mit Ätzkalk bestreut begraben worden war?

Wie grausam Liebe doch ist!, sinnierte ich. Da würgt der eigene Mann einen fast jeden zweiten Tag, und trotzdem ist man gezwungen, ihn weiter zu lieben. Es war verrückt. Aber auch aufregend. Ich konnte es kaum erwarten, Mariana davon zu erzählen: Das war fast ebenso dramatisch wie der Wochenbetttod ihrer armen Mutter.

Iwan der Schreckliche

Wie bereits gesagt, waren die Bewohner der Nr. 27 ein bunt zusammengewürfelter Haufen. Abgesehen von »Kein Trommelwirbel«-Peplow und Matthew (gefördert und unterstützt durch die Afrikanische Gesellschaft zur Verbreitung des Evangeliums unter den Engländern) sowie der Frau, die aus unerfindlichen Gründen wie ein Schuljunge angezogen mit dem Rad durch Turkestan gefahren war, waren da zwei ältliche Schwestern, die augenscheinlich nichts anderes taten, als mehrmals täglich in der St.-Barnabas-Kirche zu beten. Die beiden Schwestern bewohnten jeweils eines der etwas teureren Zimmer im ersten Stock, genau wie Ted, der Lehrling in der Verwaltung eines Röhrenwerks war, das auch seine Miete bezahlte. Dann gab es da oben noch Iwan. Er war Russe und im Rahmen eines kulturellen Austauschprogramms hier, das vom British Council finanziert wurde.

Iwan sah kein bisschen wie die düsteren Russen aus, die man aus dem Fernsehen kannte, deren Brust mit Medaillen übersät war, weil sie mehr Muttern und Schrauben (und Medaillen?) am Fließband raushauten als alle anderen. Erstaunlich schnell hatte er die einschlägigen westlichen Statussymbole ausgemacht und war mit seinen M&S-Cordhosen, dem Pullover von Warm & Wonderful und einem französischen Lederblouson eine lässig-elegante Erscheinung. Außerdem war er fröhlich und unbeschwert – und kein bisschen wie die schwermütigen Figuren in Tschechows Stücken, die in Filzpantoffeln herumschlurften und ständig darüber lamentierten, was sie eigentlich tun müssten, aber nichts taten. Im Gegenteil, Iwan war sehr zielstrebig, und das musste er auch sein, denn ehe er sich wieder in einen Traktorfahrer in irgendeiner Kolchose zurückverwandeln würde, musste er jede Menge Fotos des »wahren Großbritannien« für einen Bildband zusammenstellen.

Als ich ihn nach dem Grund hierfür fragte, erwiderte er allen Ernstes, Mr Kossow, sein Kiewer Aufpasser, habe ihm gesagt, die Briten seien nicht mehr so, wie die Bücher sie beschrieben. »›Mach viel Fotos. Musst die ganze Zeit Fotos machen‹«, Mr Kossow zu mir sagen. Mein Land auch anders wie in den Büchern«, erklärte er grinsend. »Leb wohl, Kirschgarten. Leb wohl, Anna Karenina.«

Während ich mir das wenige, was ich über die UDSSR wusste, ins Gedächtnis rief, entstand ein kurzes unbehagliches Schweigen, und wir sahen einander nur an. Dann sagte er: »Mr Kossow meint, ich herausfinden, was Leute glauben, dass bei uns passieren, und ich ihnen dann sagen, was wirklich passieren. Warum lachen Sie, Miss Beauchamp?«

Das konnte ich beim besten Willen nicht erklären. Vielleicht lag es an seinem vertrauensvollen Gesicht, ein seltener Anblick im *wahren Großbritannien.*

»Mr Kossow meint, Ausländer erinnern sich nur an Stalin, aber nicht an Stalingrad«, fügte er hinzu. Nun, was kann man darauf erwidern? Nichts. Es stimmte.

»Am Samstag ich gehen zu Fußballspiel«, sagte er. »Mit Kamera.«

Mir graute bei diesem Gedanken.

»Manchmal ich habe Heimweh«, fuhr er wehmütig fort.

»Das ist ganz normal«, versuchte ich ihn zu trösten. »Aber verzagen Sie nicht. Versuchen Sie es lieber mit Radio 3, dort können Sie fast jeden Abend in wohltuenden Tschaikowski-Klängen baden. Aber ich fürchte, Schnee werden wir in den nächsten Wochen nicht bekommen.«

»Oh, ich habe schon zweites Zuhause gefunden«, erwiderte er, schon wieder heiter gestimmt. »Ich setze mich gern in die Eingangshallen von euren Staatsbetrieben. Genau wie zu Hause.«

»Du liebe Güte, wirft man Sie da nicht hinaus?«

»Nein, nein. Nur Männer, die stinken. Ich mich nicht beschweren, nicht bitten um Hilfe – so kann ich viele Stunden dort sitzen. Wie in alten Zeiten. Viele glückliche Erinnerungen. Ich beobachte Gesichter von Bürgern, die nicht kriegen, wofür sie gewartet haben. Gesichter von denen, die in falschen Schlangen warten. Ich habe Fotos gemacht. Mr Kossow sagt ›sehr gut‹.«

Bei diesem Thema redete er sich richtig in Fahrt. »Zeigt ein Foto zwei junge Frauen hinter einem Schalter, die reden und lachen. Und als Schlange bis hinten an Tür reicht, sie stellen Schild auf: SCHALTER GESCHLOSSEN. Habe Foto.«

»Nun«, sagte ich entrüstet, »aber wenigstens haben wir kein Sibirien.«

»Sibirien amerikanische Propaganda«, sagte er. »In mein Land kein Sibirien, Miss Beauchamp.«

So viel zu Iwan.

Und was Ted betrifft, den Röhrenwerks-Lehrling, so hatte er ein angenehmes Äußeres und gab sich zurückhaltend. Aber er war so ungebildet und hatte einen so begrenzten Wortschatz, dass es fast peinlich war.

(»Sie sehen heute klasse aus, Miss Beauchamp«, sagte er stets, wenn ich ihm Milchreis servierte. Der war übrigens auch klasse – der Milchreis, meine ich.)

Mein liebster Pensionsgast

Mein mit Abstand liebster Pensionsgast war mein Zimmernachbar, Mr Peplow, Mr Edward Peplow. Als wir uns nach einer geraumen Zeit endlich begegneten, fand ich heraus, dass er ein großer, alter Herr war, der leicht gebeugt ging und einen Stock benötigte. Obwohl er beim Gehen leicht schwankte und nicht mehr viele Haare auf dem Kopf hatte, schien er innerlich stets im Gleichgewicht zu sein, und das faszinierte mich. Es war, als hätte er Rudyard Kiplings *If...* verinnerlicht und fände sich in der Tat mit Erfolgen und Niederlagen gleichermaßen ab. Sowohl mit seiner Haltung als auch im Gespräch drückte er die unerschütterliche Überzeugung aus, dass höchstwahrscheinlich nichts Schlimmeres mehr passieren konnte, als ohnehin bereits passiert war. Er war alles in allem ein bewundernswerter Mensch; sein einziges Manko stellte die beunruhigende Wahrhaftigkeit dar, mit der er einen unverwandt ansah.

Hin und wieder leistete ich ihm beim Tee Gesellschaft. Das bereitete ihm keine großen Umstände, es gab immer das Gleiche. Zuerst goss er ein starkes Gebräu auf, aus Brooke Bond und Lapsang (»Der gibt dem Ganzen das gewisse Etwas, Miss Beauchamp«), dann platzierte er eine Packung Bath-Oliver-Cracker zwischen uns, ein kleines Messer mit Knochengriff und eine runde Dose *Gentleman's Relish*, eine Anchovispaste. Ein gut konservierter Kümmelkuchen wartete in einer Dose darauf, verzehrt zu werden, wurde aber immer nur gelüftet; offenbar diente er lediglich dazu, dem frugalen Mahl einen festlichen Anstrich zu geben, jedenfalls wurde mir nie ein Stück angeboten.

Unsere Gespräche verliefen recht zwanglos; keiner von uns beiden sah fern oder war so besorgt, wie wir es angesichts des schrecklichen Zustands der Welt hätten sein sollen. Bei unseren Zusammenkünften bedauerte ich, aufgrund meiner verspäteten Entdeckung des *wahren Lebens* den Musen entsagt zu haben. Denn mein Gastgeber hegte eine starke Zuneigung für unsere heimischen Dichter, die an Verehrung grenzte, und ich hätte seine Begeisterung gern geteilt (so wie ich es, noch gar nicht so lange her, getan hätte). Und das sagte ich ihm.

»Oh, keine Angst, Miss Beauchamp«, erwiderte er, »erzwingen Sie es nicht, sie wird bestimmt wieder zurückkommen. Die Quellen der Freude lassen sich nicht versiegeln. O ja, sie kommt bestimmt wieder und wird Ihnen Trost und Aufmunterung sein. Genau wie für mich – während ich hier warte.«

Ach herrje, dachte ich. Noch einer, der wartet.

»Warten, Mr Peplow?«, fragte ich höflich, »worauf warten Sie denn?«

»Auf eine sachte Berührung an der Schulter, die mich daran erinnert, dass es Zeit zu gehen ist«, erwiderte er in aller Seelenruhe. »Oder, um aus dem Lieblingskirchenlied des Vaters meiner verstorbenen Frau zu zitieren:

›Amen, so soll es sein – fern von Ihm wandere ich umher.
Doch jede Nacht schlage ich mein Zelt einen Tagesmarsch
     näher bei ihm auf.‹

Und ich bin gut gerüstet. Ich bin jetzt vierundachtzig, hab mich weit vorgearbeitet in der Schlange, und ich kann ebenso gut hier warten wie anderswo. Aber allzu lange sollte es nicht mehr dauern«, sagte er nachdenklich. »Meine Hosen sind an den Knien fast durchgescheuert. Sie sind aus bestem westenglischen Tweed, meine Hilda hat gesagt: ›Er wird dich wahrscheinlich noch überleben, Edward.‹ Und, bei Jupiter, sie hatte wohl recht (wie immer). Im Oktober wird es fünfzehn Jahre her sein, dass sie das sagte.«

Er rieb sich die Knie.

»Fast durchgescheuert«, sagte er voller Wohlgefallen, und seine blauen Augen glitzerten. »Der letzte Zug sollte sich besser mal sputen.«

»Sie dürfen nicht so reden«, sagte ich vorwurfsvoll. »Sie haben noch einige Jahre vor sich.«

Er sah mir unerschütterlich in die Augen. »Das hoffe ich nicht, Miss Beauchamp, und von jetzt an werde ich dich Hetty nennen.«

Seine Todessehnsucht war ziemlich verstörend für mich. Und da er dies offenbar spürte, fügte er hinzu: »Damals in den Nächten über dem Kanal war ich noch nicht bereit. Keiner von uns war es im August '44. Aber jetzt bin ich es.«

Das sagte er mit ruhiger Zufriedenheit, und was konnte ich darauf schon erwidern. Jedenfalls konnte ich ihm nicht widersprechen.

»Dort oben, der Himmel voller Leuchtspurmunition (jedenfalls schien es so), starb der arme Dexter in meinen Armen, und die Maschine war erleuchtet wie ein Weihnachtsbaum. Und weiter vorn eine Albacore, die wie eine brennende Fackel hinabtorkelte, womöglich die eines Freundes. Damals war ich noch nicht bereit. In diesen Momenten fragten wir uns: ›War es das jetzt? Ist dies das Ende? Oh, bitte nicht heute Nacht, lieber Gott.‹«

Er sah mich unverwandt an. »Das ist so lange her, Hetty. Aber wenn ich nachts im Dunkeln daliege, bin ich manchmal wieder dort. Und die anderen sind auch da. Dann frage ich mich, ob alles nur ein Traum war – falls du mir folgen kannst. Ein Traum! Wir, meine ich. Und die anderen. Meine Frau, meine Mutter. Brightwell, Bellenger, Ruskin ... ein Traum ... Hältst du es für möglich, Hetty?«

Ich würde mich mit derlei Gedankengängen nicht auskennen, antwortete ich, und dass man Antworten auf derlei Fragen besser nicht aus dem Ärmel schütteln sollte.

Er stimmte mir zu.

»Aber es wäre tröstlich, wenn es so wäre, findest du nicht?«, murmelte er. »Ich meine, dass wir immer schon waren und immer sein werden und dass wir irgendwann um die Ecke biegen und alles so vorfinden, wie es einmal war. Und dass der arme alte Mullett, den es in Knokke-Zoute erwischt hat, und Bellenger und Ruskin (die später an der Reihe waren) noch da sind so wie einst. Mit dem Rest von uns, in diesem Traum ...«

Er lachte leise in sich hinein und lehnte sich zurück.

»Und du, Hetty? Was machst du hier?«

Ich war mir nicht sicher, ob er meinte, was ich in Hausnummer 27 machte oder was ich überhaupt im Leben machte. Derlei Fragen sind von Natur aus irritierend: Selbst die zusätzlichen Stunden bei Miss Braceburn hatten mich nicht auf derlei Spekulationen vorbereitet.

»Ich warte auch, nehme ich an, Mr Peplow«, erwiderte ich.

»Ah!«, sagte er. »Und worauf, würde mich interessieren?«

Eine Antwort darauf erübrigte sich, war sie ja bereits in

meiner vorigen enthalten. Daher fragte ich: »Erinnern Sie sich noch gut an Ihre Mutter?«

»Besser als ich mich an das gestrige Abendessen erinnere, Hetty. Und wüsste ich sicher, dass ich sie wiedersehen werde, würde ich noch heute eine Überdosis einnehmen.«

Ich beschloss, mich nicht erneut auf dieses deprimierende Thema einzulassen.

»Woran erinnern Sie sich am besten?«, fragte ich stattdessen.

»Nun, an ihr Lächeln natürlich!«

»Ja, natürlich, und woran noch? Das ist vermutlich nicht alles.«

»Doch, Hetty, das ist alles«, erwiderte er bestimmt. »Es drückte ihre Liebe aus. Möchtest du nicht noch einen Bath Oliver?«

Du liebe Güte, nein, dachte ich, davon hatte ich bereits reichlich, und ich sagte: »Nein, danke; um acht gibt es Abendessen. Und Ihre verstorbene Frau? An Sie erinnern Sie sich bestimmt besser?«

»Sie hatte ebenfalls ein Lächeln voller Liebe – so viel Liebe. Und sie war auch eine sehr liebenswürdige Frau.«

»Ja?«, bohrte ich nach.

»Aber es war anders als das meiner Mutter.« Er lachte. »Niemandes Lächeln ist so wie das der Mutter, Hetty. Aber das weißt du bestimmt selbst. Ebenso wenig kann jemand so gut Kuchen backen. Im Fall meiner Mutter war es Saatkuchen. Vor allem der Kümmelkuchen. Ich nehme an, dass sie das Backen von ihrer Mutter gelernt hat.«

Er sagte das mit einer solchen Endgültigkeit, dass ich es als Signal auffasste, mich zu verabschieden. Als ich mich an der Tür nochmals umwandte, lächelte er leise.

Aber er sah mich nicht an.

Ich habe ihn nie gefragt, warum er so oft Gedichte rezitierte. Aber ich nahm an, dass, wenn man alt war, einen all die Wehwehchen und Schmerzen, die einen plagten, daran erinnerten, dass man nie etwas anderes war als ein Haufen Knochen. Und so arbeitete sich Mr Peplow durch sämtliche Zeilen, die er auswendig gelernt hatte, nur um sich von seinen Beinen abzulenken, bis er in den Schlaf hinüberdämmerte.

Und nachdem er in dieser Nacht Sir John Moore bei Coruña begraben hatte (so wie es dessen Wille war), begann er *Thyrsis* zu rezitieren, und als er bei

» … und auch um mich die Nacht webt
ihren Schatten in immer eng'ren Kreisen

…

Ich spüre ihren Finger sacht,
der sich stockend auf den Zug des Lebens legt

…

Und wie die Hoffnung, wenn erloschen, sich nur noch
widerstrebend regt.«

anlangte, bekam ich eine Ahnung, worüber wir gesprochen hatten, und beschloss, dass, sollte er je wieder auf dieses Thema zu sprechen kommen, ich ihm nicht wieder versichern würde, dass ihm noch viele Jahre bevorstünden.

Reg Jones' Wiederauferstehung

Ich wünschte, ich könnte über spannendere Begebenheiten berichten als nur von ergebnislosen Gesprächen mit einem alten Mann und den aufgeschnappten konfusen Auslassungen einer hinfälligen alten Dame. Aber bis auf wenige gelegentliche Abendstunden war ich ans Haus gebunden, und während ich begierig darauf wartete, dass *mir* etwas Interessantes passierte, war ich ziemlich ahnungslos, was andernorts passierte. Wir waren eine abgeschiedene Gesellschaft und auf Matthew, den Pfarrer, Ted und Iwan angewiesen, wenn wir Dinge aus der Welt da draußen erfahren wollten. Und als plötzlich Mrs Gilpin-Jones so sehr in Trübsinn verfiel, dass sie ihr fröhliches Lachen verlor, das vor kurzem noch die am Küchenbüfett hängenden Teetassen hatte erklirren lassen, wurde es noch schlimmer.

Es war eine ziemlich dunkle Zeit.

Eines Tages nach dem Abendessen, während ich das gekochte Rindfleisch durch den Fleischlauf drehte, das für das Protein im morgigen Shepherd's Pie sorgen sollte, ließ sie sich auf einen Küchenstuhl plumpsen und legte den Kopf in die Hände.

»Ich ertrage es nicht mehr«, heulte sie. »Wenn es so weitergeht, verkaufe ich das Haus und reise Douglas zu den Goldfeldern nach, ob er mich dort will oder nicht.«

Ich wartete darauf, dass sie weiterredete.

»Es ist wegen Reg Jones«, jammerte sie abwesend. »Er sucht mich heim. Die ganze letzte Woche schon und auch diese lässt er nicht locker. Seit Sonntag vor zwei Wochen habe ich keine Ruhe vor ihm. Das letzte Mal, als er es versuchte (das war, bevor du kamst), bin ich zu den Spiritualisten gegangen und habe es mir erklären lassen. Sie meinten, er würde die ganze Zeit vor der Türschwelle stehen und sich keinen Zentimeter weiterbewegen. Und es liege daran, dass er unausgefüllt sei. Er wolle zurückkommen, sagen sie, um wiedergutzumachen, dass er hin und wieder ein bisschen unfreundlich zu mir gewesen sei. Aber das war er nie: Er war eine Seele von Mensch.«

Sie machte eine dramatische Pause.

»Tja, und jetzt versucht er es schon wieder. Es ist wirklich ein Jammer.«

»Haben Sie keine Angst?«, fragte ich. »Vor allem nachts?«

Sie dachte eine Weile nach.

»Nein«, sagte sie dann ernst. »Stimmt schon, wir hatten unsere Hochs und Tiefs. Wer hat die nicht? Aber Reg hat keiner Fliege etwas zuleide getan, außerdem war er nicht groß. Ich war dreißig, als Douglas und ich uns trennten, und ein, zwei Jahre später habe ich dann Regs Antrag angenommen. Reg hatte da seine besten Jahre bereits hinter sich, er hatte fast schon alle Haare und ein paar Zähne verloren oder sie waren locker, und trotzdem waren wir, wie du dir vorstellen kannst, wahnsinnig verliebt. Ja, stimmt – wir konnten nicht genug voneinander kriegen. Die reinste Wonne.«

»Und Ihre Eltern – hatten die nichts dagegen?«, fragte ich. »Für sie musste es ja gewesen sein, als hätten Sie einen Onkel geheiratet.«

»Na ja, anfangs waren sie alles andere als begeistert, zumal er nicht gerade aus vornehmen Verhältnissen stammte (du weißt ja, meine erste Schwiegermutter war Lady Gilpin). Aber da ich ihr einziges Kind war, nehme ich an, haben sie beschlossen, das Beste daraus zu machen, außerdem hatte er hier in Birmingham ein Haus und in die Gold Coast Company investiert. Dad gab mir allerdings durch die Blume zu verstehen, dass er fand, Reg sei zu klein für mich.«

»Und war er das?«, fragte ich wirklich interessiert (da ich ebenfalls groß bin).

»Ich habe das nie so empfunden«, antwortete sie im Brustton der Überzeugung. »Aber ich war damals natürlich noch nicht so in die Breite gegangen wie heute. Wie auch immer, ich bin überzeugt davon, dass kurzbeinige Männer die besten Liebhaber sind. Zum Beispiel Napoleon und Julius Cäsar: Ich habe in der Zeitung gelesen, dass sie unermüdlich waren. Nicht dass mich das beeinflusst hätte, aber bis zu seinem Tod habe ich ihn angehimmelt. Und das wusste er.«

»Und möchten Sie, dass er zurückkehrt?«

Diese Frage beschäftigte sie so sehr, dass ich mich wieder auf den Fleischwolf konzentrieren konnte. »Ob ich will, dass er zurückkehrt? Ich vermisse ihn: das auf jeden Fall. O ja, ich vermisse ihn. Nicht physisch, versteh mich bitte nicht falsch. Physisch heißt …«

»Das verstehe ich gerade noch«, sagte ich steif. »Wie auch immer, wie kann er denn hier bei Ihnen sein, wo er doch tot ist?«

»Natürlich, da hast du völlig recht. Was ich sagen will: Er ist nicht sofort verschwunden. Jedenfalls war er, als ich vom Krematorium zurückkam, immer noch hier. Ergibt das für dich einen Sinn?«

»Nein.«

»Ich gebe dir ein Beispiel: Ich schaue mir nach wie vor keine Fernsehsendungen an, die er nicht ausstehen konnte. Als würde er immer noch in seinem Armsessel sitzen. Verstehst du, was ich meine? Er hat sich immer geärgert, wenn ich *Coronation Street* oder so was schaute, selbst wenn er nicht zu Hause war. Aber es gab einen Moment, da fiel es mir wie Schuppen von den Augen, dass ich nun allein mit mir war. Ich könnte dir exakt die Stelle zeigen, wo es passierte. An der Aston Cross war es. Ich hatte Lust auf Fish and Chips, aber die hatte er mir die ganze Zeit verboten. Er mochte mich mollig, weißt du, Hetty, aber nicht dick! Daher ging ich in einen Gemüseladen, um einen Kopfsalat zu kaufen, doch da wurde mir plötzlich klar, dass es keine Rolle mehr spielte, was Reg dachte. Selbst wenn er noch immer irgendwo war (natürlich körperlos), konnte er nicht mehr an mir herumnörgeln. Ja, sogar wenn er mir erschien – nun, dann konnte er mich zwar anstarren, aber ich musste ihn ja nicht auch ansehen. Also habe ich eine doppelte Portion Fish and Chips gekauft, um meinen Standpunkt deutlich zu machen, und hab sie auf dem Heimweg mit den Fingern gegessen. Von da an war es, als wäre ich wieder ein junges Mädchen.« Sie fasste unter ihre Brüste und wackelte mit ihnen in Richtung des in der Küche herrschenden Chaos, während sie triumphierend lachte.

»Wenn der Prinz von Wales mir in dieser Sekunde einen Heiratsantrag gemacht hätte, ich hätte ihm einen Korb gegeben. Was ich damit sagen will: Ich habe mich wieder so gefühlt wie zu der Zeit, bevor mich Douglas zu seiner blutjungen Braut gemacht hat – als ich noch ein eigenes Schlafzimmer hatte und nach Herzenslust schnarchen oder mich herumwälzen oder die ganze Nacht Radio Two hören konnte und noch keinen Mann hatte, der mich betatschte, wenn er

Lust hatte und ich vielleicht nicht. Du bist fast noch zu jung für solche Sachen, Hetty. Aber du willst doch erwachsen werden, stimmt's, Schätzchen? Und da du keine Mutter hast …«

Ich stimmte ihr zu, dass es seine Vorteile hatte, allein zu sein, und fügte hinzu, ein Mann, den ich einmal gekannt hätte, ein gewisser Mr Birtwisle, sei vom selben Schlag wie Reg gewesen, vor allem wenn es um Bücher ging, und ich hätte mich einmal bei dem Gedanken ertappt, dass, wenn er tot wäre, ich lesen könnte, was ich wollte, und die Bücher einfach herumliegen lassen könnte.

»Siehst du!«, rief sie triumphierend aus, »wusste ich doch, du *verstehst* es, auch wenn du keine Mutter hast.«

Auch das bejahte ich (was mir ins Gedächtnis rief, warum ich nach Birmingham gekommen war, und dass ich, kurz bevor ich von zu Hause weggelaufen war, noch glaubte, eine zu haben).

»Aber manchmal«, fuhr Mrs G.-J. fort, »manchmal wenn ich einen Freund dahabe, bilde ich mir ein, dass ich höre, wie sich der Türknauf dreht, und stelle mir vor, dass Reg zurückgekommen ist. Was er wohl sagen wird, wenn er mich so sieht?«

»Warum sprechen Sie nicht mit den Pfarrer über Reg?«

»Wer hat gesagt, dass der Freund, von dem ich gesprochen habe, Matthew ist?«, rief sie entrüstet aus.

»Nun, vielleicht hat er im Theologiestudium gelernt, wie man jemanden wie Reg exorziert?«, antwortete ich mit einer Gegenfrage.

»Pff, die Kirche!«, sagte sie abfällig. »Ha! Gibt's irgendetwas, wo die einem helfen können, hm?«

»Wenn Sie nicht gläubig sind, warum gehen Sie dann fast jeden Sonntag in die Kirche?«, fragte ich.

»Um Matthew anzuschauen natürlich«, erwiderte sie, als wäre ich schwer von Begriff. »In seiner Priestertracht. Am liebsten mag ich die, die er um Weihnachten herum anlegen muss. Die rote mit dem goldenen Besatz. Wenn er dazu noch einen Bart tragen würde, wie ich ihn gebeten habe, würde er genau wie der Weihnachtsmann aussehen – die Kinder wären aus dem Häuschen! Oh, wäre ich doch nur zwanzig Jahre jünger! Und nun sag mir ganz ehrlich, Hetty, würde ich eine gute Pfarrersfrau abgeben? Ich nehme es dir nicht übel, wenn du Nein sagst.«

»Nun, ich denke, in den meisten Pfarrgemeinden würde es wesentlich lebendiger zugehen, wenn Sie da wären«, antwortete ich vorsichtig. »Und in Sierra Leone wären Sie, nach dem, was ich gelesen habe, jemand, zu dem man aufblickt; außerdem lachen die Menschen dort angeblich viel mehr als hier. Aber was wäre dann mit Reg?«

»Matthew könnte ihn mit einem Bann belegen«, verkündete sie ernst. »Dann müsste er dort bleiben, wo Matthew ihn hin verfrachtet hat.«

»Wie war eigentlich Ihre Mutter, Mrs Gilpin-Jones?«, fragte ich, um das Gespräch auf ein weniger verfängliches Terrain zu lenken.

»War?«, rief sie aus. »Ist! Und wird, wie es scheint, noch viele Jahre sein. Sie lebt oben in Bridlington und vergrault jeden, der es wagt, an ihre Tür zu klopfen. Wie sie so ist? Nun, ich muss zugeben, wenigstens etwas verdanke ich ihr: Nach einer Kindheit unter ihrer Fuchtel habe ich das Gefühl, fast jeder Katastrophe trotzen zu können, die mir noch zustoßen wird. Den Rest überlasse ich deiner nicht eben wenig ausgeprägten Fantasie, Schätzchen.«

Ein Klopfen an der Eingangstür war zu hören.

»Das wird er wohl sein«, sagte sie geistesabwesend. »Geh doch bitte nachsehen, sei so nett. Oh, und übrigens fühle ich mich jetzt schon weitaus besser nach unserer kleinen Plauderei. Fast wieder wie ich selbst. Danke, Hetty.«

Es war nur Matthew, der seinen Haustürschlüssel vergessen hatte. Er fragte, ob Mrs G.-J. in der Küche sei.

Als er an mir vorbeiging, sagte ich: »An Ihrer Stelle würde ich im Herbst, wenn die Volkshochschule wieder Kurse anbietet, Nahkampfsport belegen. Für den Fall, dass Reg auftaucht.«

»Wie bitte?«, sagte er. »Wovon reden Sie, Miss Beauchamp? Reg? Wer ist denn Reg?«

Auf der Fußmatte lag ein Brief: Er war von Miss Braceburn.

»Du hast großartig abgeschnitten, meine Liebe; die ganze Waterland High ist stolz auf Dich; der arme Spendlow ist außer sich. Eins plus in Latein, Englischer Literatur und in Sozialkunde (Letzteres können wir vernachlässigen, denn dem wirst du bald entwachsen sein) ...«

Ich kehrte in die Küche zurück. »Ich habe in der Abiturprüfung ziemlich gut abgeschnitten«, berichtete ich bescheiden.

»Oh!«, sagte Mrs G.-J. abgelenkt, »oh, tatsächlich? Abitur, sagtest du? Erzähl mir ein andermal ausführlich davon: Ich husche rasch hoch zu Matthew, dem armen Lämmchen, und mache ihm eine Tasse Tee.«

Jagd nach Liebe

Am nächsten Tag war Mrs Gilpin-Jones wieder ganz sie selbst und meinte, während wir unseren Samstagvormittagskaffee tranken: »In deinem Alter solltest du allmählich einen Freund haben, Hetty. Trete doch der Jugendgruppe von St. Barnabas bei. Matthew meint, dort gibt es ein paar recht nette Jungs.«

Ich widerstand dem Impuls, ihr zu erzählen, dass sich der letzte »recht nette Junge«, mit dem ich es zu tun hatte, Ronnie, als Maulheld entpuppt hatte, und lehnte dankend ab – ich sei ganz zufrieden so, sagte ich.

»Nun, wenn du nicht willst, dann willst du nicht«, sagte sie, um dann hartnäckig hinzuzufügen: »Hier direkt vor deiner Nase hast du ja Iwan – wobei ich mir nicht vorstellen kann, dass du in einem Iglo in Sibirien leben und Kommunistin werden möchtest. Und Matthew – wobei du zugeben musst, dass er eher etwas für mich (als reife Frau) ist.« Sie lechzte offenbar nach Bestätigung, also versicherte ich ihr, dass das in der Tat so sei und dass sie wirklich sehr gut in ein Pfarrhaus passen würde, falls es in Afrika Pfarrhäuser gebe.

»Ja, da hast du recht, Schätzchen«, erwiderte sie selbstgefällig. »Und Blumen in Vasen zu arrangieren würde ich bestimmt auch schnell lernen. Überhaupt, ich mag Blumen. Die werden doch wohl Blumen dort haben?«

Sie hielt inne, um mögliche andere Kandidaten in Betracht

zu ziehen. »Tja, dann bleibt nur noch Ted übrig. Er hält sich ziemlich bedeckt, was seine Familie anbelangt, also kann es mit ihr nicht besonders weit her sein. Aber arbeitsscheu ist er nicht, das muss ich sagen. Nun gut, er ist zwar nur in der Industrie angestellt, aber heutzutage weiß man nie: Lord Nuffield hat auch ganz klein als William Morris mit einem Fahrradreparaturbetrieb angefangen, bevor er später Automobilhersteller wurde. Sonntagmorgens ist Ted immer auf dem Schwarzmarkt unterwegs, zusammen mit einem Freund, der Auspuffe und runderneuerte Reifen montiert. Als ich ihn an das vierte Gebot erinnert habe, hat er nicht mit der Wimper gezuckt, und dann hatte er auch noch die Stirn, mir zu sagen: ›Mein Chef meint, Autos sind die neue Religion. Und wir sind die Hohepriester.‹«

Sie sann darüber nach, klopfte sich vielleicht in Gedanken auf die Schulter, so fair gewesen zu sein, Teds Vorzüge und Schwächen aufgezählt zu haben, ehe sie hinzufügte: »Im Übrigen ist er ganz klar ein Besessener, und die Sorte kriegt immer, was sie will. Reg war auch ein Besessener.«

Mir war nicht ganz klar, in welche Waagschale der Justitia dieses Pauschalurteil ihres Erachtens hineingehörte, und da die Balzzeit ergebnislos verlaufen war, fuhren wir in nachdenkliches Schweigen vertieft fort, Bohnen zu fädeln.

Unter den Präraffaeliten

Als ich mich nach dem Mittagessen auf den Weg in die städtische Galerie machte, lief ich prompt Ted, dessen schwarzes Haar ihm am Schädel klebte, im Flur über den Weg. »Oh«, sagte er kühn, »ich war zwar noch nie in einem Museum, aber wenn es dir gefällt, ist es bestimmt toll. Ich komme mit dir.« Und das tat er auch, und sein erstes Mal nahm sich recht vielversprechend aus: Er ging mehrmals um Jacob Epsteins doppelt lebensgroßen *Lucifer* herum, der in der Eingangshalle stand, um mögliche Vandalen abzuschrecken.

»Hat ganz schön Übergepäck, was?«, bemerkte er und nahm ein letztes Mal die überdimensionierten Genitalien des gefallenen Engels bewundernd in Augenschein. »Beim Fliegen, meine ich.«

Wir gingen weiter zum Stolz des Museums, dem Raum mit Werken der Präraffaeliten, die im neunzehnten Jahrhundert erworben wurden, in einem Anfall von Bürgerstolz auf den berühmten Sohn der Stadt, Edward Burne-Jones, ein düsterer Kerl, der schrecklich düstere Bilder malte. Wie aufregend!, dachte ich, all diese schneidigen jungen Burschen, die wild entschlossen waren, ihre Welt zu verändern. Durch ihre leuchtenden Ansichten dessen, was England gewesen war und womöglich wieder sein würde! Oh, all dieses Purpurrot und Violett und diese rebellischen Grüntöne!

»Die sind nicht mein Ding«, verkündete Ted unumwunden

und holte mich unsanft auf den Boden der Tatsachen zurück. »Warum schauen die Jungs eigentlich alle so grimmig? Und ihre trübsinnigen Freundinnen! Die da zum Beispiel«, (mit höhnischem Blick auf Ford Madox Browns absolut fantastisches und einfühlsames Auswanderergemälde *The Last of England*). »Hätten sie hier ausgeharrt, hätten sie mehr Mumm bewiesen: Eigentlich sieht auch keiner von denen so aus, als hätten sie's nicht erwarten können, von hier wegzukommen. Sollen wir jetzt etwa Mitleid haben mit diesen feinen Pinkeln? Und dieser ganze altmodische Plunder.« Er beschrieb eine ausladende wegwerfende Geste zu *Chaucer Reading at the Court of Edward III, The Long Engagement* und einer ganzen Batterie umwerfender Dante Gabriel Rossettis. »Dieser liebeskranke Kerl mit dem runden Pfarrershut, der an einem Baum im Wald lehnt! Schau dir sein Mädchen an. Man kann ihr vom Gesicht ablesen, dass sie es nicht erwarten kann, sich mit ihm ins Farnkraut zu legen. Wobei mir schleierhaft ist, wie er mit all den Klamotten fertigwerden will, die da hingemalt sind, geschweige denn mit denen, die man nicht sieht.«

»Oben gibt es ein paar Artefakte, die den Neandertalern zugeschrieben sind«, erwiderte ich kühl. »Du solltest dir sie ansehen, vielleicht sind die eher nach deinem Geschmack. Bestimmt findest du sie klasse.«

»Haha!«, sagte er. »Gibt es hier eigentlich ein Café? Ich lade dich ein.«

Im Museum gab es kein Café, also gingen wir über die New Street in Richtung Busbahnhof, sodass wir an der recht ansehnlichen Kathedrale vorbeikamen. Trotz seiner lustlosen Miene folgte Ted mir hinein.

»Diese Fenster sind ebenfalls von Edward Burne-Jones«, erklärte ich ihm. »Natürlich hat er sie nicht selbst hergestellt;

er hat sie entworfen. Schau dir das letzte auf der Westseite an. Sieht es nicht wie eine verheerende Feuersbrunst aus? Findest du es nicht auch großartig?«

»Nein«, erwiderte er rüde. »Ich mag nur einfaches Glas. Fenster sind dazu da, Licht reinzulassen.«

Gütiger Himmel, dachte ich, wenn man bedenkt, dass es seit einem Jahrhundert das Konzept »Bildung von unten« gibt! Sollte er je gehängt werden, wird man mich bestimmt nicht vor dem Gefängnistor im Schlamm kniend vorfinden wie seinerzeit Miss Foxberrow. Und da ich das Gefühl hatte, noch mehr Perlen vor die Säue zu werfen, wenn ich ihn auch noch auf den Grabstein von Thomas Baskerville aufmerksam machte, eilte ich schleunigst weiter. Damit dieser Nachmittag nicht völlig vergeudet sein würde, eröffnete ich Ted, dass ich drei Stationen vor ihm aus dem Bus aussteigen würde, um Mr Williams' Bookshop einen Besuch abzustatten, und er die restliche Heimreise allein fortsetzen müsse. »Heute ist ja Samstag, also wirst du beim Nachmittagstee vermutlich Sahnebrötchen in deinem Trog vorfinden.«

Er grinste. »Ne, ich komme mit dir«, sagte er. »Dann können wir später unsere Schnauzen nebeneinander in den Trog stecken. Ich mag es, wenn du wütend bist, dann siehst du super aus.«

Mr Williams, obgleich von zerbrechlicher Statur, war ein reger, abenteuerlustiger Geist und verteidigte seine Zivilisationsbastion an der Grenze zu Inner City tapfer. Für das Überleben im Buchhandel war er lachhaft schlecht gerüstet, hatte er doch tatsächlich einen Großteil der Bücher, die er verkaufte, selbst gelesen und war stets bereit, über Literatur zu diskutieren, selbst mit Menschen, die seinen Laden lediglich für eine kostenlose Lektüre nutzten. Es war schon paradox, dass sich sein anspruchsvoller Buchladen ausgerechnet hier befand, eingequetscht zwischen trostlosen Straßen mit stumpfsinniger Bevölkerung, während es in Waterland, wo das große Geld gescheffelt wurde, lediglich ein Kaufhaus gab, das nur mit Sex und Blut gespickte Bestseller im Angebot hatte.

Ich kaufte *Silas Marner* (ein Roman, in dem es, wie ich wusste, um ein verloren gegangenes Kleinkind ging) und fühlte mich ermutigt, als Mr Williams mir darin zustimmte, dass George Eliot die Arbeit an der *Mühle am Floss* schließlich so leid war, dass sie kurzerhand sowohl Held als auch Heldin im Floss und in einem einzigen Kapitel ertränkte. Aber es war unmöglich, ein ernsthaftes Gespräch zu führen, während mein Begleiter die ganze Zeit neben uns stand und ihm nichts als Sahnebrötchen in seinem beschränkten Geist herumgingen.

Neuigkeiten aus Jordans Bank

Ich war fast schon einen Monat lang in Birmingham, als Mariana endlich auf den Brief antwortete, in dem ich ihr wie versprochen meine Adresse mitgeteilt hatte. Das Schuljahr war zu Ende gegangen, die Lateinlehrerin hatte die Schule verlassen, um einen verwitweten Kirchenmann zu heiraten, den sie auf einer Reise ins Heilige Land kennengelernt hatte, die Mutter des Hausmeisters war mit einem »reichen Herumtreiber« weggelaufen, der Major befand sich immer noch auf geordnetem Rückzug im südafrikanischen Veld und wurde gerade in Mafeking von den Buren belagert, Ronnie war kraft seiner drei Ausreichend in den Leistungsfächern ein Theologiestudienplatz in Aussicht gestellt worden, und Miss Braceburn (der mein Aufenthaltsort streng vertraulich mitgeteilt worden sei) habe gesagt, ich dürfe unter keinen Umständen den Platz annehmen, den mir eine Pädagogische Hochschule angeboten habe.

(Nun komm schon, Poll, drängte ich, du weißt doch, auf welche Neuigkeiten ich warte. Was ist mit ihm?)

»Dein ehemaliger Dad wirkt immer noch ziemlich angesäuert«, schrieb sie. »Wenn wir uns begegnen, sieht er in die andere Richtung, aber ich weiß, er weiß, dass ich weiß, wo du steckst, und würde nur allzu gern einen Vorstoß wagen. Und was den abscheulichen Sonny betrifft, scheint er jetzt auch deinen Anteil an Ärger abzukriegen; er schleicht herum wie ein geprügelter Hund. Wie schrecklich es gewesen sein muss, ihn zum Bruder zu haben ...«

Dann zeigte sie ein für ihre Verhältnisse lebhaftes Interesse an Mrs Gilpin-Jones (»Ist ihr Reg wieder erschienen?«), Mr Peplow (»Heb mir was von diesem fossilen Kümmelkuchen auf.«), Matthew und dem klasse Ted. Aber am meisten faszinierte sie die arme alte Miss Foxberrow (»Was stimmt nun – Mrs G.-J.s Biografie oder Miss F.s Autobiografie?«). Sie erkundigte sich, ob sie, wenn sie zu ihrem Wochenendbesuch in die Nummer 27 komme, den ich ihr in Aussicht gestellt hatte, auch mal lauschen dürfe.

»PS: Dieser Ted hört sich so an, als wär er mein Typ. Ich wette, er steht auf Mädels mit großen Du-weißt-schon-was.«

Trotz dieser jugendlich schwärmerischen Ergüsse war ich doch berührt von ihrer Sorge um mein Wohlergehen. Und als ich Mrs Gilpin-Jones fragte, ob ich Mariana und den Major für ein Wochenende einladen könne, wobei er in meinem Zimmer schlafen sollte, während ich mit Mariana im Aufenthaltsraum nächtigen würde, sagte sie ohne zu zögern Ja und fügte hinzu, ihr Vater sei auch Major gewesen oder Oberstabsfeldwebel oder Generalmajor (sie erinnere sich nicht mehr genau) und sie habe daher einen Hang zu Militärs.

Was sich in unserem Vorgarten abspielte

Das Wetter war weiterhin heiß und trocken, noch ungetrübt von dunkler Herbstmelancholie. In diesen Wochen kam es bei uns zu Ausschreitungen. Auch wenn wieder und wieder im Fernsehen darüber berichtet wurde (das seit dem Bergarbeiterstreik und dem Massaker in dem Brüsseler Fußballstadion offenbar nach bildschirmtauglicher Gewalt dürstete), war ich eine der wenigen, die wussten, woran sie sich entzündeten.

Genau wie bei der Rauferei zwischen Mr Birtwisle und Miss Braceburns Mustafa erinnere ich mich noch exakt an den Hergang. Es war ein Samstag, und ich saß im Flur neben der Standuhr, wo ich auf die verabredete Lieferung der Schokoladenplätzchen von Miss Foxberrow wartete. Derweil las ich in *Silas Marner* – der Rhythmus des Romans passte gut zu dem Ticken der Uhr hinter mir. Sie, Miss F., brabbelte wie immer das Gleiche (»O George, du hast es versprochen. Ja, das hast du, ganz bestimmt. Du hast versprochen, dass wir, wenn deine Tante Susan stirbt, das Quince Tree Cottage bekommen …«). Aber mit George Eliot, die sich in Hochform zeigte, konnte sie es dabei nicht aufnehmen.

Plötzlich fiel ein Schuss.

(»O George, hätte ich doch nie diese bitteren Worte gesagt! O George, wenn du wüsstest, wie oft ich sie schon bereut habe« – in Georges Roman hauchte derweil eine arme Frau aus ärmlichen Verhältnissen im Schnee ihr Leben aus, während sich die kleine Eppie in ihren Arm kuschelte.)

Das war ein Schuss. Definitiv!

Mrs G.-J. kam aus der Toilette im Erdgeschoss. »Habe ich da gerade einen Schuss gehört, Hetty? Ja, ich bin mir sicher. Meinst du nicht auch, dass das ein Schuss war?«

(Miss F. schluchzte jetzt bitterlich, unterdes war eine andere bemitleidenswerte Frau im Begriff, an Unterkühlung zu sterben, und empfahl Eppie vertrauensvoll dem Herrn im Himmel an.)

»Diese törichte Kreatur!«, sagte Mrs G.-J. verärgert. »Wir müssen ihr in Zukunft Valium in ihren heißen Kakao geben. Oh, hörst du, wie sie vor sich hin fantasiert? Sie weiß genau, dass wir zuhören. Natürlich weiß sie das. Deswegen behauptet sie, dass sie ihn nicht gehängt haben. Quince Tree Cottage! Dass ich nicht lache!«

Wieder fiel ein Schuss.

Darin jedenfalls waren wir uns einig.

Vorsichtig öffneten wir die Haustür, aber draußen war alles wie gewohnt – Busse trudelten vorbei, Menschen trotteten den Gehsteig entlang.

»Da muss wohl ein Auspuff geknallt haben!«, verkündete Mrs G.-J. »Ja, das war es wohl. Ja, ein Auspuff. Mach die Tür wieder zu, Hetty. Und bereite Miss F. einen Kakao zu, ich tue ihr vorerst nur eine halbe Tablette hinein, dann werden wir sehen, ob die genügt, um sie zum Schweigen zu bringen, sodass wir anderen hier in der wirklichen Welt ein bisschen Frieden haben.«

Nicht lange, nachdem wir die Küche aufgeräumt hatten, stellte ich die leeren Milchflaschen hinaus und legte die Bestellung für den Sonntag dazu, ehe ich, um ein bisschen frische Luft zu schnappen, zum Gartentor schlenderte. Und da sah ich ihn: Direkt vor mir, nur einen halben Schritt vom Straßenrand entfernt, lag ein Mann ausgestreckt da. Es war ziemlich grotesk. Autos und Busse drosselten die Geschwindigkeit und fuhren vorsichtig vorbei, während sich Passanten im Vorübergehen an unsere Hausmauer drückten, als wollten sie ehrfürchtig Abstand zu dem armen Kerl halten.

Und da lag er nun in der fortschreitenden Dämmerung.

Also ging ich hinaus, bückte mich und nahm ihn in Augenschein. Es war ein Schwarzer, aus Westindien vermutlich, und er war übel zugerichtet. Ich lief ins Haus zurück und berichtete Mrs G.-J. davon.

»Siehst du!«, sagte sie triumphierend. »Habe ich es dir nicht gesagt! Wusste ich doch, dass jemand erschossen wurde. Du konntest es natürlich nicht wissen, weil du den Krieg nicht miterlebt hast. Ein Toter vor unserem Gartentor, hast du gesagt? Bestimmt irgend so ein Fischstäbchenfresser. So eine Frechheit!« Sie schlüpfte in einen alten Burberry, den Douglas vor langer Zeit ausgemustert hatte, eilte hinaus, begab sich neben dem reglosen Körper in die Hocke, betrachtete zuerst eingängig das Gesicht und legte dann ein Ohr an seine Brust. »Ja, er ist tot«, sagte sie.

Der arme Kerl stöhnte.

»Siehst du?«, rief sie aus. »Was für ein Unsinn! Er ist nicht tot. Wer hat gesagt, dass er tot ist? Aber wenn er hier liegen bleibt, wird er von einem Bus überfahren, und dann ist er's. Lauf schnell hinein und hole Matthew, damit er ihm die letzte Ölung verabreicht; das Öl ist in der kleinen schwarzen Tasche in seinem Schrank. Für alle Fälle.«

Ich erinnerte sie daran, dass es Samstagabend war und er die Messe in St. Barnabas hielt für all jene Kirchgänger, die unter der Woche keine Zeit hatten und auch am Sonntag arbeiten mussten. Also versuchten wir, den Verletzten von der Straße wegzuziehen.

»Du lieber Himmel! Der ist aber schwer!«, brummte sie. In diesem Moment tauchten ein paar offenbar spät berufene Skinheads auf, und sie rief ihnen zu: »Hey ihr, helft uns bitteschön mal.«

Zur Antwort drehten sie ihr Radio auf volle Lautstärke und staksten vergnügt in den Vorgarten hinein, hievten unsere riesige verzierte Terracottavase vom Sockel, um sie auf die Steinfliesen fallen zu lassen, wo sie zerschellte. »Wir haben auch keine!«, brüllte eines der Monster. »Warum solltet ihr dann eine haben?« Sie lachten kreischend und tänzelten davon.

Noch immer fuhren Busse und Autos vorbei. Fußgänger bedachten uns mit einem kurzen Bick und eilten weiter.

Dann kam ein alter Mann schlingernd angeradelt und stieg überraschenderweise ab. »Ach herrje!«, sagte er besorgt, »ach herrje! Was ist denn passiert? Der arme Kerl!«

Ich sagte, dass der Mann meines Erachtens schon eine geraume Weile auf der Straße gelegen habe.

»Und niemand hat angehalten«, murmelte er. »Ach je, armes Birmingham – ich wohne fast schon mein ganzes Leben hier. Was ist nur aus uns geworden; wir waren nicht immer so. Vor fünfzig, ja auch noch vor zwanzig Jahren wäre die Hälfte der Anwohner auf die Straße hinausgelaufen, um zu helfen. Aber inzwischen scheinen alle Angst voreinander zu haben. Wobei ich zugeben muss, dass ich selbst um ein Haar vorbeigeradelt wäre, aber dann habe ich mir in Erinnerung gerufen: Du bist Justizbeamter; du darfst einen Bürger in Not nicht einfach auf offener Straße liegen lassen. (Ach ja, darf ich mich vorstellen: Richter Lavery. Ich habe gerade die Jugendgruppe der St. Barnabas Mission Church besucht, die ich vor vielen, vielen Jahren gegründet habe.)«

Als wir den Mann hochgehievt und auf dem Gehweg abgelegt hatten, bat der alte Herr, das Telefon benutzen zu dürfen, um einen Krankenwagen und die Polizei zu rufen. Kaum waren er und Mrs Gilpin-Jones hineingegangen, tauchte ein weiterer Schwarzer auf und fragte bedrohlich: »Was ist los, Mann? Hast ihn abgemurkst, was?« Und wie durch Zauberhand wimmelte es auf Gehweg und Straße plötzlich von seinen Kumpels.

»Diese Skinheads weiter unten im Pub, die war'ns!«, schrie jemand. Und weg waren sie. Erneut war ich allein mit dem armen Kerl. Es war alles äußerst merkwürdig. Für ihn bestimmt auch, denn er stöhnte erneut.

Mrs G.-J. kam wieder heraus. »Du wirst es nicht glauben«, verkündete sie. »Da liegt noch einer in unserem Garten. Ich habe ihn gerade erst entdeckt, halb im Gebüsch. Und der ist *wirklich* tot. So, jetzt wissen wir, was passiert ist, nicht wahr? Dieser Kerl hat den hier angeschossen, und dann besaß er die Frechheit, sich in unserem Vorgarten selbst zu erschießen. Wenn die *Evening Mail* davon berichtet, werde ich umziehen müssen.«

Ich fürchtete, sagte ich zu ihr, wir hätten gerade Rassenunruhen ausgelöst.

»Jetzt schlägts aber dreizehn!«, sagte sie entrüstet. »Dann kommen wir auch noch ins Fernsehen. Lauf schnell zur St. Barnabas und sag Matthew, er soll alles stehen und liegen lassen und sofort hierherkommen!«

Die Ausschreitungen in der Innenstadt

Und tatsächlich, die Unruhen brachen los. Gottlob spielten sie sich nicht mehr in unserer Straße ab, aber in der nächsten und auf der anderen Seite des Kanals, dort wo die Innenstadt begann. Als ich bei den rauchenden Ausläufern der Straßenschlacht ankam, explodierten die Schaufenster der Geschäfte. Die einen barsten durch geschleuderte Ziegelsteine, andere durch die Hitze von Bränden. Und nun, da ich sah, wie Menschen durch Fenster ein- und ausgingen, statt durch Türen, wurde mir klar, was für ein behütetes Leben ich in Jordans Bank gehabt hatte.

Fasziniert beobachtete ich die Plünderer und konnte bald die intelligenteren unter ihnen ausmachen. Letztere hatten als Erstes ein Kinderwagengeschäft geplündert, und so konnten sie im Unterschied zu ihren nicht ganz so hellen Gesinnungsbrüdern, die nur jeweils einen Gegenstand davontragen konnten, einen Farbfernseher und, falls dieser nicht ausreiche, einen Videorecorder für zusätzliche Einschaltstunden abschleppen und dazu Kartons voller Bier, um damit ihr kritisches Denkvermögen abzutöten.

Natürlich ging ich ängstlich nachsehen, wie es um Mr Williams' Buchladen stand, und konnte mich davon überzeugen, dass, obwohl das Schaufenster durch die Hitze geborsten war, niemand sich an seinen Waren bediente, obwohl er die aktuellen Bestseller zu einem einladenden Stapel geschichtet hatte. So viel zum Stand der englischen Literatur!, dachte ich entrüstet, kein einziges Buch wurde gestohlen.

Während ich noch immer vor mich hin grollte, kam eine ältere Dame, vermutlich aus gutem Haus, aber inzwischen verarmt, aus der St.-Barnabas-Kirche, duckte sich schutzsuchend hinter das große Schild, das Matthew angebracht hatte, (unter die Aufschrift WO WIRST DU AM JÜNGSTEN TAG SEIN? hatte ein Witzbold »Ich werde wie immer auf den 13A-Bus warten« geschrieben) und verfolgte verwundert das Geschehen vor ihren Augen. Kurz darauf wagte sie sich auf den oberen Absatz der Eingangsstufen hinauf und schien abzuwägen, ob sie ihr Nachtlager lieber auf einer Kirchenbank aufschlagen oder sich in ihr Altenheim zurückziehen sollte, das weiter hinten an der Gefechtslinie lag.

Mutig entschied sie sich für Letzteres, trippelte vorsichtig die Stufen hinab und bahnte sich geduckt einen Weg in Richtung Unterkunft. Just in dem Moment, als die zusätzlich aus Balsall Heath und Erdington herbeigerufenen Polizeikräfte sich ins Geschehen warfen, erreichte sie Mr Williams' Buchhandlung. Jetzt ging es erst richtig los – Stöcke und Ziegelsteine prasselten auf Freund und Feind und Zuschauer gleichermaßen ein.

»Kommen Sie zurück, zurück!«, schrie ich (aber sie konnte mich unmöglich hören).

Im Übrigen war meine Sorge unbegründet, besaß sie doch, obwohl unter schwerem Beschuss, eine Geistesgegenwärtigkeit, für die ihr die Bewunderung des Majors sicher gewesen wäre: Mit beiden Händen griff sie in Mr Williams' Schaufenster und beförderte einen *Times Atlas of the World* heraus, um diesen dann abwechselnd als Schild oder Waffe einzusetzen. Eines der Ungeheuer versuchte, ihr die Handtasche zu entreißen, bekam aber mit dem Buch eins übergebraten, wankte kurz und sank neben einem umgestoßenen Auto zusammen – gewiss das erste Mal, dass er Bekanntschaft mit der gebündelten Weisheit des Alters machte. Als die Schlacht abzuebben begann, wischte diese großartige Person mit dem Taschentuch den Gefechtsstaub von dem Atlas und legte ihn behutsam in Mr Williams' Schaufenster zurück. Inzwischen war ich an ihre Seite geeilt, um ihr meinen Arm anzubieten und Anerkennung für ihren Mut zu zollen.

»Danke sehr«, sagte sie. »Das ist nett von Ihnen. Aber es war nur das, was mein Vater, Gott hab ihn selig, von mir erwartet hätte. Tatsächlich waren seine letzten Worte bei unserem Abschied auf dem Bahnsteig von Worcester Shrup Hill, als ich von zu Hause wegging: ›Vergiss niemals, dass du eine Lady bist, Helen, niemals!‹ Und das habe ich auch nicht und werde ich nicht. Einen Moment, bitte …«

Sie ging zu dem Schaufenster des armen Mr Williams zurück, wo ein riesiges gezacktes Loch klaffte, und fischte Barbara Pyms *A Glass of Blessings* heraus. »Seit Lord David Cecil, Gott hab ihn selig, es mir empfohlen hat, versuche ich, das Buch in der Stadtbibliothek zu ergattern, aber es war immer ausgeliehen. Doch wie mein verstorbener Vater zu sagen pflegte: ›In allem Schlechten steckt auch ein Körnchen Gutes.‹ Und …«, sie streichelte das Buch, »wie recht er hatte! Natürlich bringe ich es am Montag, wenn Mr Williams wieder geöffnet hat, zurück. Er wird bestimmt Verständnis haben.«

Inzwischen hatten sich die Randalierer zusammengerottet, um der Polizei auf die Pelle zu rücken, die sich alles andere als geordnet zurückzog (sie schienen nicht von Kindesbeinen an ein so ausgezeichnetes Training für die bevorstehenden Kämpfe des Lebens genossen zu haben wie meine neue

Freundin). Selbst der Superintendent gab Fersengeld und ließ dabei sein Megaphon zurück (»Haltet dagegen, ihr vorn an der Front!«), um dann jedoch von einem Zug Polizisten aufgehalten zu werden, der soeben von Handsworth eingetroffen war, ein augenscheinlich rauer Trupp aus dem Black Country. Bedrohlich knallte die erste Welle der Randalierer gegen ihre Schutzschilde aus Plastik, während die von hinten Nachdrängenden, die Reihen geschlossen, vorrückten und ihre eigenen Schilde über die Köpfe hielten – eine interessante und eindrucksvolle Nachbildung des Schutzdachs, wie das Römische Heer es eingesetzt hatte, um sich gegen Geschosse zu wappnen.

Doch die Rowdys kamen unaufhörlich näher und stießen dabei Mülleimerdeckel aneinander, bis die Lager wie zwei feindliche mittelalterliche Armeen in einem Nahkampf gefangen waren.

Plötzlich entdeckte ich Matthew.

Es war seine Gewohnheit, nach einer Messe den Chor in einer feierlichen Schlussprozession aus der Kirche hinauszuführen, zunächst den Mittelgang hinab, dann zum Westportal hinaus, schließlich um die Südseite herum und wieder zurück in die Sakristei. Als er nun aus dem Portal trat, sah er sich Aug in Aug mit einem Missionsfeld. Erstaunt hielt er inne. Aber nur einen flüchtigen Moment lang. Er drehte sich um, entriss Old Father Time (sein Küster) das von Sir Ninian Comper entworfene, kunstvoll verzierte Prozessionskreuz, stieg, indem er es hoch über den Kopf hielt, die Stufen hinab und tauchte ins Schlachtgetümmel ein.

Als er sich zur Straßenmitte durchgeboxt hatte, hob er wie ein Schülerlotse resolut die Hand, um die Polizei zu stoppen, während er dem anderen Lager das Kreuz entgegenhielt. Es

war die dramatischste dümmliche Heldentat, der ich je bei-
gewohnt hatte.

Ich war nicht die Einzige, die ungläubig glotzte. Der Tu-
mult legte sich, der Regen aus Ziegelsteinen ließ nach, und
eine große Stille machte sich breit. (Wenn es je einen güns-
tigen Zeitpunkt für das neuerliche Erscheinen der Engel von
Mons gegeben hatte, war es dieser.) Dann hob Matthew die
Stimme und rief leidenschaftlich: »Ihr habt aus meinem Got-
teshaus eine Räuberhöhle gemacht!« Gegenüber der Polizei
war das nicht gerade fair.

Aber dieses bizarre Intermezzo war von kurzer Dauer.
Schon wurden die Schreie und das Trommeln lauter und
brach erneut Gewalt aus, denn diese Erklärung hatte, nicht
weiter verwunderlich, die Wut auf beiden Seiten angefacht.
Zu Boden ging er, und über ihm stürzten sich erneut die beiden gegnerischen Seiten aufeinander.

Doch plötzlich kam es zu einer höchst außergewöhnlichen
Intervention. Der Rest der Prozession hatte sich angsterfüllt
unter dem Vordach zusammengedrängt und so die nach-
folgenden Gottesdienstbesucher in der Kirche eingepfercht,
aber mit einem Mal schossen diese wie ein Pfropfen aus
einer Flasche zum Portal heraus und stürmten die Stufen
hinab, um ihrem Pfarrer Beistand zu leisten, indem sie sich
unter dem Feuerschutz der Chorknaben – herabprasselnde
Kirchenhymnen und Gebetbücher – auf Pöbel und Polizisten
stürzten.

Diese Flankenattacke (Geschichtsstudenten, die sich an
die in der Nähe von Naseby aus dem Hinterhalt überfalle-
nen Dragoner von Oberst Henry Ireton erinnern, dürfte das
einleuchten) komplizierte die Auseinandersetzung noch zusätzlich, und beide Seiten zogen sich in verdatterter Unord-

nung zurück. Und so wurde Matthew – Father Time zerrte an einem Knöchel, der Chorleiter am anderen – aus dem Niemandsland befreit und, ein hübsch verzeihendes Lächeln auf dem theatralisch blutverschmierten Gesicht, unter das Vordach gebettet.

»Hetty, meine Liebe«, murmelte er, »sei doch so nett und richte Mrs Gilpin-Jones aus, dass ich etwas später zum Abendessen komme, und sie soll es doch bitte im Ofen warmhalten. Ich hole es selbst heraus und stelle bestimmt auch das Gas aus, bevor ich mich auf mein Zimmer begebe.«

Seine gefasste Miene beeindruckte mich sehr, und ich dachte, nun, wenn die Christen auf diese Weise Widrigkeiten begegnen können, sollte ich vielleicht über Ronnies Feigheit hinwegsehen und ihnen eine zweite Chance geben.

Ich möchte noch hinzufügen, dass sich seine Jünger, nachdem sie ihren gefallenen Anführer gerettet hatten, erneut aufstellten und, während sie *Onward Christian Soldiers* sangen, ein weiteres Mal zum Angriff vorpreschten. Dabei ignorierten sie die schwachen Rufe ihres Anführers: »Wo ist das Kreuz? Wo ist das Kreuz?« Und der schlaue Father Time, der die Chance witterte, auf den Posten eines Kirchenbeamten befördert zu werden, dafür dass er Compers Erzeugnis vor dem Verbrennen bewahrt hatte, verkündete, es sei in der Sakristei und damit in Sicherheit. Doch noch während er seine Lüge aussprach, sah ich, wie ein muslimischer Krieger damit eine Schneise in die Polizeireihen schlug.

Dann eilte ich auf Nebenstraßen und Treidelpfaden nach Hause, um zu berichten, dass es mir nicht gelungen war, die Ausschreitungen zu beenden, die wir unverschuldet vor unserem Haus und in unserem Vorgarten heraufbeschworen hatten, und dass sich Matthew zum Abendessen verspäten würde.

Von der Bühne besessen

Die Ausschreitungen verrauchten genauso schnell, wie sie entflammt waren. Ein Krankenwagen und ein Leichenwagen schafften die beiden unwissentlichen Urheber weg, und das örtliche Gesundheitsamt sorgte dafür, dass die Blutlachen auf dem Gehsteig vor unserem Haus weggespült wurden. Abgesehen von einem verbrannten Geruch deutete in der Archdeacon Street nichts mehr auf das hin, was in der Dunkelheit über die Grenzen unseres Viertels herübergeschwappt war, und so bestand kein Grund, entsetzt in geplünderte Geschäfte zu gaffen, auf beschädigte gesichtslose Reihenhäuser oder den Jugendtreff, wo, wie ich hörte, ein Teenagerliebespaar verbrannt war.

Außerdem vertrieb mein erster und letzter Besuch in einem Varietétheater meine Erinnerungen an jenen grauenhaften Abend in der Innenstadt. Als Ted mich einlud, ihn zu begleiten, dachte ich, seinen Vorstoß im Keim ersticken zu können, indem ich darauf bestand, dass er Mrs G.-J. ebenfalls fragte. Natürlich war er angesäuert, aber da er wusste, ich würde nicht nachgeben, ließ er es auf einen Versuch ankommen, und so machten wir uns zu dritt auf den Weg ins Theater.

»Nicht mein Ding«, flüsterte sie mir zu. »Oper und Royal Shakespeare Company, das ja, aber da er nun mal schon Karten gekauft hat, wollte ich seine Gefühle nicht verletzen: Die Leute aus der Arbeiterschicht sind so empfindlich. Außerdem bezahlt er seine Miete immer pünktlich und bar auf die Hand.« Dann fügte sie, während wir die vereinzelten Grüppchen im Parkett betrachteten, hinzu: »Sieh dir nur ihre abgestumpften Gesichter an und die schrecklichen Frauen, die vor lauter Fett kaum watscheln können.« Sie stieß einen weltverdrossenen Seufzer aus. »Wenn man bedenkt, dass diese Leute einmal putzmuntere Kinder waren.«

Auf diese Philosophie der sozialen Verelendung war ich nicht vorbereitet. Ist ihre Einschätzung subjektiv oder objektiv?, fragte ich mich, zumal Miss Braceburn mich immer zu dieser Art nüchterner Betrachtung ermuntert hatte.

»Nun sag doch auch mal was, Hetty«, flüsterte Mrs G.-J. mir zu. »Und sitz nicht bloß da und gib so einen unerträglich eingebildeten kleinen Bücherwurm ab. Kannst du nicht förmlich sehen, wie sie in ihren Höhlen schmatzen, schnarchen und sich paaren?«

»Doch, doch«, antwortete ich schuldbewusst, »doch, das kann ich, Mrs Gilpin-Jones. Und ich nehme an, jemand hat sie ausnahmsweise und nur für diesen Abend an die frische Luft hinausgelassen.«

Das besänftigte sie. »Stell dir vor, du bist hier bei den Fischstäbchenfressern und sitzt mit einem von denen bei einem Fest in einer Ecke fest«, fuhr sie fort. »Da muss man schon reichlich benebelt sein, damit man das ertragen kann. Wobei (um fair zu sein, und das ist mir immer wichtig) ich nicht glaube, dass sie viele Feste veranstalten. Auch in unseren Kreisen verfügen nur wenige Leute über die geistige Beweglichkeit, die es braucht, um Smalltalk mit Fremden zu machen, es sei denn, sie haben genug Alkohol intus. Familienfeiern sind natürlich etwas anderes: Da dient Gehässigkeit als Antriebsstoff.«

Der Vorhang ging hoch, und ein Auftritt folgte purzelnd auf den anderen. Kaninchen lugten aus Zylindern, Tauben flatterten auf Schultern, kleine Frauen wurden herzlos von hier nach dort geworfen, ein Pony tanzte, künstlich lächelnde Damen erschienen und balancierten auf Bällen. Und kurze Ausbrüche albernen Geplappers verbanden eine langweilige Nummer mit der nächsten.

»Peng, peng!«
»Hey, du hast meine Frau erschossen.«
»Ich habe deine Frau erschossen?«
»Ja, du hast meine Frau erschossen.«
»Stimmt. Dann erschieß du meine.«

Missmutig harrten wir aus.

Nach einer geraumen Weile schlurften zwei müde alte Männer mit einer Tischplatte herein, auf der ein Pärchen Rollschuh lief. Sie hüpften herunter und flitzten wie verrückt über die Bühne. Wieder einmal ein Beispiel dafür, was Menschen alles tun, um ihren Lebensunterhalt zu bestreiten, dachte ich.

»Wie kann man nur einer so merkwürdigen Beschäftigung nachgehen?«, flüsterte Mrs G.-J. »Glaubst du, die haben das in einem Abendkurs gelernt?«

Die kurze Einlage wurde so abrupt beendet, wie sie begonnen hatte.

Niemand applaudierte.

Der Mann kam auf seinen Rollschuhen an den Bühnenrand und spähte ins Halbdunkel.

Er lächelte selig. »Würde bitte jemand aus dem Publikum zu uns auf die Bühne kommen?«, rief er.

Niemand tat es. Selbst ich, die nie zuvor ein Varietétheater besucht hatte, konnte mir ausmalen, was einem blühte, wenn man sich auf die Bühne wagte: Entweder man wurde halb umgebracht oder als Trottel hingestellt.

»Bitte!«, flehte er.

Er hätte ebenso gut gegen eine Wand reden können.

»Es ist wirklich halb so wild«, flehte er. »Sie müssen gar nichts tun. Mave und ich würden uns nur über ein bisschen Hilfe bei unserer kleinen Einlage freuen.«

»In *The Girl's Own Paper* habe ich mal eine Karikatur von einem Mann gesehen, der von der Seite aus mit einem großen Haken die Flops von der Bühne zog«, wisperte Mrs G.-J.

»Wir brauchen nur ein kleines bisschen Unterstützung«, rief der Mann verzweifelt.

Sein Hilferuf ließ mich nicht kalt, zumal mir klar war, dass das, was als Nächstes folgen würde, der Höhepunkt dieser Nummer sein sollte. Daher rutschte ich tief in meinen Sitz zurück und verschloss Augen und Herz. Doch der Kerl wollte einfach keine Ruhe geben, sodass ich schließlich Ted mit dem Fuß anstieß und ihm zuflüsterte, er als unser Gastgeber solle sich doch bitte des armen Kerls erbarmen und auf die Bühne gehen.

»Ich?«, murmelte er ungläubig und fügte selbstgefällig hinzu: »Du hältst mich wohl für blöd, was?«

»Bitte!«, rief der Rollschuhfahrer kläglich.

»Oh, bitte!«, echote seine Gefährtin.

»Was ist eigentlich los mit dir, Hetty?«, flüsterte Mrs G.-J. ärgerlich. »Nun hör endlich mit dieser Stöhnerei auf. Und nimm die Hände von den Augen. Und setz dich aufrecht hin.«

Wie konnte ich ihr erklären, dass ich im Geiste Qualen litt, dass ich mir ausmalte, wie dem erbärmlichen Duo vom

Theatermanager hinterher die Kündigung überreicht wurde, dass ich seine brüske Weigerung hörte, ihre Nummer anderen Theatern zu empfehlen, und dann sah, wie sie mit hängenden Schultern, nunmehr arbeitslos, zu ihrer freudlosen Unterkunft zurücktrotteten, er fluchend, sie mit Tränen in den Augen. Jemand *musste* sich ihrer doch erbarmen und sich zu ihnen auf die Bühne gesellen!

»Lieber Gott, bitte lass mich nicht diesen Sitz verlassen«, betete ich. »Lieber Gott, bitte schick jemand anderen vor.«

»Hetty!«, zischte Mrs G.-J. »Hetty! Lass endlich dieses komische Wimmern. Die Leute schauen schon. Und hör um Himmels willen auf, vor und zurück zu wippen. Hast du Bauchschmerzen?«

»Bitte, lieber Gott! Nicht ich!«, stöhnte ich. »Oder sorg wenigstens dafür, dass Mrs Gilpin-Jones mich zurückhält.«

»Wo willst du hin?«, schnauzte sie mich an. »Setz dich, du lächerliches Ding. Das ist das letzte Mal, dass ich dich irgendwohin begleitet habe. Nicht einmal mehr in die Kirche geh ich mit dir.«

Sie wollte mich festhalten, aber ich war schon aufgestanden und stakste den Mittelgang hinab, immer schneller werdend, während ich von Sitzreihe zu Sitzreihe taumelte. Und noch immer stöhnte. Hätte man mir später erzählt, ich hätte Schaum vor dem Mund gehabt und die Augen nach oben verdreht, ich hätte es nicht abgestritten.

Nie hat ein schiffbrüchiger Seemann einem in der Ferne auftauchenden Segel mit größerer Freude entgegengesehen als dieser Rollschuhfahrer mir, die ich mich ihm verängstigt näherte.

»Ah, hier ist eine echte Sportsfrau!«, rief er dankbar aus und fügte, wohl weil er fürchtete, die Beine könnten mir den

Dienst versagen, ehe er mich sicher im Griff hatte, hinzu: »So, Leute, und nun einen großen Applaus für diese wunderbare junge Dame, bitteschön.«

»Hier lang!«, zischte mir seine Frau zwischen zusammengepressten Zähnen hindurch zu. »Sie können da nicht hochklettern. Und da auch nicht! Niemand kann das. Hier lang! Hier!« Sie beugte sich vor und wies mir den Weg zu den Stufen.

Als ich auf die Bühne hinauftaumelte, brummte der Mann, wenngleich nach wie vor ein seliges Lächeln auf den Lippen: »Gott sei Dank, Mave. Aber schau dir bloß an, wie groß sie ist. Gut sechzig Kilo bei einer Größe von fast eins achtzig ... Haben wir wieder mal Pech! Die ist zu schwer für dich, Schatz. Ich muss sie übernehmen.« Dann drehte er mich kurzerhand herum, sodass ich mit dem Rücken an seiner Brust lehnte, und schob die Arme unter meine Achseln.

»Hören Sie, Miss, und hören Sie in Gottes Namen mit dieser Stöhnerei auf: Sie werden schon nicht umgebracht. Hören Sie zu, Sie dummes Ding. Nun stehen Sie still und lehnen Sie sich an mich. Kapiert? Tun Sie es einfach, dann wird Ihnen nichts passieren. Kapiert, dumme Gans?«

Dann begann er, mit mir auf seinen Rollschuhen zu kreisen. Zuerst schleiften meine Absätze auf der Tischplatte. Doch als er Fahrt aufnahm (wobei er immer auf demselben Fleck blieb), hoben sich meine Beine von allein an, bis ich, bei voller Geschwindigkeit, wie ein Hubschrauberpropeller im Kreis herumflitzte und mir klar wurde, warum hier und da einer wegflog. In Miss Lindsays harmlosem Physikunterricht hatte ich von Zentrifugalkräften gehört, doch jetzt lernte ich deren beängstigende Wirkung kennen. Denn während mein grunzender Partner das schwindelerregende Kreisen noch steigerte, hob sich mein Körper über die Horizontale. Immer höher! Wo werde ich landen?, fragte ich mich. Auf einem Sperrsitz, im Parkett, im ersten Rang, auf der Galerie?

Es war weitaus beängstigender als zum Beispiel eine Fahrt im Führerstand eines Expresszugs, wo alles, auch wenn die Szenerie auf einen zurast, noch begreifbar bleibt. Aber jetzt verschmolz alles – der gemalte Bühnenhintergrund, Maves grell verschmiertes Lächeln, die Kulissen, Seitenbühnen, der verdunkelte Zuschauerraum – zu einem furchterregenden Wirbel. Ich hatte meine Stoßgebete zu Gott eingestellt, der mich, sein Kind, abermals im Stich gelassen hatte, als – ein schmerzloser Tod meine letzte Hoffnung – die Geschwindigkeit nachließ, meine Fersen erneut über die Tischplatte schabten und wir auf dem Erdboden zu einem erschlafften Stillstand kamen.

Wobei ich natürlich nicht stehen konnte. Ich drehte mich weiter in schwindelerregenden Kreisen, bis ich flach auf den Boden fiel: Das Publikum johlte. Wir waren der krachende Höhepunkt des Abends gewesen.

Aber als ich dann auf meinen Sitz plumpste, gab es von Mrs Gilpin-Jones keinen stürmischen Empfang für die Heldin. »Oh, du dummer, eigensinniger, extrovertierter Mensch«, flüsterte sie erbost. »Oh, wenn ich das gewusst hätte, als du vor meiner Tür standst! Douglas hin oder her, nie im Leben hätte ich dich aufgenommen. Ich kann nur beten, dass niemand, der mich kennt, hier ist. Kein Wunder, dass deine arme Mutter dich weggegeben hat.«

Aber Ted starrte mich an, als hätte er mich noch nie so klar gesehen. Und beim Hinausgehen wisperte er: »Toll! Du warst große Klasse, Het. Besser als Desperate Dan! Oder Popeye! Wenn wir nächstes Mal in dieses Museum gehen, gebe ich diesen Malertypen eine zweite Chance. Von jetzt an heißt es: Was dir gefällt, gefällt mir auch. Was Het sagt, gilt.«

Doch Mrs G.-J. hatte mit ihrem Urteil den Nagel auf den Kopf getroffen, wie mir klar wurde, während sie uns auf dem Nachhauseweg zur Eile antrieb. Sie hatte natürlich recht – denn wer außer jemand mit einem gravierenden Charakterfehler würde sich einer solch körperlichen Gefahr und öffentlicher Bloßstellung aussetzen? Ich hatte keinesfalls auf die Bühne gehen wollen. Und doch hatte ich es getan.

Hatte meine Mutter diese Anlage binnen weniger Stunden nach meiner Geburt erkannt? Oder hatte der Psychologe vom staatlichen Gesundheitsdienst mich mittels eines diagnostischen Geräts untersucht und ihr geraten, mich schleunigst jemand anderem unterzujubeln? Ich konnte ihn förmlich in seinem weißen Kittel und mit ernster Miene dasitzen sehen, während meine Mutter besorgt auf das Bündel in ihren Armen sah. »Ms X.«, sagte er mitfühlend. »Dieses Kind wird bis ans Ende seiner Tage Spielball der eigenen Unberechenbarkeit sein. Man muss mit allem, wirklich allem rechnen. Ich muss Sie ausdrücklich warnen: Bevor Sie ins Bett gehen, müssen alle Messer und stumpfen Gegenstände weggesperrt werden. Sie mag niedlich aussehen, goldrichtig, aber beherzigen Sie meine Worte, wirklich, beherzigen Sie sie – das arme Würmchen hat eine Zwangserkrankung. Geben Sie die Kleine einem Paar, das sich besser schützen kann, ehe es zu spät ist.«

Mrs G.-J., nach wie vor stumm vor unterdrückter Entrüstung, schloss die Haustür auf und ließ uns grimmig eintreten, ehe sie davonstürmte. Ich scheuchte Ted weg, sank niedergeschlagen in einen Sessel im Flur und hoffte, dass das gleichmäßige Ticken der Standuhr meine Nerven beruhigen würde.

(»Ich habe dich immer so bewundert, George«, sagte Miss Foxberrow. »Oh, warum habe ich es nie zugegeben! An dem Nachmittag, als du es mit diesem abscheulichen Billitt aufnahmst, hast du es mir da nicht angesehen, dass ich alles für dich getan hätte? Alles, du hättest es nur zu sagen brauchen! Aber dieser Moment ging vorüber ... Cambridge hat das aus mir gemacht. Nur Verstand, kein Herz! Kein Herz!«)

Sie begann zu weinen.

Diese Ausbrüche rührseliger Reue ließen mich nur noch verzweifelter werden, und ich floh in den zweiten Stock hinauf. Was wart ihr nur für zwei Dummköpfe, dachte ich grimmig. Du und dein George! Einer von euch hätte nur die Tür aufreißen und im Pyjama ins Zimmer des anderen stürmen und verkünden müssen: »Hier bin ich. Rutsch zur Seite. Ich kann nicht ohne dich leben. Du brauchst erst gar nicht um Hilfe zu rufen. Ich werde nicht gehen, ehe du in meinen Armen gelegen und versprochen hast, dass wir für lange Zeit zusammenbleiben.«

Als stimmte er mir zu, ließ sich Mr Peplow vernehmen: »Kein Trommelwirbel, kein Grablied hohl ...«

Dann, als ich in der Dunkelheit dalag, wurde mir plötzlich klar, dass sich er und Miss Foxberrow nicht vollständig von den Widrigkeiten des Lebens hatten unterkriegen lassen. Bei Tage bewahrten beide Überreste einer glorreichen Vergangenheit: Nur bei Nacht, in der Dunkelheit, kapitulierten sie. Und diese Erkenntnis, dass andere dem Schicksal getrotzt und ihm einigermaßen intakt entronnen waren, tröstete mich und half mir, die Erinnerung an das Desaster abzustreifen. Und so schlief ich ein.

Mir wird vergeben

Am nächsten Tag hatte sich Mrs Gilpin-Jones bereits wieder von dem Schock erholt. »Es ist nichts weiter als ein kleiner charakterlicher Schönheitsfehler. Nichts, wofür es professionelle Hilfe bräuchte«, erklärte sie. »Wir alle haben welche – auch wenn deiner sich heftiger auszuwirken scheint als die anderer Leute. Wenn du wieder einmal das Gefühl hast, dass dir gleich alles über den Kopf wächst, dann musst du es mir sofort sagen. Tu um Himmels willen bloß nichts, was nicht mehr rückgängig zu machen ist – in einen Kanal springen, dich vor einen Zug legen, solche Sachen: Diese Welt kann durchaus ein fröhlicher Ort sein.

Und es tut mir furchtbar leid, was ich über deine Mutter gesagt habe. Auch wenn keine von uns sie kennt, bin ich mir absolut sicher, dass sie dich nicht weggeben wollte. Vor allem nicht an dieses schreckliche Paar, von dem du mir erzählt hast. Habe ich recht mit meiner Vermutung, dass du nach Birmingham gekommen bist, um sie zu finden?«

Ich bejahte ihre Frage, worauf sie erwiderte, das sei durchaus verständlich und sie hätte in meiner Situation genauso gehandelt; dann versprach sie mir, sich umzuhören, wie man in einem solchen Fall am besten vorging.

»Hab leider noch kein Glück gehabt, Hetty«, sagte sie ein paar Tage später zu mir. »Es gibt circa ein halbes Dutzend Adoptionsagenturen, aber eine Freundin meinte, es wäre einfacher, aus dem hiesigen Männergefängnis zu entkommen, als an ihre Akten zu gelangen, und dass die Mitarbeiter ihre Stelle riskierten, wenn sie den Verbleib eines Kindes verrieten. Aber ich finde, du solltest dich mal bei einer umsehen – vielleicht entdeckst du ja einen winzigen Riss im Panzer. Hier ist die Adresse der nächstgelegenen Agentur.«

Und das tat ich.

Auf der Suche nach einer Mutter (1)

Die Agentur lag in einer baumbewachsenen Gegend mit freistehenden Häusern und Privatschulen. Sie befand sich in einem großen ehemaligen Pfarrhaus, das zwischen einer Ansammlung entmutigter Lorbeersträucher vor sich hin schmollte. In der Diele hing ein Gesundheitshinweis der Regierung: RAUCHEN KANN TÖDLICH SEIN, der inoffiziell um die Warnung UND SEX KANN DAS WACHSTUM HEMMEN erweitert worden war. Ich betrat zunächst das unausweichlich abweisende Vorzimmer mit einer säuerlichen Dame, an der ich mich vorbeimogelte, indem ich ihr versicherte, mein Anliegen sei persönlicher Natur, familiärer, um genau zu sein, und wurde in ein sonniges Zimmer vorgelassen, wo an einer Wand ein Druck von Monets *Mohnfeld* hing. Darunter saß eine mürrisch dreinblickende Frau.

»Das Übliche, nehme ich an?«, fragte sie barsch.

»Keine Ahnung«, antwortete ich. »Was ist das Übliche?«

Daran gewöhnt, die Oberhand zu haben und mit hochgezogenen Augenbrauen die vor ihr sitzenden Mädchen einzuschüchtern, die ihre Dummheit bereuten, brachte meine Erwiderung sie auf.

»Wann ist es bei Ihnen so weit?«, fragte sie erbarmungslos.

»Bei mir ist es gar nicht so weit«, entgegnete ich, »wobei ein bisschen mehr Freundlichkeit durchaus angebracht wäre. Ich bin hier, weil ich auf der Suche nach meiner Mutter bin und hoffe, dass Sie mir möglicherweise weiterhelfen können. Sie selbst werden wohl nicht wissen, wo sie ist, aber vielleicht können Sie mir ja einen Rat geben, wie ich anderswo sinnvoll weitersuchen könnte?«

»Ach so, dann sind Sie ein Adoptivkind«, sagte sie, steckte sich eine Zigarette an und blies den Rauch in meine Richtung. »Vergessen Sie es. Sie werden sie niemals finden. Derlei Informationen sind mehr als vertraulich, sie sind höchst vertraulich – streng geheim. Und der Grund dafür ist, dass auch wenn Sie noch so gern Ihre Mutter finden würden, Ihre Mutter garantiert Sie nicht finden möchte, glauben Sie mir. Schon gar nicht vor ihrer Haustür.«

»Das tut nichts zur Sache«, entgegnete ich. »Jeder hat ein Recht darauf zu wissen, wer seine Mutter ist. Sie kennen Ihre Mutter, nehme ich an?«

»Die tut auch nichts zur Sache«, gab sie zurück. »Meine Mutter, meine ich. Unser beider Lebensumstände sind nicht vergleichbar, gottlob. Sie haben niemals eine Mutter gehabt, wie können Sie daher eine vermissen?«

»Nun, aber sie kennt mich«, sagte ich entrüstet. »Schließlich habe ich einige Monate in ihrem Bauch gelebt.«

»Sie haben sich durch Lügen in mein Büro hereingemogelt, und wie ich sehe, sind Sie wild entschlossen, weiterhin Schwierigkeiten zu machen«, sagte sie barsch, während sie hinter ihrem Schreibtisch aufstand. »Aber ich bin nicht hier, um mich mit Leuten herumzuschlagen, die auf Streit aus sind. Wie gesagt, Sie werden Ihre Mutter niemals finden. Sie gehören ihrer Vergangenheit an. Falls Sie sie noch nicht vergessen hat, würde sie es gern, darauf können Sie Gift nehmen! Ob Ihnen das nun gefällt oder nicht.« Sie drückte einen Knopf, und kurz darauf kam ein großer Türsteher herein.

»Begleiten Sie diesen jungen Störenfried bitte hinaus, Mr Cascob«, befahl sie ihm. »Wir können nichts für sie tun, und man hätte ihr gar nicht erst erlauben dürfen, mich zu behelligen. Schicken Sie die Empfangsdame zu mir herein.«

»Ich werde mich bei meinem Parlamentsabgeordneten beschweren!«, rief ich aus.

»Nun kommen Sie«, sagte Mr Cascob, und fügte, als wir an der Haustür ankamen, hinzu: »Sie sind nicht die Erste, Miss: Hier kreuzen alle naslang Leute auf, die nach ihrer Mutter suchen, vor allem, wenn sie ins Alter kommen, wo man eine Familie gründen will. Aber alle werden mit derselben unbefriedigenden Antwort abgespeist.«

Er tätschelte mir den Arm. »Ich stamme selbst aus einem Waisenheim«, sagte er dann. »Daher weiß ich, wie es ist. Wobei ich meine Mutter tatsächlich gefunden hab. Aber ich wünschte, ich hätte es nicht.« Als ich mich schon ein gutes Stück entfernt hatte, rief er mir hinterher: »Schon mal was vom Neville Chamberlain House gehört? Jedes Kind, das geboren wird, muss dort registriert werden. So will es das Gesetz.«

»Natürlich!«, sagte Mrs Gilpin-Jones, als ich ihr davon erzählte. »Aber natürlich! Wir sind doch alle in einem Geburtenregister verzeichnet, bis wir den Löffel abgeben und sie 'nen roten Strich durch unseren Namen machen. Mhmmmm – ich glaube, der Wink von diesem Mr Cascob könnte ganz hilfreich sein. Lass mich ein bisschen darauf herumbrüten, denn ein solcher Erkundigungszug ist riskant und will gut geplant sein. Ist übrigens ein Katzensprung von hier, etwas weiter oben in unserer Straße. Jedenfalls wachse ich an jeder Herausforderung. Bist du eigentlich glücklich, liebe Hetty, hier bei mir?«

»O ja, das bin ich!«, antwortete ich. »Ich bin sehr glücklich bei Ihnen, Mrs Gilpin-Jones.«

Die Sklavenkette

Seit meiner demütigenden Vorstellung im Varietétheater war ich erst recht klasse. Jeden Morgen, wenn ich das Frühstück servierte, schaute mich Ted hungrig an. Nun – vielleicht sah ich ja genauso appetitlich aus wie die Würstchen. Und beim Abendessen, beim Shepherd's Pie (dessen Zubereitung ich in einer einzigen Unterrichtseinheit eines Volkshochschulkurses ganz in unserer Nähe erlernt hatte) gab er sich jedes Mal eifersüchtig eingeschnappt, wenn ich mir mit Matthew einen intellektuellen Schlagabtausch lieferte oder Erinnerungen an seine heroische Rolle während der Ausschreitungen (die inzwischen fast schon Züge einer folkloristischen Legende angenommen hatte) austauschte. »Wenn ich dort gewesen wäre, hätte ich das Gleiche getan, Hetty«, murmelte Ted dann. »Nur dass ich dieses Kreuz nicht hätte fallen lassen: Ich hätte jemanden damit umgehauen.«

Nun war mir klar, was Mrs G.-J. gemeint hatte, als sie ihn als einen Besessenen bezeichnet hatte. Trotz frappierender Ähnlichkeiten mit einem Neandertaler war sein Weg vom Röhrenwerkslehrling zum Präsidenten des britischen Industrieverbands und zur Erhebung in den Ritterstand so vorgezeichnet wie der Lauf der Gestirne. Und garantiert würde er sehr, sehr reich werden.

Als er mich eines Abends zu meinem Kochkurs begleitete (an den Ausläufern der Innenstadt), beklagte er sich verdrießlich über meine Weigerung, ein Wochenende mit ihm in Kidderminster zu verbringen. »Es ist ein schickes B&B«, sagte er, »und sie laden dort so viel auf deinen Teller, wie du runterkriegst, und wenn man nicht genug hat, gibt's einen Nachschlag. Ich dachte eigentlich, du wärst froh, wenn du mal nicht kochen und abspülen musst.« Er schien ganz berauscht von seiner Idee zu sein. »Und die Frau, die es betreibt, ist sehr aufgeschlossen«, fügte er hinzu.

»Nun, ich bin aber verschlossen«, erwiderte ich. »Wer mich will, muss mich heiraten. Entweder ich trete vor den Altar oder gehe makellos wie frisch gefallener Schnee ins Grab.«

»Aber heutzutage bindet sich doch niemand mehr ohne einen Probelauf!«, wandte er ein. »Die Welt hat sich verändert, seit deine Großmutter dir diesen altmodischen Quatsch eingebläut hat. Wenn du daran festhältst, wirst du Staub ansetzen wie 'ne unbenutzte Tasse im Regal.«

»Ha, verändert!«, rief ich entrüstet aus. »Fragt sich nur, in welche Richtung, sie sich verändert hat! Zum Besseren oder zum Schlechteren? Und was das Regal betrifft, so klingt diese Aussicht großartig. Bücher leben in Regalen, und ich werde vermutlich selbst ein oder zwei geschrieben haben, bevor ein Mann, der sich zu gedulden weiß, mich herunternimmt und vom Staub befreit.« (Robert Brownings hierzu passende Worte wären an ihn verschwendet gewesen.) Stattdessen funkelte ich ihn im Schein einer Straßenlampe böse an.

»Du bist echt toll, Het«, raunte er.

Ein Industriekapitän streicht nicht so schnell die Segel, und als wir bei Hausnummer 27 ankamen, bat er mich doch allen Ernstes, ihm zu zeigen, wo im Gebüsch sich der zweite Mann erschossen hatte. Das war ein plumper Versuch, mich in die Falle zu locken, und ich tappte prompt hinein. Ehe ich michs versah, riss er mich in seine Arme. »Ich hätt gern, dass du die Lippen aufmachst, wenn ich dich küsse«, brummte er. »Ich bin schließlich nicht dein Onkel. Und dass du die Zunge rausschiebst. Ach, egal. Schau, ich habe ein kleines Geschenk für dich.«

»Hier kann ich nichts erkennen«, sagte ich, indem ich meinerseits auf eine List zurückgriff. Blitzschnell schlüpfte ich an ihm vorbei in Richtung Tür. Er folgte mir und warf mir ein erstaunlich schweres Päckchen zu.

»Du liebe Güte, was ist denn da drin?«, fragte ich und riss es auf. »Aha, eine Kette. Und an welcher Stelle meines Körpers genau lasse ich die baumeln?«

»Baumeln!«, wiederholte er dümmlich.

»Na ja, oder soll ich sie nicht umhängen? Für eine Halskette ist sie ungewöhnlich lang. Oder ist sie vielleicht dazu da, ein wildes Tier anzubinden? Also, ich kann sie unmöglich tragen; Menschen mit leichtem Schlaf würden sich über das Klimpern und Klirren beschweren, wenn ich damit im Haus herumginge. Sag mir um Himmels willen, was es ist.«

Er sah an mir vorbei und murmelte, es sei eine Sklavenkette.

»Eine Sklavenkette?!«, rief ich ungläubig aus.

Er nickte kläglich.

»Und wann bekomme ich den Rest? An Weihnachten?«

»Welchen Rest?«

»Na, die Kugel – um sie um den Knöchel zu hängen.«

»Es gibt keine Kugel dazu«, sagte er. Die Möglichkeit, mechanische Details zu erörtern, gab ihm neuen Auftrieb. »Du musst einfach nur die Kette um die Taille legen und mit dem kleinen Messingschloss abschließen. Damit zeigst du, dass du mein bist.«

»Dein was?«

»Na ja, du weißt schon …«

»Nein, ich weiß nicht. Und ich bin nicht dein. Seit ich Jordans Bank verlassen habe, gehöre ich niemandem mehr. Ich bin jetzt ein freier Geist. Hier, du Trottel, die kannst du ins Eisenwarengeschäft zurückbringen (oder hast du sie im Zoofachgeschäft gekauft?). Und lass dir das Geld zurückgeben. Sag, sie hat nicht um den Hals deines Hundes gepasst. So, und jetzt kannst du mich auf Fish and Chips einladen, und auf dem Weg dorthin erzählst du mir ein bisschen von deiner Mutter. Ich nehme an, du hattest eine, so wie die meisten Menschen?«

Und so geschah es.

Eine gesamtschulische Niederlage

Mit unermüdlichem Kampf und Bemühen, wie Robert
Browning es der Abschlussklasse der Waterland High an-
empfohlen hatte, war das Leben in Mrs Gilpin-Jones' Eta-
blissement nicht vergleichbar, tagaus, tagein ging es seinen
gewohnten Trott. Noch nie zuvor hatte ich erlebt, wie herrlich es sein kann, wenn man sich nicht ständig beweisen muss,
oder welch ein Segen es ist, nicht ständig sein Gehirn an-
strengen zu müssen.

Und so bereitete ich in diesem heißen August glücklich
Toasts zu, servierte Mahlzeiten und wischte Staub, bis der
September kam und mit ihm eine herbstliche Rastlosigkeit,
heraufbeschworen durch »Nebel und reife Fruchtbarkeit«
und in den Briefkasten flatternde Prospekte, die einem bei
gewissenhafter Teilnahme an Dienstag- und Donnerstag-
abenden (von sieben bis neun) versprachen, bis zum Früh-
ling ausreichend Italienisch zu beherrschen, um in Venedig
nicht übers Ohr gehauen zu werden, bald Schönbergs mu-
sikalisches Angebot kennerhaft genießen zu können, in der
Lage zu sein, spontan beim Kirkby Malzeard Sword Dance
mitzutanzen, wann immer man die Gelegenheit dazu hatte,
oder aber genügend Philosophie in sich aufzusaugen, um
mit anderen Vertretern der menschlichen Spezies klarzu-
kommen.

Diese optimistische Stimmung steckte auch Mrs Gilpin-

Jones an. »Es ist an der Zeit, dass du dich nach einer ordentlichen Stelle umsiehst, Hetty, Liebes«, sagte sie. »So gern ich dich um mich herum habe und mit dir plaudere. Außerdem kannst du abends ja immer noch hier aushelfen, wenn du das brauchst, um deine Miete zu bezahlen. Also, es wird Zeit, dass ich dir eine Stelle als Lehrerin besorge.«

»Aber ich habe doch gar keine Ausbildung!«, wandte ich ein. »Und keinen Studienabschluss oder irgendwelche Weiterbildungszertifikate. Bestimmt braucht man auch heutzutage noch irgendetwas, was man vorweisen kann?«

Sie lachte. »Meine Freundin auf dem Schulamt meint, sie nehmen jeden, der bereit ist, an einer Gesamtschule in der Innenstadt zu unterrichten. Sie sagt, die Verlustrate bei den blutigen Anfängern sei horrend hoch. Manche seien fast sogar bereit, sich ihren pädagogischen Zeigefinger wegschießen zu lassen, wenn sie nur wieder von ihrem Posten abgezogen würden. Aber irgendjemand muss die Stellung ja halten. Ich rufe meine Freundin an und sage ihr, du bist eine Cambridge-Kandidatin.«

»Aber ich weiß ja noch nicht einmal, ob ich an einer Fachhochschule genommen werde!«, wandte ich ein.

»Meine Freundin stellt keine komischen Fragen«, erwiderte sie selbstgewiss. »Sie wird ihrem Chef einfach nur sagen, was ich ihr sage, und, falls nötig, es noch ein bisschen aufhübschen. Wir waren zusammen auf dem letzten der beiden Internate, von denen ich weggelaufen bin, und sie war auch auf meinen beiden Hochzeiten.«

Und sie sollte recht behalten. Ein paar Tage später wurde ich telefonisch in die Charles-Bradlaugh-Gesamtschule beordert, um einen Mr Lamplugg zu vertreten, der sich wegen irgendeines Unfalls krank gemeldet hatte.

»Aber so kannst du da nicht hingehen«, sagte Mrs G.-J. »Mit diesem Kittelkleid siehst du selbst wie eine Schülerin aus. Ich borge dir meinen violetten Hosenanzug aus Tweed. Er ist ein bisschen altmodisch und an den Hüften natürlich zu weit, aber mit ein paar Sicherheitsnadeln kriegen wir ihn dir schon angepasst. Außerdem kannst du meinen dreiviertellangen Leopardenpelz haben, den Douglas selbst geschossen hat. In deiner Generation kann man alles tragen, und wer weiß, vielleicht ist so ein Fellumhang ja klammheimlich wieder der neueste Schrei geworden. Und falls du dich schnell aus dem Staub machen musst, ist eine Camouflage vielleicht sogar deine Rettung ...«

Derart gerüstet und so welterfahren aussehend, wie es unter diesen Umständen ratsam schien, stellte ich mich in besagter Bildungseinrichtung vor.

»Der Schulleiter!«, rief ein junger Mann aus (dem ich begegnete, während ich durch die Flure irrte). »Sie haben vielleicht Vorstellungen: Ich arbeite jetzt schon ein halbes Jahr hier und hab ihn erst einmal zu Gesicht bekommen, und ich bezweifle, ob er weiß, dass ich hier arbeite. Ebenso wenig der stellvertretende Rektor – um diese Tageszeit sind sie vermutlich in einer Krisensitzung und beraten, wie sie mit gestriger Kriegsführung die Schlachten von heute gewinnen wollen. Wen, sagten Sie, sollen Sie vertreten? Lamplugg? Noch nie von ihm gehört. Ah, da kommt Hobson: Er ist länger hier als ich.«

»Lamplugg?«, sagte der hinzugekommene Kollege. »Der Name kommt mir bekannt vor. Lamplugg? Das ist entweder dieser kleine Mann mit Glatze oder der, der ... nein, das kann nicht sein; der ist im Gefängnis. Weswegen? Das Übliche! Sagten Sie, unterrichtet er Englisch? Ja? Wenn das so ist, dann bin ich mir ziemlich sicher, dass er Lamplugg ist. Und Sie, gehen Sie mit ihr zum T-Flügel und bitten dort jemanden, ihr den restlichen Weg zu zeigen.«

»T-Flügel?«, rief mein Lotse aus. »Das ist doch nicht der Sicherheitstrakt, oder? Sie hat gesagt, sie hat noch nie unterrichtet.« Aber Hobson war bereits weitergegangen, und im T-Flügel wurde ich an einen mitgenommen wirkenden mittelalten Lehrer in Cordhose übergeben, der mich in ein Klassenzimmer schob. »So, das ist Lampluggs kleiner Haufen«, sagte er. »Erwarten Sie nicht zu viel von ihnen, dann werden sie auch nicht viel von Ihnen erwarten. Im Schrank gibt es ein paar Bücher. Lamplugg hat den Schlüssel an einem Haken hinter dem Heizkörper versteckt: Wenn Sie ihn brauchen, lehnen Sie sich unauffällig an den Heizkörper und tasten heimlich nach dem Schlüssel, damit die Schüler nichts mitkriegen. Verteilen Sie großzügig Bonuspunkte an die jeweiligen Häuser: Bei manchen Schülern fruchtet das vielleicht. Und schicken Sie niemanden zu mir oder jemand anderem.« Er sah mich abschätzig an. Mein Leopardenpelz vermochte ihn nicht zu täuschen. »Sie sind ja selbst noch ein halbes Kind«, sagte er mitleidig. »Wenn Sie wollen, erzählen Sie mir nach Schulschluss, wie es war.«

Während die Schüler mich kurz beäugten und dabei ganz offensichtlich als harmlos einstuften, dauerte der Lärm unvermindert an. Der Schrank beherbergte überraschenderweise einen Stapel Robert Brownings, und ich teilte sie aus. »Ruhe!«, brüllte ich, und tatsächlich wurden sie still. (Nun, wie Revolverhelden, bevor die Schüsse knallen.)

»Seite 67«, sagte ich. »Schlagt Seite 67 auf.« Und während ich ahnte, dass der Waffenstillstand nicht lange andauern würde, schrieb ich die Seitenzahl an die Tafel und fügte hinzu: *Ein Brief, worin es um die merkwürdigen Erfahrungen des arabischen Arztes Karshish geht.* Aber noch während ich schrieb, wusste ich, dass dieser Text ihren Horizont überstieg. »Nein!«, rief ich, »schlagt Seite 93 auf – *Wie sie die gute Nachricht von Gent nach Aix brachten.* Wer war das, wer hat dieses Geräusch gemacht?«

»Leila«, sagte ein Mädchen in der vordersten Reihe kichernd. »Leila hat einen fahren lassen. Ihr Vater pflanzt nichts als Artischocken in seinem Schrebergarten an. Sie hat nicht absichtlich gefurzt, nicht wahr, Leila?«

»Nein«, bestätigte Leila und tat es erneut.

»Lasst uns gemeinsam lesen!«, rief ich über das dreiste Gelächter hinweg, das diese unlogische Konsequenz quittierte, wohl wissend, dass Lärm nur mit Lärm bekämpft werden kann. »Stellt euch dabei vor, wie ihr wild durch die Nacht galoppiert! Achtung, fertig, los! ›Ich sprang in den Sattel, und Joris und der hier …‹« Tatsächlich, es funktionierte. »›Ich galoppierte, Dirk galoppierte, alle drei galoppierten wir‹ …« Die Klasse galoppierte.

»Das war total bekackt«, meinte Leila danach. »Ich meine, wie die Bekloppten reiten und die Scheißpferde plattmachen.«

»Und warum haben sie nicht einfach angerufen und ihnen die tolle Nachricht erzählt?«, fragte ihre Banknachbarin.

»Und überhaupt, was war denn die tolle Nachricht?«, fragte Leila erbarmungslos.

Darüber hatte ich mir noch nie Gedanken gemacht, und ich räumte ein, dass es eine gute Frage sei, die ich nicht beantworten könne, und fügte hinzu, ihr Haus bekomme dafür einen Bonuspunkt.

Irgendwie schaffte ich es bis zum Pausengong. Während sie im Pulk auf den Flur hinausdrängten, machte Leila kurz halt und sagte leidenschaftslos: »Ich glaube nicht, dass Sie lange durchhalten. Und diesen Bonuspunkt können Sie sich sonst wohin stecken.«

Aber dann blieb ein trauriges kleines Mädchen zaudernd vor mir stehen. »Ich fand es wunderschön, Miss«, sagte sie. »Bis auf dass dieses arme Pferd gestorben ist. Ich werde es auswendig lernen. Was machen wir morgen? Ach, und ich hätte gern so rote Haare wie Sie, Miss.«

»Es gibt da noch ein Gedicht, das dir gefallen könnte – über einen französischen Jungen, der während der Schlacht von Regensburg Napoleon eine gute Nachricht überbrachte und dann tot umfiel.«

»Wow!«, sagte sie. »Großartig! Aber warum müssen sie immer alle tot umfallen?«

(Bevor ich dazu kam, ihr einen Haus-Bonuspunkt geben zu können, war sie in der Meute verschwunden.)

Irgendwann war es vier Uhr nachmittags, und mit dem Unterrichtsschluss kam die Erkenntnis, dass ich nicht für eine Gesamtschule geschaffen war: Waterland High hatte die dafür notwendige Gefechtsausbildung sträflich vernachlässigt. Irgendwie gelang es mir, den Mann in Cordhose aufzustöbern: Der sah nicht weniger abgekämpft aus als ich.

»Ich wollte Ihnen nur sagen, dass ich nicht wiederkommen werde. Ich glaube, dass …«

»Ist schon gut«, sagte er in ironischem Ton. »Ich würde es auch nicht, wenn ich nicht Frau und Kinder hätte: Irgendwie muss ich sie ja ernähren. Es ist schon eine Leistung, dass Sie den ganzen Tag durchgehalten haben. Ich sage irgendjemandem, dass Sie da waren und dass man Ihnen Ihren Lohn aushändigt. Ach ja, dafür bräuchte ich Ihren Namen und Ihre Adresse …«

Beim Hinausgehen berührte mich jemand an der Schulter. Es war Leila. »Hab ich's Ihnen nicht gesagt?«, sagte sie und schenkte mir ein für ihre Verhältnisse wohl mitfühlendes Grinsen. »Versuchen Sie Ihr Glück doch beim ›Beschäftigungsprogramm für Jugendliche‹!«, riet sie mir. »Oder gehen Sie anschaffen. Oben an der Hagley Road ist der beste Abschnitt. Mit diesen Haaren verursachen Sie garantiert 'nen Stau auf dem Autostrich. Tut mir leid, dass ich Ihnen vorhin zugesetzt habe, aber Robert Browning zählt nicht gerade zu meinen Problemen. Akne schon eher.«

Mrs Gilpin-Jones nahm meine Neuigkeit weit weniger enttäuscht auf, als ich gedacht hätte. »Meine Freundin beim Schulamt meint, diese Schule sei wie ›dieses unbekannte Land, in das noch kein Reisender je zurückgekehrt ist‹. Aber stimmt, warum probierst du nicht dieses Jugenddingsbums aus: Meine Freundin sagt, die Bezirksverwaltung betrachtet es als eine neue Möglichkeit, Sozialarbeiter zu entsorgen, die sie nicht entlassen können.«

Beschäftigungsprogramm für Jugendliche

Dass ich gleich in der ersten Runde zu Boden gegangen war, war schon sehr niederschmetternd. Doch weil ich mit der Unerbittlichkeit der Arbeitswelt umzugehen lernen musste, schluckte ich meinen Stolz hinunter (wobei ich dabei wie immer ein bisschen würgen musste) und begab mich zum Büro des »Beschäftigungsprogramms für Jugendliche«, das sich weiter unten am Kanal befand, und zwar in einer ehemaligen Methodistenkirche. Natürlich musste ich vor dem Gebäude durch ein Spalier von Faulenzern gehen, die wie Stare auf den Stangen hockten, um uns, die wir Arbeit suchten, mit Obszönitäten zu überziehen.

Drinnen wurde eifrig gesägt, geschnitten und geschnippelt, doch ein liebenswürdiger älterer Mann bemerkte mich, unterbrach seine Arbeit und wies mir den Weg zur Aufsicht (»Links, dann den Mittelgang hinunter und bei der Kanzel scharf rechts«). Offenbar hatte ich ihn missverstanden, jedenfalls landete ich in der umgebauten Sakristei, wo vier Mädchen Babysachen strickten. »Das hier ist Modul vier B«, informierte mich ihre Ausbilderin, »»Beschäftigungsmöglichkeiten für werdende Mütter«. Gehen Sie um die Kanzel herum, dann sehen Sie sie schon, *die Expertin*.« (Letzteres löste lautes und anhaltendes Gelächter aus.)

Ich tat wie geheißen und fand mich in einem gemütlichen kleinen abgetrennten Raum wieder, gegenüber einer verärgert wirkenden jungen Frau. Nachdem ich Namen, Adresse und Alter auf ein Formular geschrieben hatte, brütete ich darüber, was ich unter »Art der gewünschten Beschäftigung« angeben sollte, aber sie meinte nur müde: »Ach, vergessen Sie das. Ich nehme an, Sie haben keine, im Übrigen haben wir ohnehin nur drei Möglichkeiten zur Auswahl – ein Grundkurs in Babysachenstricken, Schrebergartenhäuschen bauen oder Gartenarbeit (was eigentlich nichts anderes ist, als die Vorgärten von älteren Bewohnern in Problemsozialsiedlungen aufzuräumen).«

Nachdem mein Kugelschreiber nach wie vor über dem Einschreibungsformular schwebte, hob sie erneut den Blick. »Nichts davon?«, sagte sie. »Alles nicht besonders inspirierend, nicht wahr? Nun, es gibt noch ein weiteres Projekt; es ist erst gestern reingekommen, und wir brauchen dafür einen hochkarätigen Bewerber. Derjenige sollte zunächst den Arbeitsaufwand ermitteln und darlegen, damit ich abschätzen kann, wie vielen weiteren Arbeitssuchenden ich diese neue Beschäftigung anbieten kann.

Und zwar geht es darum, die Grabsteine im Friedhof von St. Tobit herauszuputzen. Anfangs werden Sie, da es sich um ein Pionierprojekt handelt und es noch nicht als Modul geführt wird, einen eigenen Eimer und eine eigene Bürste mitbringen müssen. Aber es gibt einen Wasserhahn vor Ort, und wir stellen das Putzmittel zur Verfügung. Wenn Sie die erforderliche Stundenzahl leisten, bezahlen wir vierzig Pfund die Woche.«

Nun, dachte ich, wenigstens werde ich es dort nicht mit frechen Bemerkungen und Fragen, auf die ich keine Antwort weiß, zu tun haben. Außerdem wird biografische Lektüre geboten, wenigstens in elementarer Form – *Natus est* und *Obit*.

»Das ist genau das Richtige für mich«, sagte ich. »Und danke. Sie können sich auf mich verlassen.«

Die degradierte Sozialarbeiterin war während des Bewerbungsgesprächs sichtlich aufgeblüht. »Miss Beauchamp«, sagte sie, »ich habe ein überaus gutes Gefühl, dass wir diesmal die absolut richtige Person für das richtige Projekt gefunden haben. Es passiert selten, dass ich es mit Bewerbern mit derart gutem Mittlere-Reife-Abschluss zu tun habe. Tatsächlich spiele ich mit dem Gedanken, diese undankbare administrative Tätigkeit aufzugeben und selbst bei diesem Projekt anzuheuern. Die Verschönerung von Friedhöfen ist ein vielfältiges Aufgabenfeld. Wer weiß, wenn es uns gelingt, ein großes Ding daraus zu machen, bietet man mir sogar an, ein Nationales Grabsteinprojekt zu leiten; es muss im ganzen Land Hunderttausende Grabsteine geben, die nur darauf warten, herausgeputzt zu werden. Ich könnte Sie als stellvertretende Leiterin vorschlagen. Wir könnten eine mobile Einheit aufbauen und herumreisen und in luxuriösen Hotels nächtigen … Bei all den Toten, die überall herumliegen, könnte es für uns beide eine Anstellung auf Lebenszeit werden.«

Während sich der glitzernde Schutzwall des Traumlandes vor ihre farblose Umgebung schob, redete sie sich in immer größere Begeisterung hinein. »Keines unserer BfJ-Zentren hat eine solch vielversprechende Maßnahme im Programm. Wir werden das Flaggschiff sein. Es hängt viel davon ab, welchen Eindruck Sie auf den Pfarrer von St. Tobit machen, also ziehen Sie doch bitte etwas Konservatives an, ja? Und falls Sie ein Transistorradio dabeihaben, muss bei der Arbeit auf jeden Fall Radio Three eingestellt sein. Auf keinen Fall Radio Two! Aber ich sehe schon, auf Sie ist hundertprozentig Verlass, Miss Beauchamp.«

Nachdem ich sie in ihrem kleinen Verschlag allein gelassen hatte, wo sie weiter in Gedanken an diese vom Himmel gesandte Gelegenheit schwelgen konnte, gelangte ich unversehrt durch die Hammer-, Säge- und Axtzone und tauchte kurz darauf daheim in der Kanalgegend wieder auf. Ich stieß auf Iwan, der ein paar große, begeistert kooperierende Lümmel vor seiner Kamera als eifrige, aber erfolglose Arbeitssuchende posieren ließ, und nahm ihn zur Seite.

»Iwan«, sagte ich kühl. »Hören Sie mir gut zu. Wahre Briten sind nicht wie dieser Haufen. Wahre Briten haben Mumm. Sagen Sie das Mr Kossow. Und den alten Leuten, die bei Ihnen zu Hause in überfüllten Quartieren zusammengepfercht sind, auch.«

»Mumm?«, fragte er. »Nicht kennen ›Mumm‹.«

»Und nun zu euch, ihr faulen, großmäuligen Flegel!«, rief ich meinen Landsleuten abfällig zu. »Wenn man euch kostenlose Fahrräder zur Verfügung stellen würde, würdet ihr sie im Nullkommanichts gegen Zigaretten eintauschen.«

Matthew, der gerade einen Rundgang durch seine Pfarrgemeinde machte, hatte Letzteres mitbekommen.

»Also wirklich, Hetty«, rügte er mich salbungsvoll. »Was ist das für eine herablassende Art gegenüber diesen benachteiligten jungen Menschen? Wo bleibt deine Nächstenliebe? So hätte unser Herr bestimmt nicht gesprochen.«

»Nein«, erwiderte ich grimmig, »er hätte keine Worte vergeudet. Er hätte ihnen eine Rute über ihre rückgratlosen Rücken gezogen.«

Und ohne eine Erwiderung abzuwarten, ging ich weiter, während obszöne Beschimpfungen mir um die Ohren flogen und den Quell der Barmherzigkeit zum Versiegen brachten.

Ein Klingeln in den Ohren

Schon seit mehreren Wochen litt Mrs Gilpin-Jones unter einem Klingeln in den Ohren, an manchen Tagen war es stärker, an anderen schwächer. Über dessen Ursache machte sie nur vage Angaben und ließ sich auch nicht auf das Jahr, geschweige denn den Monat, in dem es begonnen hatte, festnageln. »Das ist einfach so über mich gekommen«, erklärte sie. »Zu Douglas' Zeiten hatte ich es noch nicht, also muss es entweder in der strapaziösen Zeit danach angefangen haben (die Witwenschaft ist für mich nicht einfach, Hetty), vor Regs Herrschaft oder währenddessen, aber möglicherweise hat es auch erst begonnen, als er mich plötzlich heimsuchen wollte – eine Art übernatürliches Signal ... Ich habe mir sagen lassen, niemand weiß, welche Funktion zwei Drittel unseres Gehirns haben: Vielleicht kommt das Klingeln von dort.«

Es konnte nicht erst begonnen haben, als sie den toten Mann im Garten fand, denn sie hatte auch schon davor über dieses Klingeln geklagt, also hatte sie vielleicht recht und Reg steckte dahinter. Möglicherweise waren es Schuldgefühle, die durch Matthew hervorgerufen wurden, der, wie ich inzwischen vermutete, der Freund war, der sie tröstete, wenn sich der Türknauf zu drehen schien. Aber der Arzt hatte das Ganze verächtlich abgetan. Mehr noch, er hatte laut gelacht und etwas auf einen Zettel gekritzelt, mit dem sie sich ins Krankenhaus begeben sollte.

»Nimm dir doch bitte einen Vormittag frei und begleite mich«, bat sie mich. »Das letzte Mal, als ich dort war, hat der Spezialist nicht mehr gemacht, als mir in die Ohren zu pusten und mir zu sagen, ich soll in sechs Wochen wiederkommen. Und das nachdem ich mir eine gute Stunde die Beine in den Bauch gestanden hatte. Diesmal hätte ich gern eine Zeugin dabei, um mich bei der Bezirksverwaltung zu beschweren, wenn das noch mal passiert.«

Trotz der Blumenbeete vor dem Gebäude war das Krankenhaus ein trostlos wirkender Ort. Die Flut an Aushängen, Schildern, Sprüchen und Anweisungen wollte kein Ende nehmen, und ich dachte, dass wenn ein zukünftiger Archäologe es einst ausgraben sollte, er die Anlage bestimmt als Hochsicherheitstrakt identifizieren würde.

»Ja«, sagte Mrs G.-J., »jedes Mal, wenn sie eines dieser netten kleinen Cottage-Hospitale mit Geranien vor den Fenstern schließen, wo die Leute einen kennen und anlächeln, bauen sie hier einen weiteren Betontrakt an. Und hier hassen sie uns. Ja, doch, das ist so, glaub mir: Allesamt – die in der Verwaltung, die Ärzte, Schwestern, Sanitäter, die meisten Fachärzte und deren Gehilfinnen, die Bestatter. Lach nicht. Schau, ist das nicht unser Iwan aus der Hausnummer 27, der wie ein feiner Herr dort in der Nähe der Verwaltung sitzt? Was immer er hier auch macht, er wartet jedenfalls nicht in einer Schlange. Heute Morgen hat er nicht über irgendwelche Wehwehchen geklagt.«

»Heimweh«, sagte ich bedeutungsvoll.

Eine gefühlte Ewigkeit lang saßen wir im Wartezimmer und blätterten lustlos in Zeitschriften, die getränkt waren von anderer Leute Krankheiten – die einzige Ablenkung von der Galerie ausdrucksloser Gesichter der zum Nichtstun verdammten Mitwartenden. Hin und wieder streckte eine herrische schottische Krankenschwester den Kopf herein und rief genervt einen George Irgendwer oder eine Beatrice Irgendeine herein. Dann erhob sich in den meisten Fällen eine verloren wirkende alte Dame oder ein alter Herr und tapste in Richtung Tür. Irgendwann rief die Schwester dann »Rose Jones« auf und verschwand wieder.

»Also wirklich«, flüsterte Mrs Gilpin-Jones entrüstet, »*Rose* Jones! Jetzt reicht's aber.« Ich sah, dass ihr die Galle hochkam: Zu widersprechen oder zu beschwichtigen wäre jetzt gleichermaßen zwecklos gewesen.

Im Behandlungszimmer wartete ein chinesischer Arzt im weißen Kittel und mit undurchdringlicher Miene, vor ihm ein leerer Stuhl. Aber sie rauschte an ihm vorbei und auf einen kleinen Nebenraum zu, wo es sich die Schwester in einem Sessel gemütlich gemacht hatte und sich Ruhe vor Patienten, die ihrer Hilfe bedurften, gönnte. Sie hatte die Augen geschlossen, sodass sie nicht auf Anhieb die Situation erfasste, als sich Mrs Gilpin-Jones zu ihr hinabbeugte und ruhig, aber nachdrücklich sagte: »*Mrs* Gilpin-Jones.«

»Was? Was machen Sie hier? Sie haben keinen Zutritt zu diesem Raum. Patienten haben hier nichts zu suchen. Draußen sind Bänke, wo Sie warten können. Wie können Sie es wagen! Wer sind Sie?«

»Für Sie bin ich *Mrs* Gilpin-Jones. Und nicht *Rose*. *Rose* nennen mich nur langjährige Freunde« – sie wandte sich kurz zu mir um –, »so wie du, Hetty.« Dann schnellte sie wieder zu der verdutzten Schwester herum. »Und Leute aus meinen gesellschaftlichen Kreisen.«

Sie schoss wieder hinaus, zog einen weiteren Stuhl für mich heran und setzte sich dann direkt vor den chinesischen Arzt.

Doch inzwischen hatte das Gehirn der Frau die Botschaft verarbeitet, und sie stürmte herein, um gleichzuziehen. »Woher soll ich bitteschön wissen, was Sie sind? Eine Mrs oder Miss? Sie hätten ja ebenso gut ein Kind sein können!«, sagte sie erbost.

»Mein Alter steht bestimmt auf der Karteikarte, die Sie ja haben müssen (auch wenn Sie es trotzdem nie schaffen, Termine einzuhalten)«, erwiderte Rose kühl. »Ebenso wie die Anrede. Weder wir hier noch die anderen, die warten müssen, bis Sie sich endlich bequemen, sind mit Ihnen oder diesem Herrn«, ein Nicken zum Arzt, »bekannt. Wie können Sie es also wagen, die Anrede wegzulassen? Wir wollen keine ›Georges‹ oder ›Beatrices‹ mehr hören. Sie arbeiten für uns, nicht umgekehrt.«

Während dieses Wortgefechts, zumal es nicht in seiner Muttersprache ausgetragen wurde, schnellte der Kopf des chinesischen Arztes (dessen Miene mittlerweile weit weniger undurchdringlich war) wie die Köpfe der Zuschauer im Centre Court von Wimbledon von links nach rechts, bis Rose den ungleichen Kampf mit einem herrlich sauberen Ass beendete. »Puh! Was stehen Sie eigentlich noch hier herum: Haben Sie denn nichts zu tun?« Sie wedelte herablassend mit der Hand.

Dann wandte sie sich dem Facharzt zu.

»So, jetzt bin ich da«, sagte sie. »Wo ist denn der Herr, mit dem ich es letztes Mal zu tun hatte?«

»Ah«, erwiderte er und rieb sich nervös die Hände. »Danke, dass Sie gekommen sind«, er warf einen hilfesuchenden Blick in seine Unterlagen, »Madam Gilpin-Jones. Sehr erfreut. Mr Pettigrew-Saunders empfangen nur Privatpatienten. Seine Termine ich heute übernehmen.«

Er schob die Blätter der Akte, die bestimmt gerade eben erst auf seinem Schreibtisch gelandet war, hin und her.

»Ah!«, sagte er ohne Überzeugung, »Mr Pettigrew-Saunders berichten, Sie machen Fortschritte. Sehr schön! Sehr gut! Bitte kommen Sie in einem Monat wieder, dann schauen wir Sie noch mal an.«

Rose stieg die Zornesröte ins Gesicht.

»Ah, Sie sind gar kein Doktor, sondern ein arbeitsloser Schauspieler, den der nationale Gesundheitsdienst angeheuert hat, um einen Arzt zu mimen!«, verkündete sie und beugte sich zu ihm vor.

»›Kommen Sie in einem Monat wieder!‹ Sagen Sie das zu jedem armen Tropf, der da draußen wartet? Sie sind genauso erbärmlich wie die da«, ihr Kopf schoss in Richtung seiner besiegten Handlangerin, die in Hörweite vor sich hin grollte. »O nein! Ich komme ganz bestimmt in einem Monat nicht wieder.«

Sie ließ ihre starken Zahnreihen blitzen und näherte sich ihrem zweiten Opfer noch bedrohlicher, zog sich jedoch zu meiner großen Erleichterung zurück und trat auf den Flur hinaus, und zwar im selben Moment, in dem ein weiterer Mann in einem weißen Kittel vorbeikam. Aus Angst, jemand könnte ihn ansprechen, hatte er den Blick gesenkt, als er mit Rose zusammenstieß und erschrocken zurückwich.

»Haben Sie hier das Sagen?«, fragte sie barsch und unterstrich die Dringlichkeit ihres Anliegens, indem sie einen Schritt vortrat, um erneut Körperkontakt herzustellen.

Es gewohnt, seine Patienten hereinbitten zu lassen, statt dass sie ihm auflauerten, musste auch er sich erst einmal sammeln, ehe er einräumte, dass dies vermutlich so sei.

»Dann erklären Sie mir doch bitteschön, warum wir Patienten nicht mit ›Mrs‹, ›Miss‹ oder ›Mr‹ angesprochen werden«, sagte sie und machte eine ausladende Handbewegung zu ihren Leidensgenossen, die gerade noch teilnahmslos ins Leere gestarrt hatten, aber mit einem Mal die Ohren spitzten. »Bevor sie das Pech hatten, zu erkranken und notgedrungen diese Einrichtung aufsuchen mussten, hat sie seit ihrer Schulzeit niemand Fremdes mehr Beatrice, Fanny oder Harold genannt.«

»Nun … ja … ich nehme an, das sollte tatsächlich nicht so sein. In der Tat nicht«, stimmte er nervös zu, doch da ihm Rose' Miene sagte, dass das nicht genügte, fügte er hinzu: »In der Tat, das ist ein großartiger Hinweis. Vielen Dank!«

Er war tatsächlich so naiv zu glauben, dass dies die unangenehme Begegnung beenden würde, jedenfalls versuchte er sich vorsichtig an Rose vorbeizuschieben.

»Wer sagt es ihr dann?«, fragte sie scharf, während sie ihm den Weg versperrte, und ließ den Kopf in Richtung der entgeisterten Krankenschwester schnellen, ehe sie ihn ruckartig wieder in Richtung des Arztes schob. »Ich oder Sie?«

Abermals murmelte er, dass, nun ja, das wohl in seine Verantwortung falle und er »es« wohl tun müsse. Daraufhin trat Rose zur Seite, und er verschwand, gefolgt von der Schwester, den Flur entlang.

»Soll ich Iwan holen und ihn bitten, seine Kamera mitzubringen?«, fragte ich. »Er könnte die Szene aufnehmen für sein ›Großbritannien in Bildern‹-Projekt.«

Die Tür ging auf. Die Schwester trat wieder ein und rief giftig: »Mrs Chalmers.«

Da beugte sich Rose zu den wartenden Patienten hin und verkündete ganz langsam, als hätte sie es mit lauter Idioten zu tun: »Nun, *jemand* musste es ja tun, oder?«

Die Augen der auf die Wartebank verbannten Bittsteller flackerten kurz, ehe sie ihren dumpfen Blick wieder auf Wände oder Boden richteten. Rose sah sie enttäuscht an, ehe sie laut hinzufügte: »Du lieber Himmel, lass uns von hier verschwinden, Hetty. Diese Leute hätten ebenso stillschweigend Hitler ertragen. ›Die Briten werden niemals Sklaven sein‹«, skandierte sie die berühmte letzte Liedzeile aus *Rule Britannia*, »hah, dass ich nicht lache!«

Die Briten hier starrten noch immer dumpf vor sich hin.

Doch allmählich schwante mir, dass wenn es in diesem Tempo weiterging, das Krankenhaus bald von Mrs G.-J.s Opfern wimmeln würde. Daher beschloss ich, dass es höchste Zeit war, den Rückzug anzutreten, ehe Sicherheitsleute des NHS. uns überwältigen würden. »Dort geht es zum Ausgang«, sagte ich und deutete den Gang entlang.

»Ich bin noch nicht fertig«, erwiderte sie. »Und straffe gefälligst die Schultern: Du kriegst sonst einen Buckel. Und geh um Himmels willen langsamer, wir machen keine gesundheitsfördernde Wanderung auf dem Land.«

Als wir auf den Empfang zusteuerten, trat eine junge Frau an den Schalter. »Ja?«, sagte sie mit dünner Stimme, »wie kann ich Ihnen helfen?«

»Wo ist die Beschwerdestelle?«, fragte Rose.

»Die Beschwerdestelle!«, wiederholte die Rezeptionistin alarmiert und wich zu einer älteren Kollegin zurück, die an ihrem Tee nippte. Ich las an ihren Lippen ab: »Sie sagt, sie will zur Beschwerdestelle. Die gibt es hier doch nicht, oder?«

»Nicht dass ich wüsste. Es hat noch nie jemand danach gefragt, also kann es auch keine geben. Bist du dir sicher, dass sie ›Beschwerdestelle‹ gesagt hat?«

»Du bist die Chefin. Kümmere du dich darum.«

Die leitende Angestellte kam unsicher lächelnd auf uns zu.

»Wir haben so etwas nicht. Aber wenn wir es hätten, was wollten Sie dann dort?«

»Mich beschweren.«

»Oh, hier hat sich noch nie jemand beschwert. Deshalb gibt es auch keine solche Stelle.«

Rose sah sie unerbittlich schweigend an.

»Aber ich könnte vielleicht jemanden suchen gehen.«

»Tun Sie das«, sagte Rose. »Ich warte hier.«

Als sie besiegt war, traf es eine weitere Schwester, die ebenfalls von Rose abgekanzelt wurde, indem diese auf das Namensschild an ihrer Uniform zeigte, das die Frau als »Sister« Jones auswies, und mit leiser erboster Stimme sagte: »Und schauen Sie – er hat auf dem Kittel ›Doctor‹ Smith stehen, und hier kommt *Mr* Brown, der Facharzt. Warum bin ich dann keine *Mrs*?«

Als wir kurz darauf im Bus saßen, lobte ich sie für ihren Mut.

»Es war lediglich das, was Mrs Thatcher von jedem Bürger dieser stolzen Nation erwartet hätte«, erwiderte sie. »Ich nehme an, du bist keine Sozialistin, Hetty? Nein, natürlich nicht, das kannst du unmöglich sein.

Und, Hetty, noch was«, fuhr sie fort. »Wenn du meinst, dass dir einfach so Gerechtigkeit widerfährt, kannst du bis zum Sankt Nimmerleinstag warten.«

Bis zur übernächsten Haltestelle saßen wir schweigend da.

Dann sagte sie: »So, da haben SIE (womit sie sämtliche Paragrafenreiter und Sachbearbeiter im Land einschloss) sich also geweigert, dir zu sagen, wer deine Mutter ist, haben SIE das? Nun, wir werden sehen. O ja, das werden wir. O ja.«

Als wir bei Nr. 27 ankamen, sagte sie: »Na, das ist jetzt aber wirklich merkwürdig: Das Klingeln in meinen Ohren ist verschwunden. Ich bin geheilt. Allein durch Glauben und gute Taten, scheint's.« Und sie schritt triumphierend vor mir in den Flur hinein.

Oben angekommen, blieb ich vor Miss Foxberrows Tür stehen.

»O George«, sagte sie, »wie waren wir damals in Tampling glücklich. Erinnerst du dich noch an den armen Mr Pintle und die dumme Grace Tollemache und an Croser, diesen Esel? Was wohl aus ihnen geworden ist? Und was ist aus uns geworden? Aus uns, George? Ach George, könnten wir doch noch einmal von vorn anfangen! Noch einmal jung und verliebt sein, meine ich.«

Und während ich mich in meinem Zimmer damit abmühte, in meinen BfJ-Arbeitsanzug zu schlüpfen, war mir bewusst, dass die Jugend etwas sehr Wertvolles war und dass ich, dank Rose Gilpin-Jones als meine Mentorin, mehr oder weniger das Beste daraus machte. Falls das nicht ein Widerspruch in sich selbst ist.

Arbeiten auf einem Friedhof

Da ich von Natur aus zum Grübeln neige, war meine neue Arbeit ganz nach meinem Geschmack.

Mr Palmer, die für mich zuständige Fachaufsicht, erkannte dies und witzelte, ehe er davoneilte, er sehe schon, dass ich auf dem Friedhof von St. Tobit nicht einsam sein würde. »Nicht wo Sie diese Runde hier zur Gesellschaft haben, Miss Beauchamp. Ich vermute mal, die hiesigen Bewohner werden es sehr schätzen, dass Sie Ihnen Aufmerksamkeit schenken, vor allem da es sich bei Ihnen um eine junge, hübsche Dame aus gutem Haus handelt. Niemand von uns möchte vergessen werden.«

Wie ich vorausgesehen hatte, gab es hier nicht nur jede Menge biografisches Material zum Lesen und Sinnieren, sondern auch erhebende Verse. Wobei die Herausgeber literarischer Anthologien das meiste davon natürlich verschmäht hätten. Den Geschmack der jeweiligen Gemeindemitglieder von St. Tobit musste es indes getroffen haben, sie waren in ihren Grundschulen wohl mit den aus dem Leben gegriffenen Versen von Henry Wadsworth Longfellow und Mrs Felicia Hemans literarisch geschult worden. Und wer sagte, dass die von der Oxford University Press favorisierten Kandidaten den guten Geschmack für sich gepachtet hatten?

Unter diesem Grabstein ruht William Gunn,
Außer Puste, kam er doch als Erster an.
Auch du, Betrachter, solltest weitereilen,
Willst am Jüngsten Tag das Band zerteilen.

Errichtet von seinen trauernden Sportskameraden,
den Birchfield Harriers

Denn worauf läuft Literaturkritik, die der Mühe wert ist, letzten Endes hinaus, wenn nicht auf die Frage: »Würdest du Geld für dieses Buch ausgeben?« Und die Gemeindemitglieder von St. Tobit waren nicht nur bereit gewesen, für ihre Poesie zu bezahlen, sondern auch tief in die Tasche zu greifen und sie in Stein meißeln zu lassen (was um einiges teurer ist, als sie auf Papier zu drucken).

Viele der Verse, die mich umgaben, waren zwar an den Allmächtigen adressiert, doch das war ein Kunstgriff, wie ich erkannte, denn eigentlich richteten sich diese Ermahnungen an die Urheber selbst. Thomas Gray, der Friedhofspoet, hatte den Nagel auf den Kopf getroffen – und auch meine Grabsteine lehrten den städtischen Grabsteindichtern das Sterben.

Es war erstaunlich, wie viele Birminghamer Trost hier suchten und auf meiner Arbeitsstätte herumschlenderten. Ein alter Herr, Mr Meeks, kam täglich vorbei, und er verübelte mir meine aufdringliche Präsenz keineswegs, im Gegenteil, er freute sich darüber. »Normalerweise ist hier niemand, mit dem man plaudern kann«, sagte er zu mir, während er den Blick über seine Vorväter unter den unverwüstlichen Ulmen und »im Schatten der Eiben« (Thomas Gray) hinwegschweifen ließ. »Daher musste ich mich bislang mit Lesen und Grübeln begnügen. Ihnen ist bestimmt klar, dass viele der hier Ruhenden Kameraden von mir waren, Miss.«

Während ich ihn auf seiner Runde über mein möglicherweise langfristiges Betätigungsfeld begleitete, lieferte er mir intime biografische Details, die das, was die Grabsteindichter preisgegeben hatten, ergänzten. Er zeigte mir auch seinen letzten Ruheplatz, den er mittels einer Anzahlung für sich reserviert hatte. »Ich wollte nämlich unbedingt möglichst nahe bei meiner Tante Nell zu liegen kommen«, vertraute er mir an. »Ich mochte sie sehr, und sie mich auch, was ich von meiner Mutter nicht behaupten kann. Ist das unnatürlich, Miss? Und würde es Ihnen was ausmachen, mir Ihren Namen zu verraten?«

Ich erwiderte, er hätte sich niemand weniger qualifizierten für diese Frage aussuchen können, da ich meine Mutter nie kennengelernt hätte und folglich erst recht keine möglichen Tanten – und dass ich Hetty Beauchamp hieße. Von da an begann er sich auffällig für mich zu interessieren und tröstete mich zunächst mit der Neuigkeit, dass es bei manchen Müttern in Sachen Mütterlichkeit nicht weit her sei. Dann begann er sich für die technischen Details meiner Arbeit zu erwärmen – »Was Sie als Erstes brauchen, Schätzchen, ist eine Drahtbürste, weil die den Stein nicht so verkratzt wie eine Stahlbürste. Und dieses Scheuermittel, das man Ihnen gegeben hat, kommt auf Dauer teuer. Ich werde mal meinen Nachfolger, den Vorarbeiter bei *Crosers Kupferbleche,* fragen, ob er mir einen Eimer voll Scheuermittel besorgen kann, dann werden wir sehen, was mehr taugt.«

Und er führte es mir nicht nur vor, sondern legte, wohl wissend, dass nichts so sehr ermutigt, wie wenn man mit gutem Beispiel vorangeht, neben mir kniend einen ganzen Arbeitstag ein. Mehr noch, am folgenden Tag kam er mit einem früheren Kollegen im Schlepptau an, Mr Cuzner, einem weiteren Mitglied des ausrangierten Trupps äußerst geschickter Handwerker dieser Stadt.

Und siehe da, kurz darauf gesellten sich ein paar weitere Opfer betriebsbedingter Kündigungen zu meiner Belegschaft, um mir zu helfen, unser kleines regeneratives Projekt voranzutreiben, und Mr Meeks, Mr Cuzner und ich fanden, es konnte nicht schaden, diese Freiwilligen als Erstes auf einen Onkel, eine Tante oder einen Großvater anzusetzen, an die sich niemand mehr erinnerte. Und da ich das Gefühl hatte, dass wir ein weitaus hoffnungsvolleres Beispiel nationaler Aktivität boten als die Vergewaltigungen, Gier und Ausschreitungen, auf die sich die Medien und auch Iwan mit seinem »das wahre Großbritannien« gern stürzten, lud ich Letzteren ein, uns einmal zu besuchen. Und das tat er auch. In seinem Land, erklärte er, würden Freiwillige wie wir als Stachanow-Paradebeispiele gelten, als Helden der Revolution, und mit einem kostenlosen Urlaub am Schwarzen Meer belohnt werden, einer Datscha in einem Kiefernwald oder einer Medaille, die ihrem Träger erlaubte, sich ganz vorn in jeder Warteschlange einzureihen.

Aber als meine Fachaufsicht, Mr Palmer, meine neuen Kollegen bemerkte, offenbarte er eine gefühllose Seite, indem er mich bei der zuständigen Expertin von Beschäftigungsprogramm für Jugendliche anschwärzte. Postwendend kam sie aus ihrer kuscheligen Sakristei angelaufen. Mit Bestürzung musste ich feststellen, dass auch sie eine reaktionäre Gesinnung an den Tag legte. »Diese Arbeit ist nichts für diese Leute«, rief sie verärgert aus. »Kein einziger von diesem Haufen fällt unter Sektion 19B. Das sind alles abgehalfterte Beschäftigte, die vorzeitig in den Ruhestand geschickt wurden und vom Staat eine Frührente beziehen, damit sie brav zu Hause bleiben. Und ob sie kostenlos arbeiten, ist völlig irrelevant.

Ich werde den Pfarrer bitten, ihnen Zutrittsverbot zu erteilen, und es erübrigt sich wohl, Ihnen zu sagen, wie enttäuscht ich von Ihnen bin, Miss Beauchamp. Wo kämen wir denn hin, wenn die Öffentlichkeit davon erfahren würde? Sie müssen Ihnen sagen, sie sollen sofort die Arbeit niederlegen und nach Hause gehen. Und erinnern Sie sie doch bitte an den Old Folks Club in Aston, wo sie einen Kurs belegen sollen zum Thema, wie man ein glückliches Rentnerleben führt, und wo subventionierte Busfahrten nach Stratford-on-Avon und Bourton-on-the-Water angeboten werden und, allerdings nur für Stammgäste, nach Wales.

Die Zentrale hat jetzt übrigens im Prinzip ihre Einwilligung dafür gegeben, diese Maßnahme auf die Problemviertel im Nord-Osten auszudehnen, und mich damit beauftragt, hinzufahren und alles in die Wege zu leiten. Aber Sie … Sie …«, sie war jetzt den Tränen nah, »Sie haben mir mit Ihrer Eigenmächtigkeit womöglich alles vermasselt.«

Zu allem Unglück hatte Iwan, der sich schnell kapitalistische Gepflogenheiten zu eigen gemacht hatte, ein Foto von mir und meinen Helfern bei der Arbeit an die *Birmingham Mail* verkauft. Und das wurde samt einem in launigem Ton verfassten Bericht just am selben Abend veröffentlicht. Mit dem Ergebnis, dass am nächsten Morgen zahlreiche weitere ältere Damen und Herrn, ausgerüstet mit ihren eigenen Reinigungssets und üppigen Picknickkörben, auf dem Friedhof erschienen, von überall her, sogar aus Wolverhampton und Kidderminster. »Setzen Sie sich doch bitte, bitte zu uns, Miss«, baten sie mich, ehe sie wie wild zu schrubben und zu kratzen anfingen.

Meine Vorgesetzte war außer sich vor Wut. »Die sind wie ein verdammter Heuschreckenschwarm«, schäumte sie. »Schauen Sie nur, wie sie sich über die ganze Arbeit hermachen. Wenn es in diesem Tempo weitergeht, ist bis zum Ende der Woche nichts mehr übrig. Und wer hat uns das eingebrockt? Sie! Ich hätte gleich bei unserer ersten Begegnung merken müssen, dass Sie ein Störenfried sind. Sie haben zu viel Schulbildung genossen. Sie sind gefeuert.«

Während ich nach Hause in Richtung Haus Nr. 27 trottete, kam ich zu dem Schluss, dass die Schulbildung im Grunde für alles verantwortlich gemacht werden konnte – ob man nun zu wenig oder zu viel arbeitete –, und ich fragte mich reumütig, ob mein Ex-Vater, Mr Birtwisle, womöglich recht gehabt hatte und ich, wäre ich in seliger Unwissenheit in Jordans Bank geblieben, glücklicher geworden wäre. Ich unterhielt mich mit Rose darüber: »Du hast es kapiert«, sagte sie. »In Großbritannien kann man nur ein sicheres erfolgreiches Leben führen, wenn man es nicht an die große Glocke hängt. Niemand darf mitbekommen, dass man es geschafft hat, bis zu dem Tag, an dem man sein Haus verkauft und sich in einen Olivenhain mit angrenzendem Weinberg in Spanien zurückzieht. Wenn die Sozialisten an die Macht kommen, wird es noch zehnmal schlimmer werden.«

Das, fand ich, ging nun doch zu weit, und Mr Peplow stimmte mir zu.

Einbruch

Am darauffolgenden Freitag bat mich Rose, ihr von meiner Kindheit in Jordans Bank zu berichten. »Die Grundzüge deiner Geschichte kenne ich ja«, sagte sie. »Und jetzt erzähl doch bitte ein bisschen mehr.« Als ich fertig war, meinte sie: »Das ist eine sehr berührende Geschichte, Hetty. Du hast dein altes Leben zwar nicht ganz unbeschadet hinter dir gelassen, aber manch anderes Mädchen hätte es vermutlich gar nicht hinter sich gelassen, und dafür gebührt dir Anerkennung. Aber trotzdem, warum willst du unbedingt deine leibliche Mutter finden? Welche Hilfe könnte sie dir sein?«

»Nun, zum einen würde ich gern wissen, wie sie aussieht«, sagte ich. »Das kann man doch verstehen. Immerhin ist sie meine Mutter. Wie fändest du es, wenn deine Mutter ein weißer Fleck in deinem Leben wäre? Selbst Emma Foxberrow muss schöne Erinnerungen an ihre Mutter haben, auch wenn ich sie noch nie von ihr sprechen habe hören. Ich glaube … nun, dass eine solche Leerstelle irgendwie schlecht für mich ist – psychologisch gesehen.«

»Aber du könntest furchtbar enttäuscht sein, wenn du sie kennenlernst«, sagte Rose feierlich. »Warum schneidest du nicht einfach ein hübsches Foto von einem Model in der *Vogue* aus, steckst es in einen kleinen silbernen Rahmen (den kriegst du von mir) und malst dir aus, dass das deine Mutter ist? Man nennt das, glaube ich, Surrogat. Immerhin hast du dir auch schon einen Namen geborgt, dann kannst du gleich Nägel mit Köpfen machen und dir eine Mutter borgen.«

»Wie hast du es herausgefunden?«, rief ich. »Oh, wie ärgerlich!«

»Ganz einfach«, antwortete Rose. »Wenn Iwan oder Matthew oder Ted sagen: ›Würden Sie mir bitte das oder jenes geben, Miss Beauchamp‹, fühlst du dich im ersten Moment nicht angesprochen. Wie lautet dein *wirklicher* Name?«

»Ich habe keinen Namen«, sagte ich stur, um gleich darauf einzuräumen: »Na gut, Birtwisle.«

»Wer würde den nicht ändern wollen!«, rief Rose aus. »Bleib mal schön bei Beauchamp, Liebes. Es sei denn, du möchtest gern meinen Namen haben. Du könntest entweder Gilpin oder Jones haben oder meinetwegen auch beide. Ich fand den Bindestrich immer nützlich. Und es wäre mir eine Freude, dich in meiner Familie aufzunehmen.«

Ich dachte darüber nach.

»Danke, aber ich glaube nicht«, sagte ich. »Ich mag dich als Freundin wirklich sehr. Aber dich zur Mutter zu haben würde unsere Beziehung verändern, und vielleicht nicht zum Guten.«

»Wenn das so ist«, sagte sie bestimmt, »und du dir in den Kopf gesetzt hast, etwas auszugraben, was aus und vorbei ist, schlage ich vor, dass wir bei Tageslicht den Ort auskundschaften, wo es dieses Register gibt, um festzustellen, wie wir am besten dort einbrechen können. Das machen wir dann am Sonntagabend, denn ein Wochenende ist immer der beste Zeitpunkt für eine ungestört ausgeführte Straftat, eine Flut oder ein Feuer.«

»Einbrechen meinst du?«

»Ja«, antwortete sie ungerührt. »Wie sollen wir sonst hineinkommen? Wir werden nichts weiter als deinen Namen und deine letzte bekannte Adresse mitnehmen. Das kann wohl kaum als Diebstahl gewertet werden; das gehört dir ja beides schon. Aber wenn wir ein Fenster einschlagen müssen, tue ich was in ihre Trinkgeldtasse. Wolltest du nicht auch schon immer einmal irgendwo einbrechen? Wenn ich manchmal ein bisschen durch den Wind bin, denke ich, dass mir ein bisschen Gefahr mehr helfen würde als irgendwelche Tabletten.«

Und so schlenderten wir am Sonntag um neun Uhr abends, ausgerüstet mit einem Schraubenschlüssel und Schraubenzieher aus Teds Werkzeugkasten, lässig durch die verwaisten Straßen zu dem Gebäude mit dem Geburtenregister. »Ich bin mir ziemlich sicher, das ist die Stelle, die wir neulich ausgesucht haben«, sagte Rose und beäugte den an die Mauer gesprühten Schriftzug. »Oh, was sind das nur für ekelhafte Flegel!«, verkündete sie. »Nein, schau nicht hin.«

Bohnen = *Furzen* stand da, und wir mussten kichern.

Es war kinderleicht. Natürlich hatte jemand ein Toilettenfenster offen gelassen, und nachdem wir auf einen Faltschemel gestiegen waren, zwängten wir uns hindurch. Offenbar war beschlossen worden, dass der Einbruchsquotient des Gebäudes recht niedrig war, denn die Innentüren waren entweder offen oder unverschlossen, und wir konnten uns ungehindert vortasten, bis wir auf einen Raum stießen, wo ausschließlich Aktenschränke standen.

»Gottlob haben die noch keine EDV«, brummte Rose. »Gib mir bitte die Taschenlampe. Barnard ... Barton ... Bastin ... Benson ... Ah, hier haben wir es. Binks ... Birtwisle, Bernard, Birtwisle, Donald ... leider keine Birtwisle, Hetty.«

»Und Ethel?«, sagte ich aufgeregt.

»Bingo!«, jubelte sie. »Viel steht hier nicht über dich, aber es gibt ein Foto. Bist du das?«

Ich nahm ihr die Taschenlampe aus der Hand und richtete den Lichtstrahl auf ein ziemlich unansehnliches Baby. Nein, sagte ich, das sei ich nicht. Rose nahm das Bild an sich. »Blödsinn, natürlich bist du das!«, verkündete sie. »Du hattest damals schon diesen hochnäsigen ›Ich geh schon meinen Weg‹-Ausdruck im Gesicht. Und hier steht die Adresse deiner Mutter. Oh, Sutton Coldfield, oho! Dann war dein Großvater also kein armer Schlucker. Ah, hier steht's – *Wackley-Pitt, Wendy Maxwell, ledig, 19 Jahre, nicht berufstätig.* Mehr brauchen wir nicht; das Foto kannst du für dein Album behalten; hier werden sie es nicht vermissen. Schnell – schreib den Rest auf, ich lese es dir vor, dann schieben wir die Akte wieder an ihren Platz zurück.

›Vater – unbekannt

Vater der Mutter – Lieut. Col. R. G. T. Wackley-Pitt Royal Horse Artillery (a. D.)

Name des Kindes – noch keinen (ungetauft)

Geb. – 20. 9. 1969.‹«

»Da ist noch jemand im Gebäude«, flüsterte ich. Nicht weit entfernt wurde eine klemmende Schublade aufgerissen; das Klimpern von Bargeld war zu hören.

»Na, dem zeigen wir, was eine Harke ist«, murmelte Rose und schrie dann: »Los, schnapp ihn dir, George!« Sofort ertönte ein panisches Klappern, und jemand, der blind in die falsche Richtung floh, stolperte über einen Stuhl und fiel der Länge nach vor uns hin. Während wir ihn im Taschenlampenschein untersuchten, rappelte er sich hoch und erfasste auf Anhieb die Situation. »Oh, ihr habt das Gleiche vor wie ich. Hätte ich mir ja denken können, als ich das offen stehende

Fenster gesehen hab. Nun, für mich ist das in Ordnung. Ich bin nur wegen der Teegeldtasse hier. In Behördenbüros ist ja sonst nichts mehr zu holen, seit man keine Schreibmaschinen mehr verscherbeln kann.«

»Heutzutage ist nichts mehr sicher vor Gesindel wie Ihnen. Schämen Sie sich nicht?«, fragte Rose streng. »Warum suchen Sie sich keine Arbeit?«

»Das ist meine Arbeit«, erwiderte er ruhig. »In einem Buch aus der Bibliothek hab ich gelesen, ich bin ein integrales Rädchen im kapitalistischen Getriebe (was für mich nichts anderes bedeutet, als Geld von einer Hosentasche in die andere zu schieben). Aber macht bitte diese verdammte Lampe aus oder richtet sie auf euch selbst. Und was macht ihr hier? Kleiner Mondscheinbummel?«

»Wir sind im Begriff, ein Unrecht wiedergutzumachen«, erwiderte ich entrüstet.

»Das Gleiche tue ich auch«, konterte er schlagfertig. »In einem Buch aus der Bibliothek stand …«

»Ach, halten Sie die Klappe, Sie diebischer Schwätzer!«, rief Rose ärgerlich aus. »Lass uns gehen, Gladys, bevor er uns vorjammert, wie benachteiligt er ist.«

Ohne Vorwarnung knipste sie die Taschenlampe aus und versetzte dem Kerl offenbar einen unsanften Schubs, jedenfalls ging er erneut zu Boden, und das Geräusch umstürzender Möbel war zu hören sowie ein mitleiderregendes Stöhnen. Rose schob mich über ihn hinweg und auf den Flur hinaus, wo sie erneut die Taschenlampe anknipste, mich dann in eine Männertoilette hineinzog, den Stöpsel ins Waschbecken steckte und den Wasserhahn aufdrehte.

»Innenstadtvandalen!« Sie kicherte. »Wenn sie eine kleine Überschwemmung vorfinden, werden sie nicht weiter suchen als bis zu der Schublade, die dieser Trottel beschädigt hat, und dem Schreibtisch, über den er gefallen ist. Trotzdem gefiele mir gar nicht, wenn er ungestraft davonkommt. Los, lass uns gehen.«

Als wir beim Toilettenfenster ankamen, spähte Rose in die Dunkelheit hinaus. »Mmmm«, murmelte sie. »Deine Augen sind besser als meine. Steht da jemand auf der anderen Straßenseite? Keine Sorge – dich kann niemand sehen. Ja, schieb den Kopf ruhig weiter hinaus.«

Ich berichtete, dass in der Tat jemand auf der gegenüberliegenden Straßenseite stand und an unserer Mauer etwas zu erkennen suchte.

»Ein pflichtbewusster Bürger hat das offene Fenster bemerkt und die Polizei angerufen«, schlussfolgerte sie, zog mich zurück und stieß ein flötenartiges Pfeifen aus. »Wir werden sie schön auf Trab halten. Du kannst dir ja gar nicht vorstellen, wie einfallslos Polizisten in der Regel sind. Wirklich ganz anders als die findigen Kommissare im Fernsehen.«

Unterdessen hatte sich das jugendliche Ökonomie-Ass wieder hochgerappelt, und anhand der Flüche, die er ausstieß, konnten wir nachverfolgen, wie er sich durch die Fluten vorarbeitete, die ihm aus der Männertoilette entgegenflossen. Dann musste er in der Damentoilette verschwunden sein, denn wir vernahmen, wie er ebenfalls das Wasser im Waschbecken aufdrehte.

»Er ist einer der 99,5 Prozent unserer Nation, die nicht selbstständig denken können und lieber die klugen Ideen anderer übernehmen, um dann für gleiche Bezahlung zu demonstrieren«, flüsterte Rose. »Deswegen hat er verdient, was ihm jetzt gleich blüht. Ich glaube, ich drehe diesen Wasserhahn jetzt besser zu, dann müssen wir kein allzu schlechtes Gewissen haben.«

Er stolperte an uns vorbei, und ich hörte, wie er auf die Toilettenschüssel stieg, hinauskletterte, das Fenster klapperte, und dann sein Klagegeheul, als sich die ihm auflauernden Polizisten auf ihn stürzten. »Hab bloß kein Mitleid mit ihm, Hetty«, sagte Rose vorwurfsvoll. »Im Gefängnis werden sie ihm gut zureden, einen Computerkurs an der Fernuniversität zu belegen. Dann ist er, wenn er erneut auf die Gesellschaft losgelassen wird, auf Diebstahl in größerem Maßstab spezialisiert.«

Ein Blaulicht entfernte sich mit hoher Geschwindigkeit, und wir kletterten in aller Ruhe durchs Fenster auf die Straße hinaus, wo wir unsere Kleider glattstrichen, um wieder unsere respektablen Rollen in der Gesellschaft einzunehmen.

»Es macht Spaß, hin und wieder ein ganz klein bisschen auf die schiefe Bahn zu geraten«, sagte Rose trocken, als wir an der Nummer 27 ankamen. »Man darf es nur nicht zur Gewohnheit werden lassen. Umso tröstlicher ist es dann hinterher, wieder auf die gewohnten Pfade zurückzukehren, findest du nicht?« Sie nickte in Richtung Miss Foxberrows Zimmertür.

»Erinnerst du dich noch, wie du diesem Advokaten die Stirn geboten hast, George?«, rief diese gerade aus. »Als du wegen dieses üblen Gesetzes angeklagt wurdest? Und dieser bierselige Shutlanger! Wie dieser schreckliche Kerl über sich selbst hinauswuchs und sich zu deiner Rettung aufschwang! Ach, George, waren das Zeiten! Oh, warum war ich bloß so eigensinnig? ›Ich werde dort sein‹, sagtest du – das waren exakt deine Worte – ›und auch du wirst dort sein. Und ich werde meine Pfeife stopfen, und du wirst unser Baby wiegen.

Und dann werde ich lächeln, und du wirst auch lächeln …‹
Oh, George, das Baby, das wir nie bekamen …«

»Nun hör auf zu seufzen, Hetty«, sagte Rose streng. »Sie weiß ganz genau, dass du ihr zuhörst: Sie hat Ohren wie ein Luchs, und sie spinnt dieses Garn nur, um dich in die Irre zu führen. Sie haben ihn hingerichtet. Sie weiß es, ich weiß es und, zum letzten Mal«, sie funkelte mich an, »du weißt es. Also lass es endlich gut sein.«

Du lieber Himmel, dachte ich, während ich mich ins Bett legte. Jetzt auch noch ein Baby, das es nie gegeben hat! Sehr viel mehr kann ich nicht aushalten. Sonst werde ich noch neurotisch.

Im Zimmer nebenan war Mr Peplow wieder mit dem Begräbnis nach der Schlacht von Coruña beschäftigt:

»Wir senkten ihn nieder um Mitternacht …
Wir hatten's mit Bajonetten gemacht …«

Dann verklang seine Stimme, während er in den Schlaf hinüberdämmerte, und ich war am nächsten Morgen wieder gut gelaunt.

Ich finde meine Mutter

»So, und was gedenkst du nun damit zu tun?«, fragte mich Rose. »Ich meine mit diesem Namen, Wackley-Pitts, und der Adresse?«

»Ich würde sie gern sehen.«

»›Sie sehen‹, meinst du damit, sie sprechen oder sie anschauen?«

»Einfach nur gucken! Ich möchte wissen, wie meine Mutter aussieht. Ob ich ihr ähnele, zum Beispiel. Wenigstens einen kurzen Blick auf sie erhaschen! Dann fühle ich mich bestimmt viel besser und bin in der Lage, sie bald zu vergessen.«

»Deine Haltung ist fast schon ungesund«, sagte sie. »Du weißt ja gar nicht, wie froh du sein kannst, keine Vergangenheit zu haben.«

»Aber ich habe eine Vergangenheit«, wandte ich ein, »auch wenn sie zum Teil auf einem Schwindel beruht.«

In dieser Hinsicht gab Rose mir recht, denn sie gehörte nicht zu denen, die dickköpfig auf unhaltbaren Positionen beharren.

»Aber dann sag mir, wie du das anstellen möchtest, dieses nur mal gucken?«, fragte sie. »Erstens wissen wir nicht, ob sie noch an dieser Adresse wohnt: Ihre Eltern können entweder schon tot sein, oder sie hat geheiratet und ist weggezogen. Weißt du was – lass uns heute Nachmittag einfach mal nach Sutton fahren. Wieder einmal ein bisschen feine Luft schnuppern wird mir guttun.«

Also fuhren wir hin, und es war alles viel einfacher als gedacht.

Rose hatte ein Klebeetikett auf einen an sie adressierten Rundbrief angebracht und als neuen Empfänger Lieut. Col. Wackley-Pitt angegeben, und während ich mich ein wenig weiter unten an der Straße, die von kleinen baumumrankten Herrenhäusern im neogeorgianischen Stil gesäumt war, herumdrückte, trat sie an die Tür des Hauses namens Little Acre und erklärte der Hausherrin, der Brief sei falsch zugestellt worden und sie hoffe, es sei kein wichtiges Schreiben, das sehnlichst erwartet werde.

»Das ist auch nicht für uns«, erklärte Mrs Little Acre. »Das ist sehr nett von Ihnen (nicht viele würden sich heutzutage diese Mühe machen), aber die Wackley-Pitts wohnen nicht mehr hier. Er ist gestorben, und seine Witwe ist zu ihrer verheirateten Tochter Wendy gezogen, wobei das schon acht Jahre her ist (das weiß ich deswegen so genau, weil wir im selben Jahr dieses Haus kauften), sodass auch sie inzwischen gestorben sein könnte.«

»Oh, ich verstehe«, sagte Rose. »Falls Sie ihre Adresse haben und es auf meinem Weg liegt, kann ich das Schreiben ja in den Briefkasten werfen.«

»Man hat uns zwar eine Adresse gegeben, um die Post weiterzuleiten, aber die Tochter heißt jetzt Bond-Bulliver«, erzählte Mrs Little Acre. »Der Zettel mit der Anschrift müsste in der Flurkommode sein, warten Sie bitte einen Augenblick.«

Nachdem sie mit der Adresse zurückgekehrt war, verabschiedeten sich die beiden breit lächelnd und einander ihrer Wertschätzung versichernd.

»Ach, das macht mir richtig Spaß«, sagte Rose und hängte sich bei mir unter. »Das war eine sehr freundliche Frau; genau mein Fall, so eine hätte ich gern als Nachbarin. Weißt du, Hetty, Liebes, ich bin zu dem Schluss gekommen, dass die meisten ihr Leben und die zu sein, die sie sind, leid sind. Ich finde, faustdicke Lügen zu erzählen und so zu tun, als wäre man jemand ganz anderes, ist schrecklich aufregend. Ich hätte es viel öfter machen sollen. Aber wem erzähle ich das: Du bist es ja schließlich gewohnt.« Schnell fügte sie hinzu: »Natürlich meine ich nicht das Lügen.«

Unter der zweiten Adresse befand sich ein weiteres modernes Herrenhaus, diesmal eines im Tudor-Stil.

»Zuerst müssen wir überprüfen, ob sie noch hier wohnt«, sagte Rose und suchte sich ein Haus ungefähr sechs Türen weiter die Straße entlang aus, wo sie fragte, ob Mrs Bond-Bulliver da sei, woraufhin ihr die Adresse, die man uns gegeben hatte, als ihr aktueller Wohnort genannt wurde.

»Jetzt müssen wir uns nur ein bisschen an der Bushaltestelle herumdrücken«, sagte Rose. »Wir tun so, als warteten wir auf die Nr. 48 oder 76 A oder welcher Bus hier auch immer langfährt. Dann müssen wir einfach auf unser Glück vertrauen. Ich gebe ihr eine halbe Stunde, bis sie einkaufen oder ihre Kinder abholen geht. Wenn sie sich bis dahin nicht hat blicken lassen, musst du leider allein warten, weil ich dann schließlich nach Hause muss, um das Abendessen zuzubereiten.«

Aber kaum eine Viertelstunde später kam uns das Glück zu Hilfe und, Einkaufstasche in der Hand, trat eine Frau aus dem Haus heraus und schritt geradewegs auf unseren Beobachtungsposten zu. »Starr sie um Himmels willen nicht an«, ermahnte mich Rose. »Ich halte sie lange genug auf, damit du diesen letzten langen Blick auf sie werfen kannst und endlich Ruhe gibst.«

Sie wandte sich ihr zu. »Entschuldigen Sie bitte«, sagte sie, »aber wissen Sie zufällig, wie oft der 76 A hier fährt?«

Nicht viele können behaupten, sich daran zu erinnern, wann sie ihre Mutter zum ersten Mal sahen. Doch hier war meine – in einen sehr teuren dunkelblauen Alpakamantel mit Samtkragen gehüllt, einen kessen schwarzen Velourshut mit scharlachroter Schleife auf dem Kopf, dazu hohe italienische Lederstiefel. Sie war nicht so groß wie ich – überhaupt war sie kein bisschen wie ich –, sowohl insgesamt als auch im Besonderen, mit einer einzigen Ausnahme. Im Gegensatz zu mir hatte sie ein ovales Gesicht, einen Pfirsichteint und natürliches aschblondes Haar. Aber dazu dann die gleichen grünen Augen wie ich!

Sie bedachte mich mit einem abschätzigen Blick.

»Nein, das kann ich nicht«, sagte sie mit der für die Oberschicht typisch gedehnten Aussprache. »Tut mir leid, aber wir fahren nie mit dem Bus.«

Dann ging sie weiter: ohne auch nur einmal zu lächeln.

»So, jetzt hast du's«, sagte Rose. »Nun hast du selbst gesehen, dass deine Mutter eine wandelnde Modepuppe ist und aus gutem Stall kommt.« (»›Wir fahren nie mit dem Bus‹«, äffte sie sie nach.) »Ich hoffe, du hast auch ihr stutenhaftes Wiehern bemerkt. Sie ist nicht dein Fall, Hetty, und du bist gewiss nicht ihrer. Nun, da du sie gesehen hast, kannst du sie getrost wieder vergessen.

Ah, und hier ist auch schon unser verspotteter 76A. Lass uns nach Hause fahren, und wenn wir an ihr vorbeikommen, darfst du ihr getrost mit einem dankbaren Winken ›Ave atque vale‹ sagen.«

Besuch von Polly

Eine Einschätzung dieser ungewöhnlichen Episode musste ich einstweilen verschieben, weil am nächsten Tag der Major und Mariana übers Wochenende zu Besuch kamen.

»Ab sofort bitte nicht mehr ›Mariana‹«, sagte sie. »Nachdem er und Gidner mich in der Abschlussprüfung im Stich gelassen haben, ist für mich jede Erinnerung an Tennyson schmerzhaft. Von nun an werde ich wieder ich sein – ›Polly‹. O Hetty, seitdem du weg bist, ist Jordans Bank eine Wüste, und ich versuche Grandpa davon zu überzeugen, den Rest unseres Lebens woanders zu verbringen. Also, ich muss schon sagen, deine Vermieterin ist der Hammer! Von nun an werde ich mir sie zum Vorbild nehmen. Wir haben uns schon zweimal gegenseitig das Herz ausgeschüttet, und sie meint, sie sei, als sie in meinem Alter war, sowohl von der Figur als auch vom Temperament her, genau wie ich gewesen. Auch der Major versteht sich prächtig mit ihr: Die beiden sind schon dicke Freunde. Wenn du wüsstest, wie schwer es war, ihn von zu Hause wegzukriegen! Es gelang mir nur, weil ich ihm versprochen habe, dass wir ein paar Nächte bleiben. Aber jetzt redet oder, besser gesagt, krakeelt er davon, dass er es gar nicht eilig hat, nach Jordans Bank zurückzufahren – und will wissen, wann wir das nächste Mal zu Besuch hierherkommen …«

Daran zweifelte ich keine Sekunde: Der Major hatte schon mehr als einmal Mr Peplow in dessen Mansardenzimmer besucht, wo er diesem Kanonade um Kanonade seinen Kampf quer über die Iberische Halbinsel beschrieb. Und als anrührender Beweis für die Vertrautheit der beiden schien mir seine Bitte: »Hetty, Schatz, würdest du so freundlich sein und in einer Buchhandlung die Werke von Rev. Charles Wolfe besorgen und zuvor sicherstellen, dass auch *Das Begräbnis von Sir John Moore in Coruña* darin enthalten ist? Fliegerleutnant Peplow schätzt das Gedicht sehr.«

Auch Rose war nicht unbeeindruckt. »Der Major ist ein wackerer alter Knabe«, sagte sie. »Er erinnert mich an meinen verstorbenen Papa. Aber ich wünschte, er würde endlich aufhören, von Napoleons Feldzug auf der Iberischen Halbinsel zu erzählen: Natürlich ist mir klar, dass er unmöglich daran teilgenommen haben kann, aber wenn weniger gut informierte Menschen mitbekommen, was er daherredet, könnten sie annehmen, dass er ein gutes Stück älter ist als in Wirklichkeit. Übrigens habe ich ihm schon mehrmals versichert, dass er noch voller Leben ist. Aber da draußen in diesen Sümpfen (Jordans Bank – was ist das denn für ein Name!) und mit nur seiner Enkelin, einem jungen Ding, als Gesellschaft, kann es für einen so geistreichen Mann auf Dauer nicht gut sein. Oh, sie hat das Herz am rechten Fleck – das bestreite ich nicht, Hetty –, aber ich glaube nicht, dass sie am Küchenherd eine große Hilfe ist, oder irre ich mich da?«

»Nein«, antwortete ich heimtückisch. »Nein, das hast du richtig erkannt, Rose. Im Gegenteil. Gulasch und Milchreis aus der Dose, mit so was muss er sich begnügen. Aber er beschwert sich nie.«

»Natürlich beschwert sich der arme Mann nicht. Er gehört nicht zu den Leuten, die ständig herumjammern!«, rief sie aus, während sie sich immer vehementer für ihn starkmachte.

»Daddy auch nicht. Diese Generation hat sich nie beschwert. Sie haben sich unermüdlich immer weiter durchgeschlagen (nicht nur auf dem Schlachtfeld). Oh, dieser Beveridge, dieser sogenannte Sozialreformer, trägt einige Verantwortung dafür. Er war fast genauso schlimm wie Redcliffe-Maud, der die Grafschaften durcheinandergewirbelt hat, sodass wir die Hälfte der Zeit nicht wissen, wo wir gerade sind. Männer vom Schlag des Majors, die sind eine aussterbende Rasse ... wobei von Sterben bei ihm noch lange nicht die Rede sein kann.

Ah, das sind Sie ja, Major Horbling. Ich gehe mal schnell Ihren Kakao machen. Setzen Sie sich so lange in den Sesel neben den Herd und erzählen Sie weiter. Ich kann es nicht erwarten zu erfahren, was als Nächstes an den Linien von Torres Vedras passiert ist. (Zuletzt hatten wir diese Festung eingenommen.) Und Hetty wollte gerade die Bettdecken aufschlagen gehen, stimmt's Schätzchen?«

Der Besuch der beiden war also auf dieser Ebene ein Riesenerfolg.

»Dir scheint es hier prächtig zu gehen«, sagte Polly zu mir. »Drei Typen, die dich umschwärmen. Du kannst mir wenigstens einen abgeben. Und versuch gar nicht erst, mir Ted auszureden, denn er hat mich für heute Abend in euer Varietétheater eingeladen.« (Und als ich am nächsten Morgen das Frühstück servierte, machte er einen heimlichtuerischen Eindruck.)

»Und, wie war's?«, fragte ich Polly ein wenig spitz.

»Oh, großartig! Echt klasse. Er hat die ganze Zeit gesagt, wie klasse er mich findet. Und als ein Mann mit einer Handsäge und einem Sarg darum bat, dass jemand aus dem Publikum zu ihm auf die Bühne kommt, hätte ich mich beinahe gemeldet, aber er hat es mir verboten. Er meinte, ich sei zu schade für das, was manchmal mit Leuten passiert, die sich auf die Bühne hinaufwagen. Hast du eine Ahnung, was er damit gemeint haben könnte, Hetty?«

Und ich war nicht die Einzige, die den Besuch der beiden nicht rundum gelungen fand. Auch Matthew war angesäuert. »Mrs Gilpin-Jones macht viel zu viel Aufhebens um diesen alten Gentleman, findest du nicht auch, Hetty?«, fragte er mich beiläufig. »Er könnte ihr Großvater sein. Und wenn du mich fragst, ist er ein ausgemachter Rassist: Er besaß die Unverschämtheit, mich zu fragen, ob mein Vater ein Zulu-Krieger war und an der Schlacht um Rorke's Drift teilgenommen hat.«

Ehe sie wieder nach Jordans Bank abreisten, berichtete Polly mir noch, dass sich Ronnie entschlossen hatte, Pfarrer zu werden, dass Lucy Gill einen Hauswirtschaftskurs an einer Berufsschule besuchte und ihn mit Crème Caramel herumzukriegen versuchte, dass Sonny wie ein begossener Pudel, um nicht zu sagen selbstmordgefährdet wirke und dass Miss Braceburn mit der Sportlehrerin zu einer Pilgerreise zum Grab von John Keats in Rom aufgebrochen war. Ich dachte darüber nach, ob Fanny Brawne, Keats' Verlobte, nach dessen Tod einen anderen geheiratet hatte, und wenn ja, ob ihr neuer Gatte ihr nach all diesen herrlichen, großartigen Briefen von ihrer einzigen wahren Liebe nicht ein wenig fad vorgekommen sein musste.

Ich lerne meine Mutter kennen

Als ich Rose eröffnete, ich sei wild entschlossen, meine Mutter zu treffen und ihr ein für alle Mal die Meinung zu sagen, nahm sie es ganz gelassen auf und sagte: »Che sera, sera! Aber dann musst du einen auf Dame von Welt machen und nicht wie ein schlaksiges Schulmädchen daherkommen. Lass uns nach oben gehen und nachschauen, was von der Zeit übrig ist, als ich noch ungefähr deine Figur hatte; vielleicht gibt es ja noch ein paar Fetzen, die Oxfam entgangen sind. Und diese schwarzen flachen Treter kannst du ebenfalls nicht anziehen: Sie schreien geradezu danach, von der Klassenlehrerin zum Kirchgang für gut befunden zu werden. Du brauchst definitiv hohe Absätze; du musst sie überragen. Und gewöhne es dir um Himmels willen ab, wie ein Bauernjunge zu schlurfen. Du musst lernen zu stöckeln.«

»Ach, Rose!«, rief ich aus, obwohl ich es genoss, dass sie so viel Aufhebens um mich machte, »nörgele doch bitte nicht die ganze Zeit an mir herum!«

»Schau dich doch an! Lass deine Haare hinabfallen. Wirf den Kopf nach hinten – genau so, lass sie herumwirbeln. Du weißt doch bestimmt, dass dein Haarschopf deine ganze Pracht und Herrlichkeit ist«, sagte sie feierlich. »Und stöckeln, du musst stöckeln! Ja, so ist es besser! Jede Mutter, die nichts von deinem Charakterfehler weiß (den wir auch schon wieder vergessen haben), wäre stolz auf dich.«

»Aber ich möchte nicht, dass sie stolz auf mich ist. Ich möchte nur, dass sie mich nicht vergisst. Ich möchte, dass sie sich bis zum Ende ihrer Tage beim Gedanken an mich vor Reue und Scham windet.«

Rose lachte. »Bei deinem Haarschopf wird sie wohl weder dich noch den Kerl, der ihn dir vermacht hat, je vergessen. Wenn sie sich nicht vor Neid windet, dann vor Bedauern.«

Rose hatte die wunderbare Gabe, schwächeren Geschlechtsgenossinnen Vertrauen einzuflößen. Sie stand Miss Braceburn in der Tat in nichts nach (mal abgesehen von deren strengen moralischen Prinzipien).

Auf diese Weise für den Kampf gerüstet und gewappnet, fuhr ich abermals nach Sutton Coldfield. Und wartete. Und hoffte inständig, dass sie sich blicken ließ.

Das tat sie. Aber diesmal in Begleitung von zwei Kindern, einem Jungen und einem Mädchen, ungefähr vier und sechs, und einem riesigen Schäferhund; munter zog der kleine Trupp in den Park. Wie beim letzten Mal sah sie wie aus dem Ei gepellt aus; an diesem Nachmittag schmückten sie ein Strohhut, der keck auf ihrem hochgetürmten Haar saß, ein scharlachroter Wollmantel und atemberaubende Wildlederschuhe.

»So, nun lauft mal los!«, rief sie fröhlich. »Sarah, du pass schön auf deinen Bruder auf! Und Adam, du bleibst brav bei deiner Schwester. Und ihr dürft Ponty auf gar keinen Fall von der Leine lassen!«

Dann zog sie ein Taschentuch hervor, wischte eine Bank ab, setzte sich, steckte sich eine Zigarette an und stieß eine Rauchwolke aus.

Ich schlenderte zu ihr hinüber, setzte mich neben sie und murmelte beiläufig: »Rauchen schadet Ihrer Gesundheit. Auch die Regierung warnt davor.«

Sie drehte sich abrupt zu mir um. »Wie können Sie es wagen! Wenn Sie nicht sofort diese Bank verlassen, hole ich die Polizei. Ich habe Sie doch jüngst schon einmal gesehen. Was wollen Sie von mir?«

»Stimmt«, sagte ich, »Sie haben mich schon einmal gesehen. Und was ich will? Ah, das weiß ich selbst nicht so genau – noch nicht. Aber etwas werde ich schon wollen.«

Sie musterte mich abschätzig von oben bis unten. »Sie sind unverschämt. Unser Park wird von Aufsehern überwacht. Gehen Sie jetzt sofort und lassen Sie sich nie wieder blicken! Los!«

»Ich nehme an, das haben Sie letztes Mal auch zu mir gesagt – bevor Sie sich aus dem Staub gemacht haben: ›Lass dich nie wieder blicken.‹«

So viel muss ich zu ihrer Verteidigung sagen – Rose hatte sich geirrt, als sie meinte, sie hätte einen niedrigen Intelligenzquotienten. Er musste im Gegenteil sehr hoch sein, denn ich konnte sehen, sie wusste schon halbwegs, dass das, wovon sie immer gewünscht hatte, es würde nie eintreten, eingetreten war. Sie stellte ihre dummen Bedrohungen ein und fragte unumwunden: »Wer sind Sie?«

»Sie wissen sehr gut, wer ich bin.«

»Wer sind Sie?«, fragte sie beharrlich.

»Ich bin deine Tochter, Mummy, deine lange verlorene Tochter«, sagte ich und bereute sogleich den melodramatischen Unterton.

Sie versuchte erst gar nicht, ihren aussichtslosen Widerstand fortzusetzen: Sie war ganz schön zäh.

»Was willst du?«, fragte sie barsch, indem sie die Stimme senkte und sich mit einem raschen Blick versicherte, dass ihre Kinder außer Hörweite waren.

»Was ich will?«, sagte ich. »Wie wäre es zum Beispiel mit ein bisschen verspäteter Mutterliebe? Das wäre doch ein netter Anfang. Nein? In Ordnung, dann möchte ich vielleicht einfach nur einen näheren Blick auf die Frau werfen, die ihr Baby weggegeben hat wie ein Bündel alter Kleidung auf einem Trödelmarkt.«

So, jetzt war es heraus.

Merkwürdigerweise kam ihr offenbar nicht einen Moment lang in den Sinn, dass ich vielleicht eine Hochstaplerin war. Und ich fragte sie, warum nicht. Sie errötete und presste die Lippen zusammen – ganz offensichtlich hätte sie sich in den Hintern treten können, weil sie sich so einfach ergeben hatte.

»Nun?«, fragte ich.

»Wegen deines Gesichts«, antwortete sie heftig. »Und deines Haars.«

»Und der hier?«, sagte ich und schob den von Rose geborgten Seidenschal zur Seite. Sie warf einen Blick auf die Silberbrosche mit dem kleinen Aquamarin, die Mrs Birtwisle mir gegeben hatte. Sie wandte sich wieder ab und rang mit gesenktem Kopf um Fassung.

»Oh, weine ruhig«, sagte ich kalt. »Aber im Grunde hast du ja keinen Grund dazu, nicht wahr? Du hast es gut getroffen, wie man unschwer an deiner hübschen Kleidung erkennen kann … du musstet deine Sachen nie auftragen, so wie ich. Spar dir also deine Tränen.«

Doch wenn sie gespielt waren, dann waren sie gut gespielt. Schließlich gelang es ihr, das Schluchzen zu unterdrücken. Aber nur einen Moment lang. Dann bebten ihre Schultern erneut.

»Es ist völlig sinnlos, weiter herumzujammern«, sagte ich. »Sehr viel nützlicher wäre es, wenn du entscheiden würdest, was du jetzt mit mir machen willst. Hier bin ich, und auch noch so viele Tränen werden mich nicht fortspülen: Wenn du erneut einen Blick riskierst, werde ich immer noch da sein. Du hast mich wie eine Katze im Sack weggeworfen. Nun, wie du siehst, bin ich aus dem Teich herausgeklettert.«

»Es war anders, als du denkst«, entgegnete sie, nachdem sie sich einigermaßen gefasst hatte. »Ich wollte dich behalten. Aber meine Eltern waren dagegen. Vor allem Daddy.«

»Mein Großvater«, sagte ich, um sie daran zu erinnern. Und ich glaube, es war das erste Mal, dass sie ihn in dieser Rolle sah.

»›Du kannst es nicht behalten‹, hat er immer wieder gesagt. ›Es muss weg, bevor du und deine Mutter es zu lieb gewinnt. ES MUSS WEG.‹«

(Ich fand es extrem empörend, als »es« bezeichnet zu werden.)

»Ich habe die ganze Nacht geweint.« Sie warf mir einen kurzen Blick zu, als fürchtete sie, ich könnte ihr nicht glauben. »Am nächsten Morgen hat er herumtelefoniert, und dann setzte er Mummy und mich in ein Taxi.«

»›Mummy und mich‹ und wen noch?«, sagte ich bitter.

»Wen noch?« Sie klang tatsächlich verwirrt, doch dann fiel der Groschen. »Ach so, und dich«, fügte sie jämmerlich hinzu. »Bis wir am Ziel ankamen, heulten meine Mutter und ich Rotz und Wasser. ›Sie hat meine Augen‹, sagte meine Mutter wieder und wieder.«

»Haben sie dir gesagt, wer mich bekommen würde?«

»Keine Einzelheiten. Sie meinten, es sei das Beste, wenn wir uns nicht begegneten: Es würde uns alle zu sehr mitnehmen. Man sagte mir nur, dass es sich um ein Paar aus christlichem Haus handele und die Adoptionsvermittlungsstelle die beiden überprüft habe, wir bräuchten uns also keine Sorgen zu machen.«

»Sie heißen Mr und Mrs Birtwisle«, sagte ich. »Er ist ein gehässiger Steuereintreiber, der seine Frau als Fußabstreifer benutzt. Sie haben an einem anderen Schnäppchentisch auch einen Bruder für mich ausgesucht und mit nach Hause gebracht. Sie haben ihn Sonny genannt.«

»Sonny!«, rief sie scharf aus.

»Nicht Nigel oder Miles oder Jonathan. Sonny!«

»Sonny!«, wiederholte sie, als sei ihr erst jetzt das ganze schreckliche Ausmaß ihres Verrats klargeworden.

»Vielleicht interessiert dich ja auch, welchen Namen die Birtwisles mir aufgedrückt haben?«

Sie antwortete nicht, allerdings muss ich fairerweise sagen, dass erneut Tränen in ihre Augen traten und ihre Lippen bebten.

»Sie haben mich Ethel genannt«, sagte ich empört. »Sehe ich wie eine Ethel aus? Was ist mein richtiger Name?«

»Du hattest noch keinen. Ich glaube, erst mit der Taufe bekommt man einen Namen.«

»Ach, nun komm schon. Als du mit mir schwanger warst, hast du dir doch bestimmt einen ausgedacht.«

»Nun gut – Sarah«, antwortete sie.

»Oh!« Ich blickte entrüstet zu den Kindern, die mit dem Hund spielten. »Dann hat *sie* also meinen Namen gekriegt?«

»Aber du musst ›Ethel‹ ja nicht behalten«, sagte sie weinerlich. »Sobald du einundzwanzig bist, kannst du deinen Namen bestimmt notariell ändern lassen. Ich muss zugeben, ›Ethel‹ macht nicht viel her, und ich verstehe, dass du das Gefühl hast, es passt nicht zu dir. Ich denke, du musst es deinen Eltern auch nicht sagen. Für sie kannst du ja ›Ethel‹ bleiben und deinen neuen Namen für Freunde, die du woanders findest, benutzen.«

»Hör bitte auf, die Birtwisles meine Eltern zu nennen. Du bist der einzige Elternteil, den ich bislang ausfindig gemacht habe. Übrigens habe ich Osokosie, so heißt das schnuckelige Haus, wo ich aufgewachsen bin, und Jordans Bank verlassen und hoffe, weder den Ort noch sie je wiederzusehen. Aber das brauchen wir nicht weiter zu erörtern.«

Einen Moment lang herrschte Schweigen.

Dann warf ich ironisch ein: »Meine Familie hat sich auf wundersame Weise vergrößert; nun habe ich auch noch einen Bruder und eine Schwester.«

»Einen Halbbruder und eine Halbschwester«, korrigierte sie mich. »Sie haben einen anderen Vater.«

»Dann hat er dich nicht geheiratet? Warum nicht? Zumindest einmal muss er dich attraktiv gefunden haben; er wird mich ja nicht geistesabwesend gezeugt haben. Hat er dich nicht geliebt?«

»Doch, jedenfalls hat er das behauptet. Und zwar mehrmals.«

»Warum dann nicht?«

»Er meinte, wir wären zwei unverträgliche Charaktere. Aber das kannst du nicht verstehen.«

»Ah!«, erwiderte ich vielsagend.

»So etwas gibt es.« Und sie fügte hoffnungsvoll hinzu: »Auch dir könnte es eines Tages passieren.«

Das war alles ungemein interessant, denn je näher ich sie kennenlernte, desto gewinnendere Züge bekam die kühle Person, die ich stellvertretend für sie vor Augen gehabt hatte. Aber allmählich wurde es mir zu viel, ein allzu kameradschaftlicher Ton schlich sich ein, und mir kam der Gedanke, dass sie sehr viel gerissener sein könnte, als sie aussah. Also beschloss ich, den Druck zu erhöhen.

Doch die Kinder beendeten unser Treffen abrupt. »Mummy, schau mal!«, riefen sie im Chor. »Schau!«

»Was hast du jetzt vor?«, raunte sie.

»Darüber muss ich erst nachdenken. Ja, um das zu entscheiden, brauche ich ein bisschen Zeit. Nächsten Mittwoch kann ich es dir vielleicht sagen.«

»Nächsten Mittwoch!«, wiederholte sie erschrocken.

»Ja, nächsten Mittwoch, selbe Zeit, selber Ort. Da habe ich einen halben Tag frei.«

»Aber mittwochs besuchen wir immer seine Eltern.«

»Wenn du nicht hier bist, werde ich dir mit dem Taxi nachfahren und zu eurem Nachmittagstee dazustoßen.«

(»Mummy, Mummy, schau mal!«)

»Oh, das würdest du nicht tun.«

»Natürlich würde ich es tun. Ich pflege nicht das eine zu sagen und etwas anderes zu tun. Du wirst nächsten Mittwoch hier sein, ob es regnet, hagelt oder die Sonne scheint.«

Sie sammelte ihre Kinder ein und machte sich auf den Nachhauseweg.

Aber der Junge, Adam, drehte sich um, kam mit feindseliger Miene auf mich zu und trat mir ans Schienbein. »Ich mag dich nicht«, sagte er. »Verschwinde.«

Ein aristokratisches Intermezzo

»Meine Arbeit fast fertig, Miss Beauchamp«, sagte Iwan ein paar Tage danach zu mir. »Nur einer von Mr Kossows »Das wahre Großbritannien«-Aufträgen noch nicht durchgestrichen. Einer ist übrig.«

»Lassen Sie mich raten«, erwiderte ich. »Nein, verraten Sie es nicht. Sie sollen die kilometerlange Schlange vor dem Arbeitslosenhilfeschalter ablichten? Fußballfans, die jemanden mit dem falschem Schal um den Hals umbringen? Einen inkompetenten Vorstandsvorsitzenden, der sich eine zweihundertprozentige Gehaltserhöhung gönnt?«

»Sehr lustig, aber falsch, sehr falsch. Es ist ein Adeliger in seinem Palast. In meinem Land die Menschen sich sehr dafür interessieren. In meinem Land wir haben Paläste, aber keine Adeligen darin. Nur Eintrittskartenabreißer. Heute Palast ist offen. Kommen Sie mit. Ich bezahlen Busticket.«

Warum nicht?, dachte ich, denn offen gestanden hatte ich noch nie einen Adeligen gesehen. Die Adeligen von Jordans Bank waren vor vielen Generationen schon in die Grafschaft Surrey geflohen.

Also zogen wir los, und Iwan berappte 1 Pfund 25 für unsere Fahrt tief in die Grafschaft Warwickshire hinein. Während der Bus dahinbrauste, fragte ich Iwan nach seiner Mutter.

»Ich sehe Mama nicht oft«, erwiderte er ernst. »Ich bin ein Stalin-Kind. Nur sonntags sie kommen. Sonntag nicht in Fabrik. Sie immer breites Lächeln im Gesicht. Hat mir schwarzen Teddybär geschenkt. Wartet in Kiew auf mich.«

»Ihre Mama oder der schwarze Teddybär?«

»Schwarzer Bär.«

Das Herrenhaus befand sich am Ende einer Gasse, nur einen knappen Kilometer von der Bushaltestelle entfernt, und das war gut so, denn es begann zu regnen. Eine kleine Schar durchnässter Besucher stand dicht gedrängt auf der Veranda, wo wir unsere tropfenden Regenmäntel und Schirme abgenommen bekamen. (»Die Teppiche … Sie wissen schon …«) Als genügend Besichtigungswillige zusammengekommen waren, wurden wir durch endlose Zimmerfluchten getrieben, wo es nach Rauch, Moder und Verfall roch. Unsere Führerin, eine mollige nette Frau, war, wie sich herausstellte, die Gattin des Schlossbesitzers.

Sie deutete auf eines der Ahnenporträts. »Ich glaube, der hier ist der Ururgroßvater meines Mannes als Husar verkleidet. Oder könnte es vielleicht sein Urgroßonkel gewesen sein? (Es ist *seine* Familie, nicht meine, müssen Sie wissen. Und es macht ihn ganz fuchsig, wenn ich ihn frage, wer wer ist.) Das hier ist die Treppe, wo irgendjemand hinuntergeworfen wurde und sich das Genick brach. Während der Rosenkriege, glaube ich. Oder war es die andere Treppe und der Englische Bürgerkrieg? Nein«, zu Iwan, »wir haben nichts dagegen, wenn Sie Fotos für Ihr privates Album machen. An der Haustür steht eine Spendenbox für die Übersee-Mission.«

Als wir in einen weiteren Raum kamen, der um seine einstige Pracht trauerte, legte sie den Zeigefinger an die Lippen, bedeutete uns, kurz zu warten, und verschwand im angrenzenden Zimmer. Wir hörten, wie eine Person versuchte, eine andere daraus zu vertreiben, die sich jedoch weigerte. Schließlich kehrte sie zurück, drehte die Augen zur Decke (aber ausnahmsweise nicht, um uns anzuhalten, diese zu bewundern) und breitete – eine Geste kontinentaler Verzweiflung – ratlos die Arme aus.

Hinter ihr kam ein sehr alter Mann hereingeschlurft. Nun, älter als alt: Er war uralt.

»Ist Adelige?«, wisperte Iwan mir zu.

»Ah!«, knurrte der alte Knabe.

»Ist Adelige«, antwortete ich.

»Ah!«, knurrte der Greis erneut und musterte uns eine gespannte Weile hämisch.

»Tja …«, murmelte er, hielt inne, nahm die Musterung wieder auf.

Einige von uns rieben sich die Hände wie lauter speichelleckerische Uriah Heeps, aber die meisten von uns sahen hoffnungslos nach unterer Mittelschicht aus, wir alle wirkten wohl so, als wäre es uns nicht nur schrecklich unangenehm, auf der Welt, sondern obendrein in diesem Haus entdeckt worden zu sein.

Er musterte uns erneut von oben bis unten.

»Tja«, sagte er nochmals.

Dann wandte er sich ab. Wir warteten ängstlich ab. Er drehte sich erneut zu uns um.

»Tja«, sagte er abfällig, »ich wette, Sie haben alle die Sozialisten gewählt.«

Hatte Iwan die Kamera klickbereit erhoben, um diesen Moment der gemeinen Beleidigung zu dokumentieren?

Nein, hatte er nicht.

Ich wusste, nie wieder würde ich einer derartigen Verkörperung eines waschechten blaublütigen Torys begegnen, der Iwans Adeligen das Wasser reichen könnte. Faszinierend! Erneut besah ich ihn, und diesmal betrachtete ich bewundernd den Rücken dieses Aristokraten, meines Landsmanns, der mit einer einzigen Bemerkung, einem hypnotisierenden Wort, meinen Begleiter dazu gebracht hatte, seinen abstoßenden Glauben an die menschliche Brüderlichkeit zu verwerfen.

»Kein Wunder«, flüsterte ich ihm zu, »dass es euch nicht gelingt, eure abscheuliche Revolution zu exportieren.«

Dann fiel eine Tür krachend ins Schloss, wurde ein Schlüssel umgedreht und ein Riegel vorgeschoben.

»Ich fürchte, unsere Besichtigung ist damit zu Ende«, sagte unsere Führerin. »Aber nächstes Jahr am Tag der Pflegenden haben wir wieder geöffnet. Bringen Sie doch bitte gern auch Ihre Freunde mit.«

Pollys Geheimnis

»Diesmal habe ich dir deine Katze mitgebracht«, sagte Polly.
»Percy hat sich nach dir verzehrt, und obwohl dieser Fenland-
Sommer eine außergewöhnlich gute Saison für Mäuse war,
ist er mit jedem Tag magerer geworden. Schau, kaum hat er
dich erschnuppert, fühlt er sich auch schon zu Hause. Oh, du
kannst dir ja nicht vorstellen, wie herrlich es ist, wieder hier
zu sein nach der Eintönigkeit von Jordans Bank. Großvater
hat ebenfalls die ganze Zeit mit den Hufen gescharrt, und
früher war es fast ein Ding der Unmöglichkeit, ihn auch nur
nach Wisbech mitzuschleppen. Seit er wieder hier ist, ist er
nicht mehr zu stoppen: Inzwischen hat er sich vom Majuba
Hill zurückgezogen, ist von der Iberischen Halbinsel in See
gestochen, an Neuve-Chapelle vorbeigekommen und sammelt seine Truppen in Alamein. Du wirst sehen, noch ein,
zwei Wochen in Gesellschaft von Mr Peplow, und er fährt
auf Reagans idiotischen Krieg der Sterne ab.«

Dann wollte sie natürlich hören, wie meine Suche verlaufen war, und ich, die ich sie all die Jahre über um den Kinds-
betttod ihrer Mutter beneidet hatte, schmückte die Tatsache,
dass ich einen Oberst zum Großvater hatte, aus, auch wenn
er so herzlos gewesen war, von mir nur als »es« zu reden. Und
natürlich war Polly schwer beeindruckt, als ich ihr die Garde-
robe meiner Mutter beschrieb.

»In Mrs Gilpin-Jones' altmodischen Klamotten musst du

ihr ziemlich gestrig vorgekommen sein«, sagte sie. »Dieses Ledergewand – bestimmt hat Mrs Gilpin-Jones es getragen, als sie 1912 in einem offenen Dion-Bouton am Wagenrennen von London nach Brighton teilnahm. Und verschon mich bitte mit den Seelenergüssen und irdische-Grenzen-sprengendem Quatsch vom alten Browning: Abgesehen von dir und der Braceburn und ihm selbst bilden alle anderen, der große Rest, die Volksmeinung, auch wenn sie dir noch so oberflächlich erscheint. Oh, da kommt Ted.« Sofort legte sie sich ins Zeug, und ihre Augen blinkten wie das jährliche Lichterfest von Blackpool.

»Du bist klasse, Poll«, sabberte er. »Echt klasse!«

Zutiefst angewidert, ließ ich die beiden stehen und ging davon.

»Es muss für Sie ein schrecklicher Tag gewesen sein, als Sie Ihre Tochter verloren!«, schrie ich kurz darauf dem Major ins Ohr.

Da meine Worte offenbar nicht zu ihm durchgedrungen waren, holte ich Luft, um es nochmal zu versuchen, doch dann schrie er, mit verdutzter Miene, zurück: »Sie verloren?«

»Als sie starb. Dieser letzte traurige Tag (als die Sonne unterging).«

»Was, dann ist sie tot?«

»Ihre geliebte Tochter – von ihr spreche ich.«

»Wann denn, Hetty?«

»Wann, was?«

»Wann ist sie gestorben? Sie war doch eben erst hier und hat mir einen Becher Tee gebracht, der – wie immer, wenn sie ihn gemacht hat – viel zu dünn ist. Wie kann sie also tot sein, Liebes?«

»Ihre Tochter!«, rief ich.

»Polly ist meine Tochter«, rief er.

»Aber ihre Mutter ist gestorben. Sie können unmöglich diesen Herbsttag vergessen haben – als die Sonne unterging.«

»Wie, dann ist sie gestorben?«

(Du lieber Himmel, wir drehten uns im Kreis.)

»Ja, an dem Tag, als Sie Ihnen Polly gegeben hat.«

»Sie hat mir Polly gegeben«, dröhnte er und klang dabei amüsiert. »Ja, sie hat mir Polly gegeben. Als sie stiften gegangen ist. ›Hier hast du sie‹, hat das Luder zu mir gesagt. ›Sie gehört jetzt ganz dir.‹ Als ich zuletzt von ihr gehört habe, war sie in Dakota bei diesem Yankee-Oberfeldwebel, und ich hoffe, sie macht ihm da die Hölle heiß.« Er brach in Lachen aus.

Und ich auch.

»Weiß Polly es?«, fragte ich glucksend.

Er nickte.

»Dann sagen Sie ihr bitte nicht, dass Sie es mir erzählt haben, Major!«, rief ich.

»O nein! Nein, nein! Poll schlägt ihrer Mutter nach – sie braucht ihre Träume, das arme Ding. Aber ich hoffe, dass ihre Träume sie nicht nach Dakota verschlagen. Ich habe in der *National Geographic* über diese Gegend gelesen: Entweder sie ist unter Schneemassen begraben oder unter Staub. Und nie passiert dort etwas.«

Mit einem Mal schlug er einen feierlichen Ton an (was nicht seine Gepflogenheit war). »Aber wir alle brauchen sie, Hetty!«, rief er. »Träume! Wir brauchen alle unsere Träume, liebe Hetty. Ohne Träume würde manch einer von uns verrückt werden.«

Rose verliebt sich wieder

Bald wurde klar, dass nicht Birmingham, sondern Rose den Major fesselte: Offenbar fühlten sie sich beide in der Gesellschaft des anderen wohl.

»Für einen Mann ist er ungewöhnlich gut informiert«, erzählte sie mit heiserer Stimme. »Überhaupt ist er ein guter Mann. Du glaubst nicht, was für bereichernde Gespräche wir haben. Aber ich bin so heiser, dass ich es kaum abwarten kann, bis endlich Freitag ist.«

»Freitag?«

»Ja, ich habe für ihn einen Termin in einer HNO-Praxis in der Stadt ausgemacht, um sich ein Hörgerät verschreiben zu lassen.«

Dann sah sie mich eindringlicher an, als es sonst ihre Art war. »Ich kann es dir ebenso gut gleich sagen«, fuhr sie fort. »Ich habe ihm mein Jawort gegeben und werde also die zweite Mrs Horbling werden. Aber behalte das bitte für dich, bis er diese Neuigkeit Polly beigebracht hat: Ich möchte nicht, dass es böses Blut gibt.«

»Ist er nicht ein bisschen zu alt für dich?«, fragte ich (wobei ich es als verstecktes Kompliment meinte).

»Was hat das Alter damit zu tun?«, rief sie empört aus. »Du glaubst doch nicht, ich will Polly einen kleinen Bruder schenken, oder? Wir werden getrennte Schafzimmer haben, und dann werden wir sehen, wie es von dort aus weitergeht.«

»Also bist du nicht in ihn verliebt?«

»Verliebt!« Sie lachte. »Ach, Hetty, hör um Himmels willen auf, Unsinn zu reden. Er möchte eine Freundin, die sich bis zum Ende seiner Tage um ihn kümmert. Und ich möchte jemanden, dem ich mich anvertrauen kann. Und der mich wertschätzt. Große Frauen wollen genauso wertgeschätzt werden wie andere auch. Außerdem brauche ich einen Beschützer.«

»Aber damit meinst du doch nicht …?«

»Nein, natürlich meine ich nicht, was ich denke, dass du meinst. Sei nicht albern, du Gans. Ich werde schon nicht auf der Straße landen. Wir werden sehr gut von seiner Armeerente und den Goldküstendividenden des armen Reg leben können. Also, du bist heute Morgen ziemlich anstrengend, Hetty, das muss ich schon sagen«, rief sie gereizt aus. »Außerdem – wie naiv du bist: kaum zu glauben. Ich nehme an, es liegt daran, dass du keine Mutter hattest. Oh, und jetzt sehe ich auch, du hast gar nicht gemeint, was ich dachte, dass du meinst«, sie hatte mitbekommen, wie ich den Blick zu dem Kavalleriesäbel des Majors hatte wandern lassen. »Ich wollte sagen, dass ich jemanden brauche, der angesichts der Strapazen des Lebens auf mich aufpasst.«

»Sei ein Gott / und beschütze mich mit deiner Aura. / Sei ein Mann und halte mich / In deinen Armen«, rezitierte ich, während ich geistesabwesend Robert Brownings *Gesammelte Werke* herunternahm und ein bisschen Staub wegwischte, ehe ich das Buch in den Limbus der verlorenen Illusionen zurückstellte. Eine literarische Randbemerkung, die Rose entging.

»Wie auch immer«, fuhr sie fort, »du wirst sowieso bald zum Studieren weggehen.«

»Ja, diese Hoffnung habe ich«, sagte ich, »aber bislang ist es nicht mehr als eine Hoffnung. Im Übrigen kann ich mir nicht vorstellen, Rose, dass du als verheiratete Frau im Fenland leben möchtest. Außer der Kathedrale von Ely gibt es dort so gut wie nichts ...«

Sie unterbrach mich. »Gott behüte! Ich ziehe doch nicht dorthin: Er kommt hierher, und alles bleibt beim Alten, jedenfalls fürs Erste. Es wird so sein, als hätten wir einen zusätzlichen Pensionsgast. Außerdem mag der Major dich sehr, Liebes, und wir beide würden uns freuen, wenn du unser Heim auch als deines betrachtest. Schließlich seid Polly und du euch näher als die meisten Schwestern. Und keiner von uns wird je vergessen, dass du uns zusammengebracht hast.«

Wieder geriet sie ins Schwärmen, doch um sie auf die Erde zurückzuholen, fragte ich sie, ob sie dem Major davon erzählt habe, dass Reg sie heimsucht.

»Natürlich nicht, du Dummerchen. Und du darfst es Polly auch nicht sagen. Auch wenn ich weiß, dass Reg hundertprozentig hinter mir steht ... Im Übrigen, welchen Grund sollte er haben, eifersüchtig zu sein? Und habe ich nicht eben deutlich gemacht, dass, es sei denn, die Heizung fällt im Winter aus, mein zukünftiger Gatte und ich das Bett nicht teilen werden? In unserem Alter! Allein der Gedanke! Na ja, jedenfalls in *seinem* Alter! Du bist mir wirklich ein lustiges Mädchen, Hetty.«

Sie hatte vermutlich recht. Im Übrigen würde Reg, wenn er nachts durch die Tür spähte, den Major, nachdem dieser seine falschen Zähne über Nacht in einen Becher Wasser gegeben hatte, vermutlich für Rose' Großvater halten.

»Ich würde nur zu gern wieder in Weiß heiraten«, murmelte sie verträumt. »Weiß steht mir, wurde mir immer wieder bestätigt. Douglas und ich hatten eine ziemlich große, feierliche Hochzeit – Glocken, viele kleine Chorknaben, Fracks und Zylinder, Ehrenspalier, ein Bischof ... mit allem Drum und Dran.«

»Vielleicht könnte der Major seine ganzen Medaillen tragen und seinen Säbel«, schlug ich vor. »Mit Scheide natürlich ...«

»Es wird eine sehr ruhige Angelegenheit werden«, fuhr sie in bedauerndem Ton fort. »Matthew wird uns früh an einem Morgen in der St.-Barnabas-Kirche trauen. Nur im Kreis der Familie. Na ja, Miss Foxberrow – auch wenn sie in ihrer ganz eigenen Welt lebt – wohnt jetzt schon so lange bei mir, dass sie fast zur Familie zählt, leider.«

»Und Ted?«

»Nein, der nicht.«

»Aber dann wenigstens Iwan. Er sollte unbedingt eine englische Hochzeit miterleben, bevor er nach Hause zurückkehrt. Sonst könnte er auf die Idee kommen, dass wir Hochzeiten in einer Art Volkspalast abhalten.«

»Nein, nein, nein«, sagte sie bestimmt. »Wenn es nach mir ginge, wäre die einzige Einrichtung, die er zu sehen kriegt, ein englisches Gefängnis, und zwar von innen. Ich kann mir vorstellen, was er mit seiner Kamera im Schilde führt.«

»In Ordnung, und was ist mit Mr Peplow?«

»Er würde gar nicht verstehen, was abläuft. Er ist ganz glücklich mit seinem Leben, wie es ist – mit seinen Erinnerungen.«

Ich fand, sie ging zu hart mit meinem Freund ins Gericht, denn ich war überzeugt, er würde schon verstehen, was da vor sich ging, und eine Hochzeit wäre vielleicht genau das richtige Stimulans, um ihn vom *Begräbnis von Sir John Moore in Coruña* wegzulotsen, hin beispielsweise zu John Donnes *Epithalamion*, einem Hochzeitslied. Wenn ich nachts im Bett lag, ohne Angst vor Mr Birtwisle haben zu müssen, kam ich mir fast vor wie im Paradies, aber mir wäre es noch lieber gewesen, Mr Peplow in der Dunkelheit ausrufen zu hören:

>»Im Osten die Sonne, sie strahlt schon hell,
>Nun komm, schöne Braut, steh auf schnell, schnell …«

Doch Rose gegenüber erwähnte ich das nicht: Sie konnte in solchen Dingen recht zickig sein.

»Aber zuerst feiern wir einen dreihundertsten Geburtstag«, verkündete sie. »Miss Foxberrow muss bestimmt 75 Jahre alt sein, Mr Peplow ist 84, Matthew 37, das weiß ich, Ted 20, du bist 18, die Katze ist 10, hast du mir gesagt, und ich bin 46. Und gleichzeitig ist das unsere Verlobungsfeier.«

»Iwan hast du wieder vergessen«, wandte ich ein.

»Puh! Da er nicht getauft ist, hat er auch keinen Geburtstag, den er feiern könnte. Dort, wo er herkommt, werden die Menschen in Brutmaschinen ausgebrütet, dann in Aufzuchtstationen großgezogen und später dann unterdrückt. Mir schwebt eine Feier vor, die eine romantische Beziehung hervorbringt, zum Beispiel zwischen Miss F. und Mr P. Beide sind in einem besonnenen Alter, und sie könnten sich nachts abwechseln – mal rezitiert er seine Gedichte, mal fantasiert sie über ihre Vergangenheit. Mir gefällt die Vorstellung nicht, dass Miss Foxberrow das Zeitliche segnet, ohne die Freuden der Liebe kennengelernt zu haben. Und wenn der Major und ich eines Tages von hier weggehen, könnten sie in eine Senioreneinrichtung umziehen.«

»Wenn stimmt, was du erzählt hast«, sagte ich, »hat sie

vielleicht nicht die Freuden der Liebe, wohl aber die Qualen der Liebe kennengelernt. Weil sie mit einem Mörder zusammenlebte, meine ich. Dann könnte sie das Leben mit Mr Peplow als etwas fade empfinden, weil er ein Gentleman ist und, selbst wenn er wollte, längst nicht mehr in der Lage wäre, über jemanden herzufallen.«

Hier geriet unsere Unterhaltung an einen toten Punkt.

Polly verliebt sich

Aber das Ende von Haus Nr. 27 war das noch längst nicht.

»Was sind das für Maler-Typen, zu deren Bildern Ted mich gestern mitgenommen hat?«, wollte Polly wissen. »Und übrigens und zum letzten Mal, lass uns Mariana ad acta legen; erst gestern ist es dir wieder rausgerutscht, obwohl du mir doch versprochen hattest, dass es nicht mehr vorkommt. (Ted hätte gern, dass ich mich Natascha nenne.) Mariana gehört der Vergangenheit an, damals waren wir noch Schülerinnen. Die Waterland High war ein bisschen wie ein Traumland, findest du nicht auch?«

»Aber es war irgendwie aufregend dort, nicht wahr?«, antwortete ich. »Den vergangenen sechs Wochen nach zu urteilen kann das richtige Leben dem Traumland nicht das Wasser reichen. Ah, dann habt ihr euch also die Präraffeliten angesehen. Sind sie nicht großartig?«

»Nein«, erwiderte sie. »Warum sehen diese Typen alle so aus, als würden sie unter Verstopfung leiden? Und diese schlaffen Frauen mit ihren bügelbrettflachen Brüsten. Zum Beispiel *The Last of England* – alle sehen aus, als hätte keiner von ihnen Lust, das Land zu verlassen, warum sind sie dann nicht einfach dageblieben?«

»Ted gefallen sie aber.«

»Vielleicht haben sie ihm gefallen.«

»Nun, dann …«, begann ich.

»Aber jetzt nicht mehr«, fügte sie selbstgefällig hinzu. »Er beschäftigt sich mittlerweile lieber mit dem echten Leben, also mit mir. Er sagt, ich sei wie ein riesiges Stück Würfelzucker für ihn.«

»Aha!«, rief ich aus. »Eine ultimative Liebeserklärung. Du kannst beruhigt sein, Schätzchen: Du hast ihn in der Hand.«

»Jedenfalls schleckt er mich gern ab wie ein Stück Würfelzucker«, vertraute sie mir an, »und wenn ich endlich für ein Wochenende mit ihm nach Kidderminster käme, würde er mich von Kopf bis Fuß abschlecken, sagt er.«

»Oh, pass bloß auf!«, rief ich aus. »Zuerst kommt das Schlecken, dann das Beißen.«

»Diese Miss Foxberrow in Zimmer eins …«, sagte Polly unvermittelt. »Stimmt es wirklich, was Mrs Gilpin-Jones erzählt hat – dass ihr Kerl gehängt wurde? Wie furchtbar!«

»Ganz und gar unwahr!«

»Warum hast du ihr gestern dann nicht widersprochen? Du warst doch dabei, als sie es mir erzählt hat.«

»Man lernt nie aus«, antwortete ich vielsagend.

»Was soll das nun wieder heißen?«

»Sag mal, was hast du da für ein neckisches Ding um deine Taille baumeln?«, fragte ich, nachdem ich die Sklavenkette entdeckt hatte, die vor einer Weile mir angeboten worden war.

»Ted hat gesagt, diese Kette ist etwas ganz Besonderes, und er möchte gern, dass ich sie trage, aber ich wünschte, sie würde nicht so klirren. Er meint, sie erfüllt für ihn einen bestimmten Zweck, will mir aber nicht sagen, was für einen.«

»Ich kann es mir denken«, sagte ich grimmig.

Sie drehte sich zum Schrankspiegel und wiegte sich langsam von Seite zu Seite, während sie ihrem Spiegelbild schmachtende Blicke zuwarf.

»Meinst du, es ist verwerflich, Hetty«, fragte sie übertrieben dramatisch, »wenn man in sich selbst vernarrt ist?«

Ich treffe erneut meine Mutter

Als ich in Sutton Coldfield ausstieg und mich umschaute, kam es mir vor, als wären Osokosie und Jordans Bank ewig weit entfernt, genau wie Haus Nr. 27 und die Innenstadt, obwohl dazwischen nur eine kurze Fahrt mit dem Linienbus für 50 Pence lag.

Die Passanten schlenderten gemütlich dahin. »Das hier ist ein privilegierter Ort«, war auf ihren Gesichtern zu lesen. »Hier gibt es keine Schwarzen in nennenswerter Zahl, nur der ein oder andere Pakistani versucht hin und wieder, bei der Baubehörde die Genehmigung für den Bau eines Lebensmittelladens zu erhalten, die unser Stadtrat in schöner Regelmäßigkeit unter irgendeinem Vorwand zu verhindern weiß. Und die Polizeichefs der umliegenden Puffer-Grafschaften haben die Hippie-Konvois erfolgreich nach Wales zurückgedrängt, wo sich die Einheimischen irgendwie mit ihnen arrangieren. Und die Arbeitslosen und ihre Betreuer hängen in West Birmingham und dem Black Country fest. Ach, das Leben könnte so herrlich sein, wenn die Nachbarskinder in ihren Pools nicht so herumkreischen würden.«

Sie bemerkten auf Anhieb, dass ich keine von ihnen war: Rose' fürsorgliche Anstrengungen meinem Äußeren gegenüber erwiesen sich erneut als gescheitert. »Uns gefällt es hier«, warf mir ihr kalter Blick zu, »aber wir sind schon genug. Wir nehmen an, du wolltest einfach mal an die frische Luft: Nun, aber jetzt kannst du wieder ins das Loch zurück, aus dem du hervorgekrabbelt bist.«

An der Ecke, wo sich ein Immobilienmaklerbüro (ALLE UNSERE IMMOBILIEN SIND SONNENOPTIMIERT) befand, bog ich zuerst in den Park Drive ein und betrat dann den Park.

Ihre Miene wirkte rebellisch.

»Du kommst spät«, sagte sie ärgerlich.

»Aber nicht zu spät. Du bist ja noch da.«

»Was möchtest du diesmal? Und ich hoffe, es ist das letzte Mal.«

»Puh!«, sagte ich ironisch, »du magst wohl keine langen Vorreden, sondern kommst lieber gleich zur Sache, stimmt's? Wie wär's mit einem kleinen Plausch zwischen erwachsener Tochter und Mutter? Ich fange mal an. Du lebst bestimmt gern hier in Sutton Coldfield, stimmt's, Mummy?«

»Nun, es ist hübsch hier, und wir haben nette Nachbarn.«

»Ach ja? Aber du musst doch einräumen, dass viele von ihnen aussehen, als wären sie nur wegen der guten Sterbe-Infrastruktur hier? Ich mache nur ein bisschen Konversation, mehr nicht.«

»Du kommst wirklich mit den merkwürdigsten Sachen daher«, sagte sie. »Von mir hast du das nicht. Er hatte auch so eine Art, die Dinge immer von der unangenehmen Seite zu betrachten. Ich nehme an, das kommt von zu viel Bildung.«

»Das ist eine interessante These. Du sprichst von meinem Vater, nehme ich an?«

Sie antwortete nicht, errötete jedoch.

»Und wo sind meine Schwester und mein kleiner Bruder heute Nachmittag?«, fragte ich. »Was für ein fröhlicher Kerl er ist. So ausgelassen! Hier, diesen riesigen blauen Fleck hat mir das kleine Biest neulich verpasst, als es gegen mein Schienbein getreten hat.«

»Sie sind bei einem Kindergeburtstag. Ich werde sie nachher abholen«, erwiderte sie und wirkte beinahe froh, ehe sie boshaft hinzufügte: »Sie haben Spielkameraden und bekommen ein abwechslungsreiches Programm geboten – Picknicks, Zauberkünstler und solche Dinge. Wenn sie ein bisschen älter sind, kaufen wir ihnen ein Reitpony, und in den großen Ferien werden sie, nehme ich an, Spaß am Segeln finden.«

»Ah, ein bisschen wie in *Der Kampf um die Insel*«, warf ich ein.

»Kampf um was?«, fragte sie, nicht mehr ganz so selbstsicher.

»Ach, vergiss es. Noch so etwas Nutzloses, das von zu viel Bildung kommt. Aber in Ermangelung von Picknicks, Zauberkünstlern und Reitponys musste ich mir in Jordans Bank die Zeit ja irgendwie vertreiben. Sowohl der vordere als auch der rückwärtige Garten waren vor allem zu unserer Versorgung da. Auf einem Ascheweg lässt sich schwer eine Feier abhalten … Osokosie, so hieß mein ehemaliges Zuhause«, rief ich ihr in Erinnerung. »Sowieso lautete eine von Mr Birtwisles zahlreichen Grundüberzeugungen, dass Feste nicht nur Geld kosten, sondern ausgelassene Heiterkeit obendrein schrecklichen Lärm macht. Hast du übrigens deinem neuen Gatten von mir erzählt?«

»Er ist nicht mein *neuer* Gatte«, entgegnete sie entrüstet. »Er ist mein einziger Ehemann: Dein Vater und ich waren nicht verheiratet.« Und nachdem sie sich wieder aufgerappelt hatte, stieß sie sich aus den Seilen ab und verpasste mir ihrerseits einen raffinierten Haken, der mich taumeln ließ: »Du bist ein uneheliches Kind.«

Ich brauchte einen längeren Moment, um wieder zu Atem zu kommen.

»Du hast meine Frage nicht beantwortet. Hast du es ihm gesagt?«

»Ganz bestimmt nicht.«

(Wir boxten jetzt wieder beherzt weiter.)

Geschickt nahm sie meinen nächsten Hieb vorweg. »Ich werde es ihm schon zu einem geeigneten Zeitpunkt sagen«, ergänzte sie. »Und natürlich wird er sich auf die eine oder andere Art damit abfinden.«

»Und einen Wutanfall kriegen?«

»Nun, ja, vermutlich«, sagte sie widerstrebend.

»Und was ist mit seinen Eltern?«

»Ihnen nicht«, antwortete sie bitter, »ihnen muss Mike es beibringen, so wie immer.«

»Ich nehme an, ich kann sie aus dem Ganzen heraushalten«, sagte ich großmütig. »Ihn auch – es sei denn, ich komme nicht darum herum.«

Sie brachte es nicht über sich, mir für dieses Entgegenkommen zu danken: Im Gegenteil, sie starrte finster vor sich hin, und ich hatte das Gefühl, dass dies der Moment war, da ich ihr den Gnadenstoß verpassen sollte.

»Wie viel?«, fragte ich beiläufig.

»Was?«

»Wie viel ist es dir wert, dass ich verschwinde? Und diesmal nicht mehr wiederkomme?«

»Oh, du kleines Biest, du!«, rief sie. »Das ist Erpressung. Ich werde zur Polizei gehen.«

»Unsinn!«, sagte ich ruhig. »Ich bin deine Tochter – Sarah I. – und ich verlange nur einen Zuschuss, um meinen Unterhalt während des Studiums zu bestreiten. Erpressung, also wirklich! Denk nur an das viele Geld für Ponys und Geburtstagsfeste, das ich dir erspart habe.«

Sie konnte mir meine Fragen nicht beantworten. Sie biss sich auf die Lippen, schwankte, warf aber nicht das Handtuch.

»Dann muss ich doch zuerst mit ihnen sprechen. Seinen Eltern, meine ich.« Ich stand auf, wollte gehen.

In diesem Moment verlor sie die Fassung und begann zu schluchzen.

»Eine Ehe kann mitunter sehr schwierig sein«, sagte sie unter Tränen. »Ich kann ein Lied davon singen. Ich hoffe, dass du es eines Tages selbst erlebst, damit du es verstehst.«

Sie befand sich jetzt in einer misslichen Lage, und wäre es mir gelungen, das Gewesene von mir abzuschütteln, hätte ich vielleicht Mitleid mit ihr gehabt. Aber da war dieses winzige Bündel, das über den Tresen der Adoptionsagentur geschoben wurde, und ein Mr und eine Mrs Birtwisle, die auf der anderen Seite danach griffen.

»Du machst dir ja keine Vorstellung davon, wie gehässig seine Mutter sein kann: Und er erzählt ihr alles«, wimmerte sie. »Und was, wenn Sarah und der kleine Adam es mitkriegen?«

»Was kümmern mich die kleinen Snobs«, sagte ich. »Deinem Monster von Sohn würde es nicht schaden, sich vorstellen zu müssen, wie es wäre, wenn du ihn ebenfalls weggäbest.«

»Ich könnte monatlich fünf Pfund abzwacken«, sagte sie hoffnungsvoll. »Na ja, vielleicht sogar zehn.«

»Vergiss es. Du kannst mich nicht mit Raten abspeisen. Ich bekomme tausend Pfund. Bar. Keine Schecks, die gesperrt werden können. Eintausend.«

»Tausend Pfund!«

»Du kannst ja das Sparschwein der Kleinen plündern. Und

wenn das nicht reicht – versuch doch, eine Bank auszurauben. Nächste Woche, gleiche Zeit, gleicher Ort. Und nicht vergessen – bar.«

Dann stand ich auf und ging.

Aber als ich in den Bus stieg, fiel mir der Schal mit der Silberbrosche und dem Aquamarin darauf ein.

Und ich musste ebenfalls schluchzen.

Die Hochzeit des Majors

Die Hochzeit war ein gelungenes Fest. Seit seinem suizidalen Einsatz bei den Ausschreitungen war Matthew so beliebt, dass trotz der frühen Uhrzeit in der St.-Barnabas-Kirche ein bunt zusammengewürfelter Chor aufgeboten wurde, und Glockengeläut hätten wir auch haben können, fürchteten aber, damit die üblichen Bierbäuche herbeizulocken, die uns beim Heraustreten aus der Kirche mit irgendwelchen Sachen bewerfen würden.

Polly hatte feuchte Augen und brachte einen, zwei Schluchzer zustande. »Oh, Mummy wäre jetzt so glücklich«, sagte sie stockend. »Es heißt, auf dem Totenbett war ihre einzige Sorge Großvaters Wohlergehen. Ihre letzten Worte waren: ›Sei ein guter, gottesfürchtiger Mensch, Daddy.‹«

»Aber Polly«, raunte ich ihr zu. »Hat das nicht Sir Walter Scott gesagt, als *er* im Sterben lag? Und zwar zu Lockhart, seinem Schwiegersohn?«

»Ach ja. Hat er das? Psst – wir sollen jetzt beten: Matthew schaut schon ganz verärgert in unsere Richtung.«

Aber kaum sangen wir, begann sie schon wieder zu quasseln.

»Sei still, Polly«, flüsterte ich ihr ärgerlich zu. »Das ist eines meiner liebsten Kirchenlieder.«

»Through all the changing scenes of life
In trouble or in joy …«,

sang ich inbrünstig, während mir ein Gedanke durch den Kopf ging – dass derjenige, der diese Zeilen geschrieben hatte, mich vor Augen gehabt haben könnte. Ich erlebe zurzeit, dachte ich, tatsächlich eine Abfolge ständig wechselnder Szenen, und zwar überwiegend sorgenschwerer. Doch als wir bei den Worten

> *»When in distress to Him I called*
> *He to my rescue came.«*

anlangten, befielen mich doch Zweifel. Der Ringkampf mit Mr Birtwisle kam mir in den Sinn, dann Ronnies Verrat, die Qualen, als ich den beiden Rollschuhläufern ausgeliefert war … muss ich noch mehr sagen?

Der anschließende Empfang übertraf die Trauungszeremonie noch. Rose hatte im Steam Locomotive den oberen Gastraum gemietet und einen Caterer für das Frühstück angeheuert. Reden wurden gehalten, Toasts ausgebracht, eine unbehagliche Fröhlichkeit herrschte. Miss Foxberrow schlief ein, und selbst das verschwenderische Angebot an Speisen und Getränken vermochte sie nicht aufzuwecken. Für uns, ihre Mitbewohner, war dies nicht weiter verwunderlich, wussten wir doch, dass sie nachts immer hellwach war. Aber immerhin entspann sich folgender Dialog:

»Das arme alte Ding«, sagte Rose salbungsvoll. »Es war wohl ein bisschen zu überwältigend für sie. Ich hoffe, sie hat angenehme Träume und keine Alpträume von diesem abscheulichen Schuft George Harpole, der sie geschlagen hat und der gehängt wurde.«

»Harpole?«, rief der Major aus, dessen Hörgeräte ihm auf beunruhigende Weise die Welt erweitert hatten. »Sagtest du

George Harpole, Liebste? Ich kannte einen George Harpole in meinem Kavallerieregiment. Hat in Salerno das Military Cross verliehen bekommen. Ein ausgezeichneter Offizier! Wusste, was seine Pflicht war. Und erfüllte sie, bei Gott! Ihn gehängt? Hast du gesagt, er wurde gehängt? Harpole gehängt? Nie im Leben! Das kann unmöglich derselbe sein. Nie und nimmer hätte mein Harpole am Galgen geendet. Der Junge war eine Seele von Mensch. Im Kampf kühn wie ein Löwe, in der Messe sanft wie ein Lamm. Ein absoluter Prachtkerl! Warum hätte irgendjemand Harpole hängen wollen?«

Er war offenkundig in großer Bedrängnis.

»Wenn, dann muss es vor Kurzem geschehen sein: Wir haben erst letzte Weihnachten eine Karte von ihm bekommen. Poll, Liebes, wir haben doch eine Karte von Captain Harpole bekommen, nicht wahr? Ja, sie nickt. Wusste ich's doch. Ein Rotkehlchen auf einem Ilexzweig, nicht wahr, Polly? Ja, sie nickt. Ich dachte eigentlich, dass keine Engländer mehr gehängt würden. Nur noch Iren. Allerdings, wenn man sich in diesem Bezirk so umschaut, nicht wahr, Rose ... Also, ich finde, dass die Regierung da zu voreilig war. Nun ja, wir können alle nichts dafür, wo wir leben.«

Ich richtete einen langen Blick auf Rose. Bereits geschwächt durch die feurige Kohle, die auf ihr Haupt gehäuft worden war, indem der unterlegene Matthew einen so netten Traugottesdienst abgehalten hatte, war sie jetzt völlig durch den Wind (was ihr aber gut stand).

»Nun, das ist das, was ich gehört habe«, erwiderte sie. »Aber ich habe keine Sekunde geglaubt, dass auch nur ein Körnchen Wahrheit an der Geschichte ist. Tatsächlich habe ich sie schon immer für bösartigen Unfug gehalten und das auch immer wieder zum Ausdruck gebracht, oder etwa nicht, Hetty?

Bestimmt handelt es sich bei dem Mörder um einen anderen Harpole oder vielleicht auch Harper oder Harpley. Ja, genau, Harper hieß er, glaube ich, und ein Brotmesser war im Spiel. Ganz bestimmt war es nicht Miss Foxberrows Captain Harpole, Träger des Militärkreuzes, Liebster.«

»Natürlich, da hast du recht (wie immer)«, sagte der Major. »Jetzt erinnere ich mich wieder, dass man tatsächlich einen Harper gehängt hat. Aber er hatte eine Säge benutzt, kein Brotmesser, Schatz. Was bist nur für ein gescheites kleines Ding.«

Rose lächelte albern, nachdem sie nicht nur als »gescheit« und »jemand, der immer recht hatte« beschrieben worden war, sondern obendrein als »klein«. Aber ihr muss doch klar sein, dachte ich, dass die edwardianische Verniedlichungsform »klein« in Wirklichkeit »harmloser häuslicher Mensch, der seinen Platz in der Welt der Männer kennt« bedeutet?

»Wenn einer Harpole kennt, dann ich, schließlich waren wir schon als junge Burschen in Lincolnshire befreundet. Dann ist er weggegangen, um eine Aushilfsstelle an irgendeiner Schule anzunehmen. Erst im Krieg habe ich ihn wiedergesehen. Aber seitdem nicht mehr wieder. Hab eine Einladung zu seiner Hochzeit erhalten, konnte aber nicht teilnehmen. Dann zum Begräbnis seiner Braut: Auch da war ich verhindert. Irgendwann zu einer weiteren Hochzeit. Der Bursche scheint unaufhörlich zu heiraten. Weißt du, was ich machen werde, Liebste? Ich werde ihm einen geharnischten Brief schreiben und, falls der Junge wieder frei ist, ihn auffordern, schleunigst herzukommen und seine Pflicht gegenüber deiner Miss Foxberrow zu tun. Hat immer seine Pflicht erfüllt, mein Harpole. Ich wette eine Guinee, der Kerl hat nicht mitgekriegt, dass sie noch unter den Lebenden weilt. Wahrscheinlich versucht er seit Jahren, sie ausfindig zu machen. Bestimmt hat er unzählige Anzeigen im *Telegraph* geschaltet, die ihn ein Vermögen gekostet haben. Wie auch immer, ich möchte, dass du ihn kennenlernst, Rosie, Schatz. Und wenn er Miss Foxberrow nicht will, hätte ich nichts dagegen, wenn er mich um die Hand meiner kleinen Polly bittet.«

Ich sah Polly an und grinste.

»Nicht könnt ich lieben dich so sehr,
Liebt ich nicht Miss Foxberrow mehr«,

murmelte ich. Sie fand das ganz und gar nicht lustig, wandte sich ab und begann mit Ted zu flirten, der sich ungeladen unter die Hochzeitsgesellschaft gemischt hatte.

Besuch von Miss Braceburn

Bald sollte ich erfahren, dass im wahren Leben auf eine Störung der sorgfältig arrangierten Abläufe nicht selten gleich die nächste folgt, denn am folgenden Freitag tauchte unerwartet Miss Braceburn auf, die sich erst einmal von ihrem schrecklichen Aktivurlaub mit der Sportlehrerin erholen musste.

»Oh, ich bringe gute Nachrichten, Hetty«, verkündete sie ohne Umschweife. »Um nicht zu sagen fantastische – ich habe ein Vorstellungsgespräch an meinem alten College in Cambridge für dich arrangiert, dem *einzigen*, das für dich infrage kommt, natürlich. Du erinnerst dich bestimmt, dass ich dir von dem Sprecher der Anglistischen Fakultät, Professor Massinger, erzählt habe (den ich natürlich ›Hugh‹ genannt habe) – oh, Hetty, er war großartig.«

»Warum, Miss Braceburn?«, fragte ich.

»Warum?«, wiederholte sie verwirrt.

»Ja, warum ist Professor Massinger großartig?«

»Stimmt, du hast natürlich recht. ›Großartig!‹, also wirklich. Aber an der Waterland High schnappt man leider derartige Verallgemeinerungen auf.«

(»Genau wie ›klasse‹«, murmelte ich.)

»Nun, Hugh hat es stets verstanden, ein Feuer der Begeisterung zu entfachen«, verkündete sie laut. »Selbst wenn es um John Milton ging.«

»Ich dachte, Milton hätte auch so schon genug Feuer, ohne dass Mr Massinger es eigens entfachen muss«, erwiderte ich trocken. »Wobei mehrere Hundert feurige Blankverse von Milton für die meisten von uns auf Dauer allzu verzehrend wären.«

Miss Braceburn sann darüber nach und wandelte ihre Begeisterung ein wenig ab. »Ach, und seine Stimme! Diese unterschwellige Feinfühligkeit; wenn er von Shelley sprach, wusste man, das war Shelley in Reinform.«

Inzwischen wirkte sie ziemlich verzückt, weit weg von der Waterland High und Birmingham.

»Sie ist weit entfernt von dem Land
Wo ihr toter Held ruht ...«,

summte ich – aber nicht laut.

»Er scheint Sie sehr beeinflusst zu haben, Miss Braceburn«, sagte ich.

»Ich hätte alles, ja alles, für ihn getan«, hauchte sie (sie war jetzt kaum mehr bei mir). »Alles, egal was!«

Ich verstand es so, dass sie alles meinte, wofür der Schulbeirat der Waterland High sie gefeuert hätte.

Im Geiste ging ich meine gegenwärtigen männlichen Bekanntschaften durch – Sonny, Ronnie, Ted, Iwan, Matthew –, keiner von ihnen rief bei mir derlei aufopferungsvolle Empfindungen hervor. Nein, nicht einmal Douglas. »Nach Cambridge muss die Waterland High eine Riesenenttäuschung für Sie gewesen sein«, sagte ich.

»Nun, ich werde ja nicht für immer dort bleiben«, verkündete sie. »Ich habe fast mein Opus primum fertiggestellt. Sobald es veröffentlicht ist, wird jede Universität, die etwas auf sich hält, mir ein Graduiertenstipendium anbieten. Ach, habe ich das noch nie erwähnt? Der Arbeitstitel lautet *Schönheit ist nicht genug*, und darin entwickele ich die These, dass jedes literarische Werk, dem die moralische Kraft fehlt, die Robert Brownings Schreiben prägt und adelt, aus dem Lehrplan verbannt werden sollte. Das ist meine tief empfundene Überzeugung.«

Eine Weile sannen wir darüber nach: wobei ich mich fragte, ob Miss Braceburn nicht vielleicht doch das unbehagliche Gefühl beschlich, dass die geistige Verausgabung bei diesem Thema Zeitverschwendung war.

»Nun«, sagte sie schließlich lebhaft, »erzähl mir, was du so gemacht hast.«

Ich enthielt ihr nichts vor, berichtete ihr auch von den Treffen mit meiner Mutter.

»Oh!«, rief sie aus, als ich geendet hatte. »Dann hast du eine schwere Zeit durchgemacht, Hetty, und manch eine wäre ihrem unveräußerlichen Selbst nicht so treu geblieben wie du. Das ehrt dich, meine Liebe.«

»Ja, aber was soll ich jetzt tun?«, fragte ich ziemlich verzweifelt.

»Nun, darauf gibt es keine einfache Antwort. Was hätte Robert Browning in diesem Fall wohl geraten, frage ich mich ... Lass uns seinen *Abt Vogler* zu Rate ziehen:

›Alles Gute, das wir uns erwünscht, erhofft und erträumt
   haben, wird sein;
Nicht die äußere Erscheinung, aber das Wesen selbst.‹

Siehst du«, sagte sie, »da hast du deine Antwort.«

Aber später an diesem Abend dachte ich, nun, das ist ja schön und gut: Aber Ihnen wurde nicht so übel mitgespielt wie mir. Sie hat niemand wie ein Lebensmittelpaket über den Tresen gereicht. Sie führen ein Leben aus zweiter Hand. Und Bob Browning – was wusste der schon vom richtigen Leben!

Spät und trostlos legte ich mich schlafen, sodass Mr Peplow schon weit in seinem Repertoire vorangekommen war und über die nächtliche Stille hinweg skandierte:

»An den Ufern Gitche Gumees,
An den blanken Groß-See-Wassern,
Stand der Wigwam der Nokomis,
Tochter sie des Monds, Nokomis.
Schwarz dahinter hob der Forst sich,
Hoben sich die finstern Tannen …«

Das, was ich gerade durchlebe, sinnierte ich düster, ist vermutlich die dunkle Nacht der Seele.

Dann schlief ich ein.

Ich verliere eine Mutter

Sie machte einen jämmerlichen Eindruck, wie sie da auf der inzwischen altbekannten Parkbank auf mich wartete, auch wenn sie mich spitz ansah.

»Ich habe es dabei«, sagte sie und wühlte in ihrer Handtasche. »Hier sind 750 Pfund in Zehn-Pfund-Scheinen, und ich schwöre, ich schicke dir den Rest postlagernd, du musst mir nur sagen, wohin. Aber ich brauche mindestens noch eine Woche, damit ich mir das Geld zusammenborgen kann. Dann muss ich nicht erklären, wofür ich es brauche, weißt du? Und du hältst auch dein Versprechen? Dass du nicht wiederkommst? Du hast es dir doch nicht anders überlegt? Ganz ehrlich, mehr ertrage ich nämlich nicht. Er hat schon gemerkt, dass mich etwas bedrückt. Und du hast es mir versprochen.«

»Ach, zerbrich dir bitte nicht deinen kleinen Kopf!«, rief ich aus, denn ihr doppelter Hinweis darauf, dass ich jemand war, den sie nie wieder sehen wollte, irritierte mich. »Ich gehöre nicht zu denen, die ihr Wort brechen. Du kannst dich auf mich verlassen«, sagte ich und fügte sarkastisch hinzu: »Und das kann auch ein Baby, sollte irgendwann eines des Weges kommen; sie oder er kann sich ebenfalls auf mich verlassen.«

Und während ich sprach, dachte ich: Das ist eine Mutter, die ihre Tochter anfleht, wegzugehen und sich nie wieder blicken zu lassen. Ziemlich niederschmetternd. Wenn ich das nachher Rose erzähle, wird sie mir nicht glauben. Und diese Vorstellung war so furchtbar, dass ich zu zittern begann. Dann redete ich mir gut zu: Komm, Hetty, reiß dich am Riemen, fang jetzt ja nicht an zu flennen. Bitte! Dieser Mensch, diese Frau, glaubt wirklich, dass sie dir nicht einmal … ein Lidzucken schuldet. Nicht einmal das. Nun, mein Mädchen, nimm das Geld, und Amen, so sei es.

Und ich steckte das Geldbündel ein.

»Möchtest du die Scheine nicht zählen?«, fragte sie ängstlich.

Ich hob die Schultern. »Wenn es nicht stimmt, hörst du wieder von mir. Ach herrje. Was bist du nur für ein erbärmlicher Mensch. Ich vermute mal, dein Mann hat es auch schon gemerkt und setzt dir deswegen hin und wieder zu. Nein, nein, ich meine nicht das mit *mir*, sondern mit *dir*.«

Offenbar hatte ich einen wunden Punkt getroffen, denn in ihrem Gesicht zuckte es nervös.

Nun, da die Sache vorbei war, fühlte sie sich hin- und hergerissen zwischen dem Impuls, sich schnell aus dem Staub zu machen, und einer Blut-ist-dicker-als-Wasser-Neugierde bezüglich des Babys, das zurückgekommen war, der nunmehr erwachsenen Tochter (einer Erpresserin), die sie nie wieder zu Gesicht bekommen würde.

»Was wirst du jetzt tun?«, fragte sie und rang sich noch ein »meine Liebe« ab.

»Du brauchst dir keine Sorgen zu machen«, erwiderte ich leichthin. »Dir ist wohl klar, dass ich nicht zu den Leuten zurückkehre, zu denen du mich abgeschoben hast. Ich weiß, wohin ich gehe, an einen Ort, wo ich wahre Freunde habe, die mir helfen.«

»Aber du bist erst achtzehn«, sagte sie schniefend.

»Ah, dann hast du also nicht vergessen, wann du mich bekommen hast? Alle Achtung. Vielleicht freut es dich auch zu erfahren, dass ich im Abitur exzellent abgeschnitten habe und auf einen Studienplatz in Cambridge hoffen darf. (Ich nehme mal an, dass ich dort nicht auf meinen Vater stoßen werde?) Ja«, fuhr ich fort, noch etwas mehr Salz in die Wunde zu streuen, »ich bin eine Überfliegerin. Und du weißt es jetzt. Und trotzdem hast du mich weggegeben und die beiden kleinen Snobs behalten.«

»Aber wie wirst du zurechtkommen? In Cambridge? Kleider und Zugtickets und Bücher ...«

»Ich bin bislang auch zurechtgekommen«, sagte ich. »Mir blieb nichts anderes übrig. Was bist du nur für eine herzlose Frau. Anstelle eines Herzens muss in deiner Brust ein Ziegelstein hin- und herschwingen. Hättest du auch nur einen Funken Liebe in dir gehabt, hättest du deinen abscheulichen Eltern Lebwohl gesagt. Mit mir in den Armen. Andere haben es auch getan und Männer gefunden, die stolz auf sie und ihre Babys waren. Letzte Woche lief eine Sendung auf Channel 4 ...«

»Ich habe sie auch gesehen«, murmelte sie. »Ich musste weinen, und er wollte wissen, warum. Und ich dachte, ach, wenn ich doch nur eine zweite Chance bekäme.«

Als ich das hörte, wurde ich so wütend, dass ich sie am liebsten geschüttelt hätte. »Wie bitte?« Ich schrie beinahe. »Eine zweite Chance? Die hattest du. Als ich vor drei Wochen bei dir aufgetaucht bin, hättest du mich mit nach Hause nehmen und zu ihm sagen können: ›Schau, Edward oder Peter oder Miles oder wie immer er heißt. Schau, das hier ist meine Tochter. Die wahre Sarah. Und sie wird von jetzt an bei uns wohnen. Wenn du Theater machst, gehe ich mit ihr weg, und wir beide machen das Beste daraus. Irgendwie werden wir es schon schaffen.‹

Aber du warst und bist ein erbärmlicher Feigling.«

Sie sah jetzt wie ein Häufchen Elend aus. »Am liebsten würde ich mich umbringen«, sagte sie weinerlich.

»Pfui!«, sagte ich (und klang auf unangenehme Weise wie Miss Braceburn). »Nun hör auf zu schniefen und erzähle mir lieber von meinem Vater.«

»O nein! Das kann ich nicht.«

»Und warum nicht, bitteschön?«

»Das wäre nicht fair.«

»Fair? Gegenüber *wem*?«

»Ihm.«

»Ihm gegenüber nicht fair? Und was ist mit mir? Bin ich in diesem Spiel der einzige Ball, der herumgekickt werden darf? Er hatte seinen Spaß, und nun bin ich hier. Also, sollte ich weitere finanzielle Unterstützung brauchen, bis ich auf eigenen Füßen stehe, wäre es doch schön zu wissen, wo ich sie beantragen kann. Oh, wäre das ein Spaß, ihn zu überraschen, zum Beispiel am Hochzeitstag einer weiteren Frucht seiner Lenden! ›Hallo, Daddy!‹, werde ich sagen. ›Wie, du erinnerst dich nicht an mich? Du hast dich aus dem Staub gemacht und die arme kleine Wendy in Sutton Coldfield mit dem Baby sitzen lassen. O ja, deine großartige Karriere … die durfte natürlich nicht aufs Spiel gesetzt werden, nicht wahr? Du weißt immer noch nicht, wer ich bin? Ich bin die ältere Schwester der Braut – das Kind, das weggegeben wurde. Aber nun bin ich hier – intelligent, wortgewandt, nicht übermäßig gezeichnet, obwohl ich so lange Wind und Wetter preisgegeben war –, und in der Tat, recht vorzeigbar, findest du nicht auch? Nun, möchtest du mich nicht meinen Geschwistern vorstellen? Das wäre doch lustig, nicht wahr, Daddy?‹«

»Also wirklich!«, rief meine Mutter aus, halb entrüstet, halb amüsiert von der Vorstellung (die ihr zunehmend gefiel), dass er durch mein plötzliches Auftauchen seinen gerechten Teil des Grauens abbekommen würde. Sie kicherte sogar.

»Also, heraus mit der Sprache«, fuhr ich fort. »Und bitte die Wahrheit. Wer war es, und wo ist er?«

»Ein Bachelor-Student«, antwortete sie. »Oxford – er verbrachte einen mehrwöchigen Urlaub hier. Wir haben uns in einem Tennisclub kennengelernt. Ich habe mich nur diesen einen Monat lang mit ihm getroffen, nur einen Monat lang.« Sie begann leise zu weinen.

»Nun komm schon«, sagte ich scharf. »Kein Selbstmitleid, bitte, Haltung bewahren, Wendy. Denk daran, dass du eine Regimentstochter bist.«

»Mehr kann ich dir nicht sagen. Er wusste, dass ich schwanger war, war aber nicht bereit, seine Pflicht zu erfüllen. Daddy drohte ihm, aber er meinte, er würde klagen und unter Eid aussagen, dass es nicht seins ist.«

»Es?«

»Na schön, du. Und meine Eltern wollten ihren Namen auf keinen Fall in der Zeitung lesen. Also schickten sie mich weg, um dich auf die Welt zu bringen. Nach Droitwich Spa. Es war schrecklich.«

Sie ließ den Kopf hängen.

Armes ängstliches Ding, dachte ich, in eine Pension abgeschoben und erst wieder zu Hause aufgenommen, als die Gefahr aufzufliegen gebannt war. Während er sich feige irgendwo herumdrückte und auf eine gerichtliche Vorladung wartete, die niemals eintraf. Dieser Fiesling!«

»Erzähl mir nicht, du hast ihn nicht all die Jahre über im Auge behalten. Wo ist er?«

»Er ist Professor für irgendwas, aber ich weiß nicht, wo genau: Ich habe dir ja gesagt, er war ein sehr gescheiter Kopf.«

Sie sagte es halb verbittert, halb stolz. Dann musterte sie mich eingehend, als sähe sie plötzlich jemand anderen.

Ah, dachte ich, dann erinnerst du dich also doch noch gut an ihn! Und wer weiß – trotz allem ... Oh, wie schrecklich es war, eine Frau zu sein!

»Danke«, sagte ich. »Mehr möchte ich nicht wissen. So«, ich stand auf, »gleich wird sich nach unserem dreiaktigen Melodrama der Vorhang herabsenken. Diesmal wirst du mich für immer loshaben, garantiert. Also wirklich, du bekommst doch bestimmt einen erleichterteren Ausdruck hin als diesen? Oh, noch etwas – wie steht es um deine Backkünste? Zum Beispiel um deinen Kümmelkuchen?«

»Ich habe keine Ahnung, wovon du redest«, rief sie aus (gereizt). »Noch so eine intellektuelle Unverschämtheit deinerseits, nehme ich an.«

Ich umklammerte das Geldbündel in meiner Tasche – die 750 Pfund fühlten sich nicht nur beruhigend substanziell an, sondern riefen mir unglücklicherweise auch Miss Braceburn in Erinnerung. (›Oh, Hetty, das kannst du unmöglich zu Ende bringen ... du würdest dir nicht treu bleiben. Denk an R. B., meine Liebe.)

›Und eine menschliche Stimme dringt durch den Donner,
Sie sagt: ›O Herz, das ich gemacht, es schlägt hier!‹«

Hetty, du kannst es ganz einfach nicht tun. Wobei, das einfach lassen wir aus: Es ist überflüssig. Hetty, das wärst nicht *du*, Liebes.‹)

»Hier ist dein Geld«, sagte ich grimmig und warf das Bündel in ihren Schoß. Es zu behalten, das bin *ich* nicht. Und es würde mich die ganze Zeit an *dich* erinnern.«

Dann drehte ich mich um und ging auf den Ausgang des Parks zu.

Doch ich konnte sie noch immer leise schluchzen hören und drehte mich nochmals um. Ihre gebeugten Schultern und die Art, wie sie den Kopf hängen ließ, gingen mir zu Herzen.

O Gott, bitte, betete ich leise, verschon mich.

Aber er verschonte mich ebenso wenig wie er mich vor Mr Birtwisles Schlägen und Mrs Birtwisles Küssen verschont hatte, oder vor den Rollschuhfahrern, vor Miss Braceburn oder vor Robert Browning. Also ging ich (mit weichen Knien, was in Momenten großer psychischer Anspannung dazuzugehören schien) zurück und legte die Arme um sie.

»Schau, Mum«, sagte ich stockend, »ich weiß, dass es anders war. Ich wusste es schon vor Wochen, als ich die Brosche mit dem Aquamarin bekommen habe. Du hattest sie an den Schal, in den ich gewickelt war, geheftet. Du hast dein Bestes getan. Ja, das hast du. Und du hast mir das Leben geschenkt. Danke dafür. Und diese kleine Brosche: Sie ist entzückend. Ich werde sie bei meiner Hochzeit tragen.

Nun komm schon. Bring mich zum Bus.«

Dann küssten wir uns und weinten ein bisschen.

Noch ein Abschied

»Alles, was geschehen ist, nimmt mit der Zeit eine andere Form und Substanz an«, sagte Miss Braceburn sanft, während wir in einem dieser altmodischen Cafés saßen, das durchgehalten hatte, geräuschvoll Kümmelkuchen kauten und genussvoll an unserem Kaffee nippten – jedes andere Lokal in Birmingham schien vergessen zu haben, wie man ihn zubereiten musste.

»Ruf dir William Wordsworths Obiter dicta in Erinnerung. ›Dichtung ist das Überfließen mächtiger Gefühle – in Ruhe erinnerte Emotionen.‹ Genauso wird es auch für dich sein, Hetty, wenn die Zeit vergeht und die Erinnerung sehnsüchtig zurückblickt.«

»Vermutlich, Miss Braceburn«, sagte ich kein bisschen überzeugt.

»So wird es sein, Hetty, glaub mir«, murmelte sie selbstgewiss. »Und ich bin froh und stolz, dass du dich so vorbildlich verhalten hast. (Aber daran habe ich keinen Augenblick gezweifelt.) Du bist dir treu geblieben. Gutes Mädchen!«

Doch als sie merkte, dass sie auf dem schmalen Grat zwischen Sentiment und sentimentalem Schmalz balancierte, sprang sie schnell herunter und lenkte meine Aufmerksamkeit auf die vergoldeten Treibarbeiten, mit denen die Wände des Cafés verziert waren. »Art déco!«, sagte sie anerkennend. »Circa 1908, vermute ich. Ein lokales Überbleibsel der Arts-

and-Crafts-Bewegung des beginnenden Jahrhunderts. Es sind immer die unscheinbaren Zutaten, die einen wenig aussichtsreichen Teig aufgehen lassen. Man denke nur an den ganzen Beton hier in Birmingham! Und an all die unterschätzten Meister ihres Fachs, die diese Stadt hervorbrachte, James Watt, Edward Burne-Jones, Joseph Priestley und Thomas Baskerville ... wie du siehst, ist der Ort, an dem du Unterschlupf gefunden hast, gar nicht so übel, Hetty.

Du solltest dem Leben nicht gram sein«, fuhr sie fort und berührte ganz leicht meine Hand, während sie einen letzten Rest Kuchen zum Mund führte. Ein leises Lächeln huschte über ihre sonst so ernste Miene. »Ruf dir unseren R. B. in Erinnerung (zum letzten Mal),

›Hass und Kummer und Sorgen – was haben sie zu
    suchen in
Der blauen Aufgeschlossenheit des Himmels?‹

Du hast dich wacker geschlagen, Hetty. Ausnahmsweise möchte ich auf eine der abgeschmackten Redensarten zurückgreifen, wie wir sie von deiner bedauernswerten Freundin Polly Horbling kennen: Als es hart auf hart kam, hast du Mumm bewiesen.«

Wieder lächelte sie flüchtig. »Habe ich ›zum letzten Mal‹ gesagt? Sei's drum, ich kann diesem Mann einfach nicht widerstehen. Wie er (wenngleich inspiriert durch einen Vers unseres guten W. S.) es so großartig und, auf deine Situation bezogen, so treffend ausgedrückt hat:

›Furchtlos setzt' ich das Slughorn an und blies
Knabe Roland ist zum dunklen Turm gekommen.‹«

»Danke, Miss Braceburn«, sagte ich. »Tatsächlich würde ich mich auch gern in dieser Rolle sehen.«

»Doch bevor wir auseinandergehen, noch ein paar Worte zu mir«, sagte sie. »Ich habe eine neue Berufung für mich gefunden. Ich werde nicht an die Waterland High zurückkehren. Es gibt da eine Ordensgemeinschaft von Schwestern unterhalb der Malvern Hills, wo sie *Honde* erlauben und ich als eine von ihnen leben werde. So, und wenn ich mich jetzt spute, erwische ich noch den Bus um 11.27 – Mustafa habe ich an einem Pfosten auf Bahnsteig 16 angebunden. Und nun noch eine allerletzte Sache, Hetty – zu deinem Bewerbungsgespräch in Cambridge: Vermeide es, R. B. zu erwähnen. Nein, leider habe ich keine Zeit mehr, es dir zu erklären. Aber versuche, Begeisterung für Joseph Conrad zu zeigen: Professor Massinger, Hugh, schwärmt für diesen sich ewig wiederholenden Polen. Es ist seine einzige Schwäche.«

Ich ging zu Fuß nach Hause. Zuerst die Bennetts Hill entlang, dann über den Friedhof der Kathedrale, wo ich den Grabstein des armen Baskerville versöhnlich tätschelte, da mich in Anbetracht der schnöden Missachtung seines Letzten Willens – »Ich möchte keinesfalls in so genannter geweihter Erde begraben werden« – ein Anflug von Zorn packte. Dann ging ich weiter den Soho Hill hinauf, die Victoria Street entlang und durch das Gold-, Silber- und Schmuckviertel der Stadt, vorbei an der »HP Sauce«-Fabrik und dem verlassenen Buchladen des armen Mr Williams und quer über den noch immer von Spuren des Kampfs gezeichneten Vorplatz von St. Barnabas. Miss Braceburn war weggegangen und mit ihr die letzten Reste meiner Mädchenzeit – eine weitere Szene meines Lebens … Ave atque vale.

Ein gehängter Mann

Kaum war ich zu Hause und hatte mich darangemacht, Feuerbohnen zu fädeln, klopfte es sachte an die Haustür.

»Lass nur, diesmal machen wir nicht auf«, sagte Rose verschnupft. »Als du weg warst, hat zweimal jemand ange-klopft – das erste Mal war es jemand von der Firma ›Hohl-wände-Füllungen‹ und das zweite Mal von der Firma ›2-fach Verglasungen‹. ›Wir sorgen dafür, dass Sie's im Winter schön warm haben werden, Madam‹, haben beide behauptet. ›Jun-ger Mann‹, hab ich jeweils geantwortet, ›egal, was Sie tun, dieses Mausoleum kriegen Sie nicht warm. Wissen Sie, wir ziehen bei jedem Temperatursturz einfach eine zusätzliche Weste und einen Rock über.‹«

Wieder wurde geklopft.

»Nun, Gebäudeoptimierer, die auf Verdacht vorbeischauen, klopfen in der Regel nicht zweimal«, sagte sie. »Dann geh doch bitte nachsehen, wer es ist, Hetty. Aber wenn dir jemand etwas andrehen möchte, unterschreib ja nichts.«

Wie sich herausstellte, stand ein alter, ordentlich geklei-deter Herr auf den Eingangsstufen und lüftete höflich einen anachronistischen, aber sauber gebürsteten Zylinder. »Ich hoffe, ich störe nicht«, sagte er. »Das ist doch Hausnummer 27, nicht wahr? Ja? Oh, sehr gut! Danke.« Dann schien er nicht mehr weiterzuwissen: Eine Weile standen wir nur da und sahen einander ratlos an.

»Ein schöner Tag heute«, sagte ich schließlich. »Nicht so schwül wie zuletzt. Ich glaube, Regen wird es so bald nicht geben.«

Er trat von einem Fuß auf den anderen, und ich sah, dass seine Füße in auffallend großen Stiefeln steckten.

»O ja, da könnten Sie recht haben«, sagte er ein klein wenig entschiedener. »Das glaube ich auch. Der Regen, meine ich! Auf dem Land ist es auch recht schön – ein sehr schöner Tag heute, in der Tat. Der Herbst war schon immer meine liebste Jahreszeit. Als ich mit dem Zug durch das Vale fuhr, waren die Rot- und Gelbtöne der Kastanien und Buchen, vor allem um Alderton herum, herrlich anzusehen, ja, herrlich. Ich habe sie selten schöner gesehen. Noch nie, um genau zu sein.«

»Ah, gut.«

Und wieder verstummten wir, während er an seinem struppigen Schnurrbart herumzupfte. Nun komm endlich zur Sache, guter Mann, dachte ich, allmählich die Geduld verlierend. Lass es endlich raus. Ich kann hier nicht bis in alle Ewigkeit herumstehen: Das Mittagessen will zubereitet werden.

»Eigentlich ...«, sagte er und verstummte erneut.

»Ja?«, versuchte ich ihm auf die Sprünge zu helfen.

»Eigentlich bin ich wegen Miss Foxberrow gekommen.« Er musterte geflissentlich meine Schürze. »Ja ... Miss Foxberrow. Miss Emma Foxberrow. Mein Name ist Harpole, wissen Sie? George Harpole. Aber Miss Foxberrow erwartet mich nicht. Wissen Sie, ich ... um es kurz zu machen, ich habe heute Morgen von meinem Waffenbruder, Major Horbling, einen Brief erhalten.«

»Oh, gut!«, rief ich freudig aus. »Dann hat er Ihnen tatsächlich geschrieben.«

»Sehen Sie, ich bin gekommen, um Miss Foxberrow mitzunehmen.«

»Treten Sie doch bitte ein, Mr Harpole«, sagte ich und dachte, Rose würde bestimmt großen Gefallen an dieser Begegnung finden. Zugleich fragte ich mich, wie ich es nur anstellen konnte, dieser seit Langem herbeigesehnten Wiedervereinigung zweier verlorener Seelen beizuwohnen. »In der Tat ist mir die Angelegenheit nicht ganz unvertraut«, fuhr ich fort. »Vielmehr ist es so: Miss Foxberrow spricht sehr oft von Ihnen.«

»Wirklich?«, rief er aus. »Da bin ich aber froh. Das ist großartig. Oh, famos, in der Tat!«

»Hauptsächlich nachts.«

»Dann hat sie Ihnen also die Umstände erklärt. Das ist weitaus besser, als ich mir erhofft hatte.«

»Nun, nicht wirklich erklärt«, sagte ich (denn ich hatte ihn bereits ins Herz geschlossen und wusste, dass ich ihm die Wahrheit sagen musste). »Miss Foxberrow spricht zwar über Sie, aber immer zu sich selbst. Doch da sie ein wenig schwerhörig ist, wird ihr wohl nicht bewusst sein, dass man sie (unfreiwillig) auf dem Flur hören kann. Nicht dass Sie denken, ich würde absichtlich lauschen, aber man bekommt unweigerlich mit, was sie sagt. Ich bin ja so froh, dass Sie gekommen sind, Mr Harpole, und bin mir sicher, dass sie beide es genießen werden, über die St.-Nicholas-Schule in Tampling und die Lagune von Sinji zu plaudern. Apropos Tampling, wer war eigentlich dieser Mr Shutlanger, der sich, als diese Untersuchung gegen Sie lief, so rühmlich verhalten hat …? Und was genau wurde Ihnen vorgeworfen? Nun, es muss nicht gleich sein, aber vielleicht wären Sie so freundlich, bevor Sie gehen, meine Neugier zumindest ein wenig zu befriedigen …? Ach ja, darf ich mich Ihnen vorstellen – ich bin Hetty Beauchamp, Mrs Gilpin-Jones' Freundin und Haushaltshilfe.«

»Danke, Miss Beauchamp«, sagte er und schüttelte mir aufrichtig erfreut die Hand, trat aber erneut nervös von einem großen Fuß auf den anderen. »Sie sind zwar noch ein junges Mädchen (und zwar ein sehr charmantes, wenn ich das sagen darf), aber Sie haben die Situation auf Anhieb erfasst. Um ehrlich zu sein, habe ich mich damals augenblicklich unsterblich in Miss Foxberrow verliebt. Und auch wenn ich zweimal geheiratet habe, hat sich an diesem Zustand nichts geändert. Nicht dass Phyllis und ich und später Penelope und ich unglücklich gewesen wären. Wir waren einander treu ergeben. Nun, eines Tages werden Sie es verstehen, meine Liebe. Das Herz, wissen Sie …«

»Wenn man eine empfindsame Person ist, versteht man derlei Dinge sehr gut, Mr Harpole«, erwiderte ich. »Man muss nicht erst in die Flamme greifen, um zu wissen, dass sie einen verbrennt, wie es so schön heißt. In dieser Art des Erkenntnisgewinns besteht doch die wahre Belohnung, wenn man sich eingehend mit Literatur beschäftigt, finden Sie nicht auch?«

Er sann über diese Bemerkung nach. »Ja«, antwortete er dann. »So habe ich es noch nie betrachtet, aber Sie haben natürlich recht. Dankeschön. Das war eine unbedachte Bemerkung meinerseits. Ich erinnere mich noch gut an das Jahr, in dem ich – vor einer Ewigkeit, 1929 – meine Reifeprüfung ablegte; Pflichtlektüre waren die Gesammelten Werke von Robert Browning – *Karshish, Eine Toccata von Galuppi, Abt Vogler, Die schöne Evelyn Hope ist tot* – und so weiter, diese Art von Dichtung. Und ich weiß noch, wie ich damals dachte, ah, so ist das Leben also? (Ich war kaum älter als sechzehn, müssen Sie wissen, und noch ziemlich naiv.)«

Wie gesagt, ich mochte ihn vom ersten Moment an, schon als er vor der Haustür gestanden hatte und unsicher von einem Fuß auf den anderen getreten war. Jetzt sah ich ihn voller Bewunderung an.

»Das kenne ich!«, sagte ich. »Wir haben viel gemeinsam, Mr Harpole, neben der Abneigung gegen verbale Auslassungen. Bitte warten Sie einen Moment hier.«

Seine Miene erhellte sich. »Gutes Mädchen!«, rief er aus. »Schluss mit dem Zaudern und Zögern und den ewigen Bedenken und dem Abwarten!« Und er fügte begütigend hinzu: »Ich war einmal Lehrer. Aber kein besonders erfolgreicher, fürchte ich.«

Ich flitzte in die Küche.

»Da hast du was verpasst, Rose«, flüsterte ich. »Es ist George Harpole, der von den Toten auferstanden ist und nun in seinem Leichengewand auf unserer Türschwelle steht.«

»Was redest du denn da für ein dummes Zeug, du Gans?«, sagte sie ärgerlich. »Und wer war das an der Tür?«

»Mr Harpole, das habe ich doch gesagt. Nein, ich fantasiere nicht. Er ist es, ich schwör's. Er ist gekommen, um Miss Foxberrow zu holen. Ja, *der* Mr Harpole – der Kerl, von dem du immer behauptet hast, er sei gehängt worden.«

Wenigstens besaß sie den Anstand zu erröten.

»Gut, dann führe ihn doch bitte zu Zimmer Nr. 1«, sagte sie entschlossen. »Gib mir ein, zwei Minuten, um mich zurechtzumachen, dann stoße ich dazu.«

Als wir vor Zimmer Nr. 1 ankamen, klopfte ich an und verkündete: »Miss Foxberrow, Mr George Harpole ist hier.«

»Oh, danke, Hetty«, antwortete sie völlig unaufgeregt. »Ich

habe schon beim Aufwachen heute Morgen gewusst, dass es heute passieren wird. Nein, keine Fragen, bitte. Wie du siehst, bin ich reisebereit.«

Und das war sie in der Tat. Um sie herum standen mehrere Lederkoffer, und über einem lag ein Nerzmantel drapiert, den ich noch nie gesehen hatte, und darauf ein Strohhut, in dessen Band eine rote Seidenrose steckte.

Dann drehte sie sich um und sagte: »Nun, George, keiner von uns ist jünger geworden. Wie du siehst, bin ich ein altes Weib.«

Dann folgte eine zutiefst berührende Szene. George Harpole trat vor, schloss sie mannhaft in die Arme und gab ihr die Art Küsse, über die Ted gemault hatte, es seien altmodische Küsse, zuerst auf die Stirn, dann auf die Lippen. »Ich habe für zwei Uhr ein Taxi bestellt, Emma Schatz, damit wir bequem den Zug um halb drei erwischen«, sagte er souverän. »Du wirst das Quince Tree Cottage auf dem Bredon Hill mögen, Emma. Von unserem Küchenfenster aus kann man den Severn sehen und auf der anderen Seite, jenseits von Mr Archers Bauernhof, die Malverns und im Süden die Cotswold Hills. Und von unserem Schlafzimmer aus ist ...«

»O George!«, sagte sie mit bebender Stimme, »du hast dich schon immer mit allen möglichen Details und Eventualitäten aufgehalten, und auch jetzt spulst du sie herunter wie der Reiseteil der Sonntagszeitung. Fehlt nur noch, dass du mir A. E. Housman rezitierst, ›Und die Glocken, sie klingen so hell.‹ Fürs Erste zumindest bist du der Einzige, den ich anschauen möchte.«

Unterdessen lächelte sie verschmitzt über seine Schulter hinweg. Und zwinkerte. Nein, da gab es kein Vertun. Rose sah es ebenfalls. Sie zwinkerte. Dann überließen wir die beiden sich selbst, denn wir mussten (und wenn der Himmel einstürzte) mit dem Mittagessen weitermachen. Aber ich machte mich bestärkt an die Arbeit, hatte ich doch gerade vor Augen geführt bekommen, wie großartig das Leben sein konnte – selbst wenn man mit einem Fuß im Grab stand.

Mr Peplow – Leben Sie wohl!

Die Dinge überstürzten sich auf irritierende Weise. Zum Beispiel hatte Rose beschlossen, dem Major von Reg zu erzählen.

»O Hetty«, sagte sie verzückt. »Was habe ich dir gesagt? Er war schon immer ein außergewöhnlicher Mann, aber jetzt, mit seinen Hörgeräten, ist er wie neugeboren. Weißt du, was er geantwortet hat? ›Ich kann verstehen, dass der arme Kerl dich vermisst und gern zu dir zurückkommen möchte, Gott sei seiner Seele gnädig. Aber ich will ihn nicht um mich herum haben. Wir ziehen um, und er kann hierbleiben, wo er seine glücklichste Zeit verbracht hat.‹«

»Hat er gesagt, wohin?«, fragte ich. »Wohin er mit dir ziehen will?«

»Uns wurde ein Cottage zu einer symbolischen Miete angeboten, und zwar vom Schwager des Majors, einem Großbauern in einem kleinen idyllischen Postkartendorf namens Steeple Sinderby. Oh, es wird dir gefallen, Liebes – denn du wirst natürlich bei uns wohnen. Nein, keinen Unsinn jetzt! Polly besteht darauf. Du weißt, dass der Major einen Narren an dir gefressen hat. Und was mich betrifft, muss ich dir wohl nicht erst erklären, wie gern ich dich habe, nach allem, was wir zusammen durchgestanden haben. Und ich verspreche dir, niemals jemandem von dieser Rollschuhgeschichte zu erzählen.«

»Aber wirst du dich auf dem Land denn wohlfühlen, Rose?«, fragte ich zweifelnd. »Dort sind die Sommer ziemlich kurz, musst du wissen. Und die Leute können recht neugierig sein und mischen sich gern in alles ein. Und es ist noch windiger dort als hier ...« Ich ließ es dabei bewenden.

»Mir wird schon nicht langweilig«, sagte sie beherzt. »Der Major meint, Mrs Fangfoss (seine Schwester, weißt du) hat eine literarische Begabung, und er hätte gern, dass ich mich auch einmal auf diesem Feld probiere. Also werde ich einen Roman schreiben: Ich habe so viel erlebt, dass ich ein halbes Dutzend dieser Dinger füllen kann.«

Als ich später Polly davon erzählte, lachte sie derb. »Warte, bis sie erst auf Towlers End wohnt. Hat Großvater den armen Beattie erwähnt? Oder Fangfoss, diesen Unmenschen? ... Egal, hast du schon gehört, dass Matthew von St. Barnabas weggeht? Er hat mir feierlich erzählt, dass seine Sierra Leoner Gesellschaft zur Verbreitung des Evangeliums in heidnischen Ländern oder wie sie genau heißt Birmingham abgeschrieben und sämtliche Mittel gestrichen hat. Jetzt übernimmt er eine nette kleine Pfarrgemeinde inklusive ein paar sehr netter älterer Kirchgängerinnen in Sussex. Keine Ahnung, warum er so den Kopf hängen lässt. Das ist doch genau der richtige Ort, um eine gesunde weltoffene Obersttochter aufzugabeln, würde man doch meinen.«

»Eine gesundermaßen weltoffene oder gesunde und weltoffene Obersttochter‹?«

»O Hetty, du kannst manchmal echt nervig sein«, erwiderte sie gereizt. »Man kann nur hoffen, dass du rechtzeitig deine ach so tolle Schulbildung abschüttelst. Oh, und noch was, beinahe hätte ich vergessen, es dir zu erzählen ... Diese Frau in Zimmer Nr. 7, die wir kaum zu Gesicht bekommen haben, die aus welchem Grund auch immer als Junge verkleidet mit dem Rad durch Turkestan gefahren ist … sie ist vor einer Stunde abgereist, um, wie sie meinte, irgendein anderes Land zu durchqueren.«

Ich stand auf, um die Höhen zu erklimmen und Mr Peplow all die Nachrichten über diese beunruhigenden Aktivitäten zu überbringen. »Ich habe schon erwartet, dass man mich zusammen mit diesem Haus verkauft«, sagte er. »Wirklich, Hetty, es macht mir nicht das Mindeste aus. Und das hat überhaupt nichts mit dem Altwerden zu tun: In der Tat wird mir jetzt klar, dass ich schon immer dazu neigte, das Leben zu nehmen, wie es kommt. Und das Beste daraus zu machen. Ich kann mich nur an ein einziges Mal erinnern, als ich versuchte, das Leben in die von mir gewünschte Richtung zu schubsen. Das war vor langer, langer Zeit. Aber als ich dann zur Sache hätte kommen müssen, konnte ich mich nicht zum entscheidenden Schritt entschließen. Merkwürdigerweise hat es dann jemand anders für mich getan. Und plötzlich nahm alles eine gute Wendung. O ja, eine sehr gute. Ich werde niemals Hildas Miene vergessen, als ich nach Hause kam. Dabei hatte ich, als ich am selben Morgen den Zug bestieg, noch gedacht, das Leben wäre für mich zu Ende.

Denk stets daran, Hetty, du liebes Mädchen, dir immer wieder die schlimmste Zeit deines Lebens zu vergegenwärtigen. Dann kannst du dich damit trösten, egal wie groß deine aktuelle Bedrängnis dir gerade erscheinen mag, es kann nie so schlimm werden, wie es schon einmal war. Auch wenn man sich eine Nacht lang die Augen ausweint, lacht am nächsten Morgen meistens wieder die Sonne.«

Mr Peplows Lächeln war so beruhigend, dass ich an Psalm 42 denken musste, »Alle deine Wellen und Wogen schlugen über mir zusammen«, und ich beschloss, seinen Rat zu beherzigen.

Als ich später in meinem Birminghamer Mansardenzimmer einschlief, hörte ich ihn feierlich durch unsere gemeinsame Wand hindurch rezitieren: »›Kein Trommelwirbel, kein Grablied hohl …‹« (Ah, wie ich diese edlen Zeilen vermissen würde!)

»So ließen wir ihn auf seinem Feld,
Blutfeucht von Heldentume,
Da liegt er und schläft er allein, unser Held,
Allein mit seinem Ruhme.«

Und wie passend noch dazu, dachte ich. Gut gemacht, Edward Peplow! Gut gemacht! Und diesem Moment so angemessen. Und dann dachte ich (eingedenk meiner Arbeit auf dem Friedhof von St. Tobit): besser ein beständiger strahlender Ruhm als ein Gedenkstein aus noch so edlem Marmor.

Der geheime Teilhaber

Je weiter ich mich vom Bahnhof entfernte, umso mehr Interessantes und Staunenswertes bot Cambridge und desto weniger, das an Jordans Bank oder Birmingham erinnerte. Zum Beispiel suchte ich vergeblich nach der andernorts vorherrschenden einheimischen Spezies: Sind echte Fenlander allein schon an ihren zusammengebissenen Zähnen zu erkennen (um den Ostwind auszusperren) und ihren flackernden Augen (um aufzupassen, dass niemand mehr kriegt als sie selbst) und die Birminghamer an ihrer fassungslosen Miene angesichts dessen, was der Fortschritt in ihrer Stadt angerichtet hat, drängten sich in den Straßen Cambridges vorwiegend Orientalen aus dem Mittleren Osten oder stubenreine Intellektuelle von auswärts, die es aufgegeben hatten, den in ihrer prüfungsgebeutelten Jugend von ihren Schulleitern in sie gesetzten Erwartungen gerecht zu werden.

»Nein … ja … nun, Sie haben sowohl recht als auch unrecht«, erklärte ein scharfsichtiger älterer Herr, während wir Seite an Seite im dritten Stock eines Antiquariats vor einem Regal standen. »Cambridge hat schon Einheimische, aber abgesehen von ein paar wenigen Wochen im Winter bleiben sie in ihren Reservaten fernab des Flusses und der College-Quartiere unter sich. Man hat mir gesagt, sie hassen die Touristenhorden hier, weil sie, was natürlich lächerlich ist, glauben, diese würden ihre altehrwürdige Stadt allein durchs Anschauen abnutzen.«

Dann war er so freundlich, mir den Weg zu Miss Braceburns altem College zu zeigen. »Na dann, viel Glück!«, sagte er zum Abschied. »Ja, in der Tat, das wünsche ich Ihnen, junge Frau, viel Glück! Vor vielen Jahren kam ich selbst auf einer ähnlichen Mission hierher. Aber lassen Sie sich mein Schicksal eine Warnung sein: Wie Sie sehen, bin ich immer noch hier. Darf ich Ihnen vielleicht einen Rat mit auf den Weg geben? Vermeiden Sie Nebensächliches, sehen Sie dem Fragesteller direkt in die Augen, versuchen Sie, seine Überzeugungen zu erraten und sie zu spiegeln. Und falls sich die Gelegenheit ergibt, heucheln Sie Vertrautheit mit so vielen bedeutenden Büchern, die nicht auf dem Lehrplan stehen, wie sie Ihnen in den Sinn kommen.« Er verbeugte sich elegant und sagte, er habe unsere kurze Begegnung sehr genossen.

Man ließ mich nicht warten. Ein großer, langgliedriger Mann (aber nicht mehr so schlank, wie Miss B. ihn beschrieben hatte) in einem Tattersall-Karohemd und mit einer großartigen roten Haarmähne auf dem Kopf bat mich, vor ihm Platz zu nehmen und es ganz entspannt anzugehen (ich zitiere).

»Ah ja«, sagte er lustlos, während er die hellblau und rot getüpfelte Krawatte (die seine literarische Berufung signalisierte) tätschelte und sich dann eine Halbbrille aufsetzte. »Ah ja, natürlich – warten Sie, Miss Anstey?«

»Nein«, antwortete ich, »das ist jemand anders.«

»Umso besser«, sagte er trocken und fügte (um mir gleich den Wind aus den Segeln zunehmen) hinzu, »ich sehe nämlich gerade, dass wir ihr keinen Platz angeboten haben.«

Dann bedachte er mich mit einem raschen »Werden wir

mit Ihnen Ärger haben?«-Blick. Den ich mit großen Augen erwiderte.

»Nein«, sagte ich und beschloss, ihm auf die Sprünge zu helfen. »Ich bin Miss H. L. Beauchamp. Von der Waterland.«

Er kramte nach seiner Pfeife und schlug sie ein paar Mal gegen die Schreibtischkante: Die »Freundlicher Onkel«-Nummer kippte zusehends.

»Ah ja, natürlich, stimmt. Beaumont, H. L.«

»Miss Hetty Lucasta Beauchamp«, sagte ich.

»Lucasta?«, wiederholte er stirnrunzelnd. »Lucasta?«

»Lucasta! Aus *An Lucasta, auf dem Weg in den Krieg.* ›Nicht könnt ich lieben dich so sehr, liebt ich die Ehre nicht mehr!‹ *Die* Lucasta.«

Er nahm sich sichtlich zusammen.

»Und Sie kommen von der – ah, der Waterland-Gesamtschule?«

»Nein, der Waterland High«, korrigierte ich ihn. »Wir haben uns noch nicht ergeben.«

»Dem Begleitschreiben Ihrer Bewerbung entnehme ich, dass Ihre Englischlehrerin, Miss Braceburn … Braceburn? Ich hatte eine Studentin, Sidonie Braceburn … Mitte der Siebziger. Erzählen Sie mir doch bitte ein bisschen was von Ihrer Miss Braceburn.«

»An der Waterland High fanden wir immer, dass sie eine recht interessante Erscheinung ist«, antwortete ich. »Charakteristisch ist auch ihr energischer Schritt.«

»Ja, natürlich, ihre Schritte waren erstaunlich ausladend. Sie hüpfte fast. Sie war eine intellektuelle junge Frau. Sidonie hat ein hervorragendes Examen abgelegt. Nun, aber das tut hier, glaube ich, nichts zur Sache. Miss Beaumont, welche Romanautoren schätzen Sie ganz besonders?«

Sein Ton war herablassend, und er hätte sich ganz offensichtlich keinen Deut darum geschert, hätte ich Mickey Spillane genannt.

»Oh, Joseph Conrad! Seit wir in der neunten Klasse mit ihm bekannt gemacht wurden, bin ich sehr von ihm angetan.«

»Wirklich?«, rief er zweifelnd aus. »Normalerweise wird er eher von männlichen Jugendlichen geschätzt, die selbst gern die Welt umschiffen würden, es sich aber nicht zutrauen. Haben Sie einen bestimmten Roman im Sinn?«

»O ja, sicher«, sagte ich begeistert. »*Lord Jim!* Mich beeindruckt die moralische Spannkraft. Er handelt von einem jungen Handelsmarineoffizier, der ...«

»Ja, ja, ich kenne die Geschichte«, unterbrach er mich und stellte gereizt klar, wer hier die Conrad-Autorität war.

»Natürlich«, fuhr ich fort. »Jim begeht moralische Verfehlungen, um seine Haut zu retten. Es ist eine Geschichte des Verrats. Und der Erlösung.«

»Verrat ... und Erlösung«, wiederholte er misstrauisch.

»Ja«, sprach ich kühn weiter, »ein Thema, das mich anspricht – befleckte Ehre und ...«

»Ja?«, fragte er beunruhigt.

»Und wiederhergestellte Ehre«, fügte ich entschlossen hinzu.

Er forschte misstrauisch in meiner Miene nach etwas, das auf Unverschämtheit hindeutete, aber ich hatte den großäugigen hilfsbereiten Blick aufgelegt, den ich schon vor langer Zeit einstudiert hatte, um Mr Birtwisle zu frustrieren (schade, dachte ich, dass Polly nicht da war, um ihn zu bewundern).

»Nun ja«, sagte er gereizt. »So ungefähr jedenfalls! Befleckte Ehre und (sagten Sie das?) wiederhergestellte Ehre. Eine Auslegung, die ein bisschen banal ist! Vielleicht zu vereinfachend, hm?«

Er dachte eine Weile nach, während er nervös mit dem Kugelschreiber gegen die Zähne trommelte.

»Ihr Interesse an Conrad fasziniert mich«, sagte er und fügte boshaft hinzu: »Sie identifizieren sich nicht zufällig mit einer seiner Figuren? Mit Kapitän Lingards schöner, halbwilder Tochter in *Der Verdammte der Inseln,* zum Beispiel? Das ging mir nur gerade so durch den Kopf.«

»O nein«, antwortete ich. »Seine Frauen sind mit wenigen Ausnahmen schwache Kreaturen. Sie antworten eigentlich immer nur – sie sind hohle Echos ihrer Männer.«

»Ah«, sagte er vielsagend und begann wieder, mit dem Stift gegen die Zähne zu trommeln. »Dann vielleicht mit einer seiner männlichen Figuren?«

(Inzwischen hatte ich keinerlei Zweifel mehr; er war es. Der gleiche Teint, das gleiche Haar …)

»O ja«, sagte ich und konzentrierte mich schnell wieder auf unser Gespräch, »da fiele mir zum Beispiel spontan die Figur aus *Der geheime Teilhaber* ein.«

»*Der geheime Teilhaber!*«, murmelte er. »Helfen Sie mir bitte auf die Sprünge.«

»Insbesondere die letzten Zeilen – ›ein freier Mann, ein stolzer Schwimmer, der einem neuen Schicksal entgegenstrebte‹.«

»Einem neuen Schicksal entgegenstrebte, aha?«, wiederholte er amüsiert. »Mhm … dann haben Sie vielleicht das Gefühl, dass Sie Ihr neues Schicksal, Ihre Berufung, Ihre Erfüllung hier an dieser Universität finden könnten, junge Frau?«

»Das zu entscheiden obliegt mir nicht«, erwiderte ich, während ich zugleich dachte: Du lieber Himmel, der hört sich fast schon wie Conrad selbst an – ›Ihr Schicksal, Ihre Berufung, Ihre Erfüllung‹!

»Nun, Miss … ähm … Beauchamp, Ihre ausgezeichneten Abschlussnoten«, (grimmig), »bestätigt durch Ihre kenntnisreiche Begeisterung für die moralischen Werke von Joseph Conrad, legen nahe, dass dieses College Ihnen einen Platz anbieten sollte.«

Er machte eine Pause, während wohl eine wilde Vermutung in ihm aufstieg und er mich mit weit weniger Selbstvertrauen anstarrte, als John Keats' Cortez es hatte, während er »still auf einem Gipfel in Darien« stand.

»Ja, sicher! Das heißt, im Prinzip schon. Kategorisch!« (Er war jetzt ganz offensichtlich auf dem Rückzug.) »Also gut – wir bieten Ihnen einen Platz an.«

»Danke, Professor«, sagte ich. »Und ich nehme ihr Angebot gern an.«

»Gut, noch einen Augenblick. Ihr Vormund? Ah ja, das ist Mrs Rose Gilpin-Jones! Keine Mrs Beauchamp? Kein Vater? Vielleicht der Krieg? Ach nein, dafür wäre er wohl zu jung gewesen …«

»Er ist verschwunden. Das heißt, bevor ich ihn kennenlernen konnte«, sagte ich freimütig und setzte eine angemessen niedergeschlagene Miene auf, genau wie Polly, wenn sie ihre Mutter auf dem Sterbebett beschrieb.

»Das tut mir sehr leid«, sagte er, sah aber nicht so aus. »Nun, ich bin mir sicher, er würde sich freuen, wenn er wüsste, dass Sie zu uns kommen.«

Er stand auf, konnte es kaum erwarten, mich loszuwerden. Und ich hätte wetten können, dass er sein Unterbewusstsein beschwor, die Wahrheit über mich endlich an die Oberfläche zu katapultieren. Er dachte nach. Warum kommt mir das Gesicht dieses Mädchens so verstörend bekannt vor? Wo habe ich es schon einmal gesehen?

Und ich dachte zur Antwort: Du hast es heute Morgen beim Rasieren gesehen.

»Gut, das wäre alles«, sagte er. »Danke … Miss Beauchamp. Wir sehen uns dann im Oktober wieder.«

Ich drehte mich zur Tür um.

»Vielleicht ein wenig vereinfachend, finden Sie nicht?«, murmelte er.

Ich sah zurück. »Wie bitte, Professor?«, sagte ich.

»Nun, befleckte Ehre … und wiederhergestellte Ehre«, fuhr er fort. »Möglicherweise ein wenig vereinfachend in der Auslegung, hm? Ach, vergessen Sie's … Einen wunderschönen Tag Ihnen.«

Ich schloss die Tür hinter mir. Und als ich das Gebäude verließ, verkündete ich den Spatzen, die sich vor mir auf dem Rasen tummelten, ziemlich laut: »Ja, ein wunderschöner Tag, in der Tat. Ein außergewöhnlich schöner Tag! Ich sehe schon, ich werde Cambridge bestimmt in vollen Zügen genießen. Und Cambridge mich. Aber was ist mit Ihnen, Professor?«

Und während ich im strahlenden Sonnenschein in Richtung Bahnhof spazierte und mir die aufregende Zeit vorstellte, die vor mir lag, hielt ich inne und musterte in einem Schaufenster mein Spiegelbild.

Ich hatte gelernt, dass das Leben nicht wie in den Büchern war, und um das herauszufinden, hatte ich weitaus weniger Zeit gebraucht als Don Quijote. Auf das Leben war kein Verlass. Das Leben war unberechenbar. Das Leben schwang wild von hier nach da, ohne jeden Sinn. Und meistens geschah es nicht so, wie man von Rechts wegen eigentlich erwarten durfte, dass es geschehen würde.

Und während ich unter den Kastanien weiterging, die sich herbstlich zu färben begannen, hatte ich das gar nicht einmal unangenehme Gefühl, dass meine Kämpfe keineswegs vorbei waren, sondern gerade erst begannen.

Polly wartete ungeduldig am Bahnhofseingang, und wir beide mussten uns an den lange zurückliegenden Morgen erinnert gefühlt haben, als ich den Schlamm des Fenlands von den Schuhen schüttelte, denn wir begannen beide wortlos zu kichern, um dann in lautes Gelächter auszubrechen. Arm in Arm marschierten wir anschließend im warmen Sonnenlicht den Bahnsteig hinunter und sangen fröhlich:

»Tous les jeunes filles et garçons amoureux,
tous les garçons et les filles de mon âge ...«

Sherburn-in-Elmet
and
Anners
and Milladale Road.
1. September 1987

Quellenangaben und
Anmerkungen der Übersetzerin

5 und 242 | »Furchtlos setzt' ich das Slughorn an …«
Aus dem Langgedicht *Childe Roland to the Dark Tower Came*
von Robert Browning: »Dauntless the slug-horn to my lips I
set / And blew, Childe Roland to the Dark Tower came.«

Das Slughorn ist ein fiktives Blasinstrument, das in mehreren Werken der englischen Literatur erwähnt wird. Der Titel
des Gedichts, der zugleich die letzte Gedichtzeile bildet, ist
ein Zitat aus Shakespeares *König Lear*: »Child Rowland to
the dark tower came« (3. Aufzug, 4. Szene).

5 | »… ob euch nicht die Lust angewandelt …«
Zitiert nach: Miguel de Cervantes, *Don Quijote von der Mancha*. Aus dem Spanischen von Edmund Boller. Verlag des Bi-
bliographischen Instituts, Hildburghausen 1867.

14 | »Endlos, kahl, dehnen sich …«
Frei zitiert nach Percy Bysshe Shelley, *Ozymandias:* »Of that
colossal wreck, boundless and bare, the lone and level sands
stretch far away.«

17 | »Mariana in ihrem umhegten Gehöft«
Anspielung auf das Gedicht *Mariana* von Alfred Tennyson
und zugleich Zitat aus William Shakespeare, *Measure for
Measure*: »Mariana in the Moated Grange«.

24 | »Ach Liebste …«
Aus dem Gedicht *Dover Beach* von Matthew Arnold: »Ah, love, let us be true / To one another! for the world, which seems / To lie before us like a land of dreams, / So various, so beautiful, so new, / Hath really neither joy, nor love, nor light …«

26 f., 41 und 232 | »Alles Gute, das wir uns erwünscht …«
Aus dem Gedicht *Abt Vogler* von Robert Browning: »All we have willed or hoped of dreamed of good shall exist … / The passion that left the ground to lose itself in the sky, / Are music sent up to God by the lover and the bard; / Enough that he heard it once: we shall hear it by and by … / Which, hark, I have dared and done, for my resting-place is found, / The C Major of this life: so, now I will try to sleep.«

33 | »Lass meine Hände schweifen, sag nicht nein …«
Aus *Elegy XIX: To His Mistress Going to Bed* von John Donne: »License my roving hands …«.
    Zitiert nach: John Donne, *Zwar ist auch Dichtung Sünde. Gedichte. Englisch und Deutsch. Nachdichtungen von Maik Hamburger und Christa Schuenke.* Reclam Verlag, Leipzig 1985.

34 | »… mein Licht erlöschen will …«
Aus Alfred Tennyson, *In Memoriam L: Be Near Me*: »Be near me when my light is low, / When the blood creeps, and the nerves prick / And tingle …«.
    Zitiert nach: Alfred Tennyson, *In Memoriam – Zum Gedächtnis.* Aus dem Englischen von Agnes von Bohlen. Borntraeger, Berlin 1874.

39 | »Die schöne Evelyn Hope ist tot …«
Aus dem Gedicht *Evelyn Hope* von Robert Browning: »Beautiful Evelyn Hope is dead! / Sit and watch by her side an hour. / That is her book-shelf, this her bed; / She plucked that piece of geranium-flower …«

74 | »… dicht wie Herbstlaub hingestreut«
Anspielung auf *Das verlorene Paradies* von John Milton: »Thick as the Autumnal Leaves that strow the Brooks in Vallombrosa …«

82 | »Ach, und wie der Zeiger der Sonnenuhr …«
Aus William Shakespeare, *Sonett 104*: »Ah! yet doth beauty like a dial-hand, / Steal from his figure, and no pace perceiv'd …«
 Zitiert nach: William Shakespeare, *Sonette*. Aus dem Englischen von Christa Schuenke. Dtv, München 2012.

87 f. und 107 | »Nicht so schnell …« bzw. » … und auch um mich …«
Aus dem Langgedicht *Thyrsis* von Matthew Arnold: »Too quick despairer, wherefore wilt thou go? / Soon will the high Midsummer pomps come on, / Soon will the musk carnations break and swell … / Roses that down the alleys shine afar … / And the full moon, and the white evening-star … / and round me too, the night / In ever-nearing circles weaves her shade … / I feel her finger light / Laid pausefully upon life's headlong train …; And hope, once crush'd, less quick to spring again …«

90 | »Geräusche und süßer Lüfte …«
Aus *Der Sturm, 3. Aufzug, 2. Szene* von William Shakespeare:

»[Be *not* afeard; the isle] is full of noises, Sounds and sweet airs, that give delight, and hurt not …«

93 | »›Hände und Füße in Fesseln …‹«
Strophe aus dem Gedicht »Eight O'Clock« von A.E. Housman: »Strapped, noosed, nighing his hour / He stood and counted them and cursed his luck / And then the clock collected in the tower / its strength and struck.«

96 | »schmerbäuchigen alten Buffaloes …«
Gemeint ist »The Royal Antediluvian Order of Buffaloes«, 1822 gegründet, eine der größten philanthropischen Bruderschaften in Großbritannien.

98, 142 und 254 | »Kein Trommelwirbel …«
Charles Wolfe, *The Burial of Sir John Moore:* »We buried him darkly at dead of night, / The sods with our bayonets turning …« Deutscher Wortlaut zitiert in der Übersetzung von Theodor Fontane.
    In: Theodor Fontane, *Gedichte. Stuttgart und Berlin, J. G. Cotta'sche Verlagsbuchhandlung Nachfolger, S. 187.*

150 | » … Robert Brownings hierzu passenden Worte …«
Vermutlich sind folgende Zeilen gemeint: »I was made and meant to look for you and wait for you and become yours forever.« – »Ich war dazu geboren, Dich zu suchen und auf Dich zu warten und für immer Dein zu werden.« Brief von Robert Browning an Elizabeth Barrett vom 27. November 1845, in: *The Letters of Robert Browning and Elizabeth Barrett, Vol. 1 (of 2), 1845–1846,* Edited by Robert B. Browning.

153 | » ... Nebel und reife Fruchtbarkeit ...«
Anspielung auf John Keats, *Ode To Autumn*: »Season of mists and mellow fruitfulness ...«

157 | »Ein Brief, worin es ...«
Robert Browning, *An Epistle Containing the Strange Medical Experience of Karshish, the Arab Physician*

157 | »Wie sie die gute Nachricht ...«
Robert Browning, *How they Brought the Good News from Ghent to Aix*

159 | »... dieses unbekannte Land ...«
Sinnverdrehtes Zitat aus Shakespeare, *Hamlet*, das korrekt so lautet: »The undiscovered country from whose bourn no traveler returns« – »... das unbekannte Land, aus dem kein Reisender je zurückgekehrt ist« (3. Aufzug, 2. Szene).

205 | »... Uriah Heeps ...«
Anspielung auf den Schreiber Uriah Heep, eine Figur aus Charles Dickens' Roman *David Copperfield*.

211 | »»Sei ein Gott / Und beschütze mich ...«
Zitat aus Robert Brownings Gedicht *A Woman's Last Words*: »Be a god and hold me / With a charm! / Be a man and hold me / With thine arm!«

229 und 257 | »Nicht könnt ich lieben ...«,
Frei nach Richard Lovelace, *To Lucasta, Going to the Wars*: »I could not love thee, dear, so much, / Lov'd I not Honour more.«

231 | »Sie ist weit entfernt …«

Aus dem Lied *She is Far From the Land* des irischen Volks-dichters Thomas Moore: »She is far from the land where her dead hero sleeps …«

233 | »An den Ufern Gitche Gumees …«

Aus dem Langgedicht *The Song of Hiawatha* von Henry Wadsworth Longfellow: »By the shores of Gitche Gumee, / By the shining Big-Sea-Water / Stood the wigwam of Noko-mis / Daughter of the Moon, Nokomis / Dark behind it rose the forest / Rose the black and gloomy pine-trees.«

Zitiert nach: Henry Wadsworth Longfellow, *Der Sang von Hiawatha*. Aus dem Englischen von Ferdinand Freiligrath, G. Cotta'scher Verlag, Stuttgart und Augsburg 1857.

239 | »Und eine menschliche Stimme …«

Zitat aus Robert Browning, *An Epistle Containing the Strange Medical Experience of Karshish, the Arab Physician*: »So, through the thunder comes a human voice / Saying, ›O heart I made, a heart beats here!‹«

242 | »Hass und Kummer und …«

Zitat aus dem dramatischen Gedicht *Aristophanes' Apology* von Robert Browning: »Hatred and cark and care – what place have they / in yon blue liberality of heaven?«

260 | » … als John Keats' Cortez es hatte«

Anspielung auf John Keats' Sonett *On First Looking into Chapman's Homer*: »Or like stout Cortez when with eagle eyes / He star'd at the Pacific … / Silent upon a peak in Da-rien.«

»J. L. Carr war einer der unverwechselbarsten
und eigenwilligsten Romanciers der Nachkriegszeit.
Ein wunderbarer Autor.«
THE INDEPENDENT

Mehr von J. L. Carr bei DuMont

Ein Monat auf dem Land
160 Seiten / Auch als eBook
»Dieses Buch wird Leser finden, solange sich Menschen
Geschichten über Liebe und Tod erzählen werden.«
DENIS SCHECK

Wie die Steeple Sinderby Wanderers den Pokal holten
192 Seiten / Auch als eBook
»In Carrs melancholischem Märchen betreten wir einen
Fußballplatz voller Wunder.«
DIE ZEIT

Ein Tag im Sommer
304 Seiten / Auch als eBook
»Ohne dass es in jeder Zeile behauptet, welche zu sein,
ist das ganz, ganz große Kunst.«
NDR KULTUR

Die Lehren des Schuldirektors George Harpole
288 Seiten / Auch als eBook
»Carrs Panoptikum der Schule aus dem England der
60er-Jahre wirkt erstaunlich heutig und ist dabei amüsant
und leicht erzählt.«
WDR 5